クリスティー文庫
65

ブラック・コーヒー

アガサ・クリスティー

麻田　実訳

Agatha Christie

BLACK COFFEE
by
Agatha Christie

Translated by
Minoru Asada
Published 2022 in Japan by
HAYAKAWA PUBLISHING, INC.
This book is published in Japan by
arrangement with
AGATHA CHRISTIE LIMITED
through TIMO ASSOCIATES, INC.

目次

ブラック・コーヒー　5
評決　219
訳者あとがき　419
解説／松坂健　425

ブラック・コーヒー

登場人物

エルキュール・ポアロ　私立探偵
アーサー・ヘイスティングズ大尉　ポアロの友人
クロード・エイモリー卿　科学者
リチャード・エイモリー　クロードの息子
ルシア・エイモリー　リチャードの妻
キャロライン・エイモリー　クロードの妹
バーバラ・エイモリー　クロードの姪
エドワード・レイナー　クロードの秘書
トレッドウェル　執事
カレリ博士　エイモリー家の客
グレアム　医師
ジャップ　警部
ジョンソン　警官

場面

この芝居の舞台は、ロンドンから二十五マイルほど離れたアボット・クレーヴにあるクロード・エイモリー卿の邸の読書室である。

第一幕　午後八時三十分
第二幕　翌朝
第三幕　その十五分後

第一幕

舞台配置図

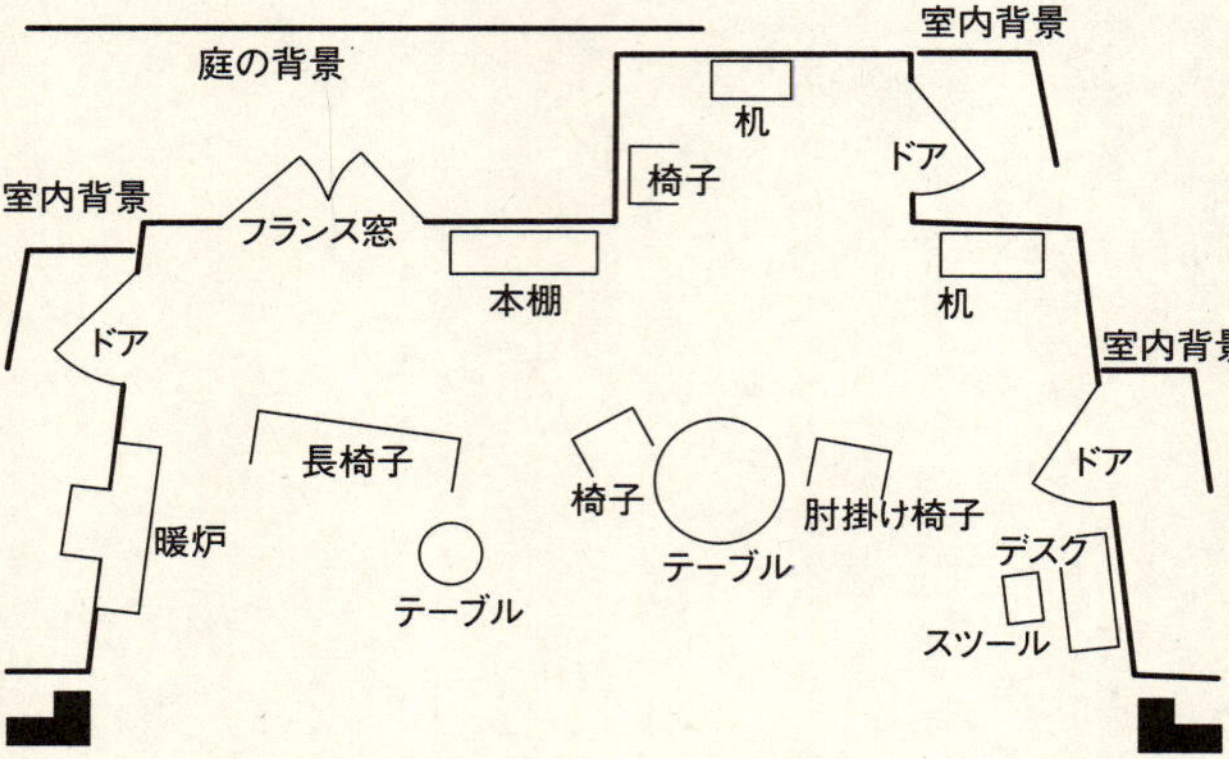

庭の背景
室内背景
室内背景
室内背景
机
椅子
ドア
フランス窓
本棚
机
ドア
ドア
長椅子
椅子
肘掛け椅子
暖炉
テーブル
テーブル
デスク
スツール

場面　ロンドンから二十五マイルほど離れたアボット・クレーヴにあるクロード・エイモリー卿の邸の読書室。時刻は午後八時三十分。

上手《かみて》と、上手の奥、下手《しもて》にドアがある。上手の奥のドアは引っこんだところにある。下手にはフランス窓があって、その向こうは庭の背景。下手の手前に暖炉。暖炉の上には古風な掛け時計や暖炉の火をつける付け木やこよりを入れる壺などの飾りもの。暖炉の上の壁には呼鈴《ベル》。家具は、電話の置いてあるデスク、椅子、一番上の棚にブリキの箱がのっている背の高い本棚、蓄音機とレコードをのせた机、長椅子、コーヒー・テーブル、ブック・エンドのあいだに数冊の本がある中央のテーブル、二脚の椅子、肘掛け椅子。真鍮の鉢に植えた観葉植物ののせてある机、家具は古風ではあるが、とくにある時代の様式に統一されてはいない。カーテンは引かれドアは閉まっている。

幕が上がると、部屋は暗く、誰もいない。しばらくの後、上手のドアが開いて、トレッドウェルが入ってくる。

トレッドウェル　(ドアの前で立ち止まって)　はい、クロードさま。よくわかりました。(と部屋に入ってくる。スイッチを押し電灯をつける。ドアを閉めるまで、奥からかすかな声が聞こえてくる。デスクの傍に行き、電話をとる)　マーケット・クレーヴの四十三番……四十三番……そうそう……ジャクソンのガレージかね？……私は、アボット・クレーヴのクロード・エイモリー卿の邸の者だ。ロンドンから八時五十分に着く列車に間に合うように駅にタクシーを回してくれないかね。こちらにみえる紳士が二人、その列車でお着きになるんだ……そうだ。八時五十分。紳士が二人……おや？……　(彼は受話器を置くと上手のドアを開く)

かすかな声が開いたドアからもれてくる。ルシアが上手から入ってきて、フランス窓のほうへ舞台を横切っていく。ルシアは二十五歳ぐらいの美しい女性。半分イタリアの血が混じっているが完璧な英語を話す。彼女はハンドバッグを持っている。トレッドウェルは出ていく。

キャロライン　（上手舞台外から）ルシア――ルシア――どこにいるの？

ルシアは長椅子の前へ。キャロライン上手から入ってくる。古風な中年の女性。いささか騒々しいが親切そう。

キャロライン　（ルシアの傍に寄って）やっと見つけたわ。さあ、ここにお座りなさい。（ルシアに長椅子の手前の端を指す）すぐよくなるわよ。

ルシア　（長椅子の端に腰を下ろしながら）もう大丈夫ですわ。（ハンドバッグからハンカチを取り出す）ちょっと気分が悪くなっただけです。私って、おかしいの。以前にはこんなことなかったんです。どうぞお戻りになって、叔母さま。（ハンカチをハンドバッグにしまって）ここにいればよくなりますから。

キャロライン　今晩はずっと気分が悪そうだったわよ、あなた。

ルシア　私が？

キャロライン　(ルシアの傍に掛けて) そうよ。きっと軽い風邪をひいたのね。イギリスの夏って、どっちかといえば気まぐれですものね。イタリアの暑い太陽のようにはいかないわ。とても気持ちがいいんでしょうね。

ルシア　(ハンドバッグを長椅子の上に置いて) イタリア……

キャロライン　故国のことを思い出すと悲しいのね。わかるわ。

ルシア　(強く) いいえ、ちっとも！

キャロライン　(驚いて) ええっ？

ルシア　ほんと、まるで反対！　私、イタリアはきらいです。ずっとそうだったわ。みなさんが親切にしてくださるイギリスはまるで天国にいるみたいなものですわ。

キャロライン　そう言ってくださると嬉しいわ。それは、私たちは、あなたに幸せに、くつろいでもらおうと努めてきましたもの、でもときにはホームシックにかかるというのが普通じゃないかしら。まして、お母さまがなくなって……

ルシア　(目を閉じて) どうか――どうか――お願いですから母のことはおっしゃらないで。

キャロライン　ええ、話しませんとも。あなたの気持ちを傷つけるつもりはなかったわ。

何か、気分のよくなるお薬、とってきましょうか？

ルシア　どうぞ、もうお構いなく。

キャロライン　（立ち上がって舞台中央に）私、よく効く気付け薬を持っているわ。ピンク色でとってもかわいい小瓶に入っているの。ピリッとするの。たしか塩化アンモニア？——それとも塩酸だったかしら？　思い出せないわ。でも、これはお風呂洗いに使うものとは別のものよ。

ルシアはやさしく微笑むが返事はしない。

（キャロラインは長椅子の後ろに回ってクッションを直す）そうよ、あなた、きっと急に風邪をひいたのよ。今朝は健康そのものに見えたもの。イタリアからみえたお友だちのカレリ博士に会ってびっくりしたからじゃない？

リチャード上手に登場。ドアを開けて入ってくるとき、奥からの声が聞こえる。リチャードは、好感の持てるごく普通のタイプのイギリス紳士である。

カレリ博士は突然、ここにみえたんでしょ？　それでショックを受けたのね。

ルシア、長椅子の背に身体をあずけて目を閉じ、身震いする。

あら、また気分が悪くなったの？

リチャード、ドアを閉めると、中央のテーブルと長椅子のあいだまで来る。

リチャード　キャロライン叔母さん、どうぞ食堂のほうで夕食をすませてください。ルシアは私が一緒にいますから。

キャロライン　（どうしようかと迷って）そうね。たぶん、そのほうがいいわね。（と舞台中央に）クロードは邪魔されるのが大嫌いなのよ。お客さまもあるし。そうそう（とルシアに）私がいま、言おうとしたのは、カレリ博士が、あなたがここにいるってことを知らないでこんなふうに突然現れたっていうのは、おかしいっていうこと。あなた、とても驚いていたもの。そうでしょ？

ルシア　そうですわ。

キャロライン　世界がこんなに狭いなんてねえ！　（と笑う）あなたのお友だち、とても素敵じゃないこと、ルシア。
ルシア　そう見えまして？
キャロライン　もちろん、外国人らしいけど。でも男っぷりがいいのは、はっきり。英語もお上手だし。
ルシア　そうですわね。
キャロライン　彼がここに現れるなんて考えてもみなかったんでしょ？
ルシア　そんなこと、全然。
リチャード　でも、それは嬉しい驚きだったんだろ。

ルシア、はっとリチャードを見る。

キャロライン　（調子にのって）それはそうよ。イタリアではずいぶん前からのおつきあいだったんでしょう？　親しいお友だち？
ルシア　（苦々しげに）友だちなんかじゃありません。
キャロライン　そう——ただのお知りあいね。私、ときどき考えるんだけど、外国の方って、少し押しの強いところがあるわねえ。もちろんあなたのことを言っているんじゃなくてよ。あなたは半分イギリス人ですもの。（リチャードを見て）実際、もう完全なイギリス人よねえ、リチャード？

リチャードは叔母の軽口には答えず上手のドアのほうへ。

リチャード　ええ、ええ。（彼は叔母のためにドアを開けてやる）

そうね、……私がしてあげることもなさそうだし……

舞台の外からの声が聞こえる。キャロライン退場。

（リチャード、送りだしてほっとしてドアを閉めると舞台中央に）いつまでたっても出ていこうとしないんだから。ぺちゃくちゃぺちゃくちゃ。

ルシア　でも、叔母さまはとても親切よ、リチャード。

リチャード　それは、もちろんそうだろうけどさ。

ぎごちない沈黙。

で、ぼくも、きみにしてあげることは何もないってことか。

ルシア　本当に何もないのよ。ありがとう、リチャード。どうか食堂にお戻りになって。
リチャード　いや、きみと一緒にいるよ。
ルシア　でも、一人でいるほうがいいのよ、私は。

短い間《ま》。

リチャード　クッションの具合はどうだい？　（長椅子の後ろに回って）頭をのせるのにもう一つ持ってこようか。
ルシア　このままでいいわ。でもきれいな空気が吸いたい。窓を開けてくださらない？

リチャード、フランス窓のところへ行き取っ手を回す。

リチャード　なんてこった！　おやじが自分で特許をとった錠を下ろしている。鍵がなければ開かないよ。

ルシア　まあ、それじゃ、仕方がないわ。

リチャード、中央のテーブルの下手の椅子に腰を下ろす。

リチャード　おやじはまったく驚くべき奴でね。いつも何か発明しているんだ。

ルシア　そうね、その発明で大きな財産をお作りになったんですものね。

リチャード　（憂うつそうに）金はうなるほどある。でも父にとっては金はどうでもいいんだ。科学者にはありがちのことだけど、仲間以外は誰の興味も引かないような夢みたいなことに熱中していてね。原子を破壊しようなんてね！

ルシア　でも、だからといって、お父さまが偉大な方だってことには変わりはないわ。

リチャード　父が現代科学界の第一人者だとしてもさ、（話しながら次第にいらだってくる）自分のものの見方でしか物事を考えないんだ。息子のぼくの扱い方だってひどいものさ。

ルシア　（身体を前にかがめて）お父さまはあなたをここで――囚人にしてしまったのね。（怒りを含んで）なぜお父さまはあなたを陸軍から除隊させてここに住めといいったのかしら？

リチャード　たぶん、ぼくが父の仕事の助けになると考えたんだろう。父親なら、そんなことにはぼくがまるで役立たないと知ってなきゃいけないんだ。そこには頭がまわらないんだから。（椅子から身体を乗り出して）ねえ、ルシア。これでは、ときには絶望的になってしまうよ。父は金に埋まって、最後の一文まであの実験に注ぎこんでいるんだ。

ルシア　（座り直して、苦々しげに）お金！　つまるところはお金なんだわ、お金！

リチャード　ぼくはくもの巣にかかった蠅のようなものさ。望みがない。

ルシア　まあ、リチャード、私だって同じよ。

リチャード、それ以上言わせまいと彼女を見る。

私は出ていきたいの。出ていきたいのよ……（彼女は突然立ち上がって、彼のほうに近よると興奮してしゃべり出す）リチャード、お願いだから手おくれにならないうちに私を連れていって。

リチャード　連れていくって、どこへ？

ルシア　(ますます興奮して)　どこでもいいわ――この世界のどこへでもよ！　この家からできるだけ遠くへ！　私、怖いのよ、リチャード、怖いの。この家には暗い影が――(ふりかえってあたりを見まわす)　いたるところに暗い影があるのよ。

リチャード　金を持たずに出ていってどうなるんだい？　(彼女を正面から見て、苦々しく)　金のない男は、女にとってはよくないものだよ。そうだろ、ルシア。そうだろ？

ルシア　(リチャードに背を向けて)　どうしてそんなふうに言うの。どういう意味なの？

リチャードは黙ったまま、ルシアを見つめている。

リチャード、今夜はどうかしたの？　別の人みたい……。

リチャード　(立ち上がって)　ぼくが？

ルシア　そう――何かあったの？

リチャード　うむ――べつに何もないさ――

ルシア　(彼の肩に手を置いて)　リチャード――あなた……

リチャードは肩にかかった彼女の手を外す。

リチャード　(手を後ろ手に組んで)　きみはぼくが間抜けな奴と思っているんだろう？　きみの古いお友だちがさっききみの手にそっと紙きれを渡したのをぼくが見なかったとでも思っているのかい。

リチャード……

ルシア　あなたが考えたのは……

リチャード　(はげしくさえぎって)　なぜ、きみは食事の途中で出てきたんだ？　もともときみは気分なんか悪くなかった。芝居をしていただけなんだ。きみは、あの大切な言伝てを読むために一人になりたかったんだ。きみは待てなかった。キャロライン叔母さんやぼくがなかなか出ていかないものだから、きみはいらいらして気が狂いそうになっていたんだ。

ルシア　リチャード、あなた気が変になっているのよ。まあ、ばかばかしい、まさか、私がカレリを好きだなんて思ってないでしょうね？　あなた——あなた——私にとってはあなただけよ、あなた以外に誰もいないわ。

リチャード　あの紙きれには何が書いてあったんだ？
ルシア　何も――何も書いてないわよ。
リチャード　じゃあ、見せてごらん。
ルシア　それは――それはできないわ。破いて棄ててしまったんですもの。
リチャード　嘘だ。破いてなんかいない。さあ、見せなさい。
ルシア　リチャード、私を信じられないの。
リチャード　力ずくでも取りあげられるんだぜ。（と一歩彼女に近づく）その気になればば……

　　ルシア、弱々しい叫び声をあげて後退りする。

いや、だめだ、ぼくにはそんなことはできそうもない。だけど、カレリのことは、絶対にはっきりさせるつもりだよ。
ルシア　（リチャードの腕をつかんで驚きのあまり大声で）だめよ、リチャード、あなたはそんなことをしてはだめ。いけないわ。そんなことをなさってはいけない。お願いだからやめてちょうだい。

リチャード　愛人を心配しているってことか。
ルシア　（怒って）あの男の愛人なんかじゃありません。
リチャード　（ルシアの肩を抱いて）たぶんそうじゃないんだろうね……たぶん彼は……

上手から声が聞こえる。リチャードは暖炉のほうに行く。シガレットケースとライターを取り出し煙草に火をつける。ルシアは中央のテーブルの下手にある椅子に腰を下ろす。キャロライン叔母とバーバラが上手のドアから入ってくる。バーバラは二十一歳の非常に現代風な若い女性。ハンドバッグを持っている。バーバラは舞台を横切ってルシアの傍へ。

バーバラ　ルシア、気分はもういいの？
ルシア　（無理に微笑して）ええ、ありがとう。
バーバラ　リチャードに何かよくない知らせがあったんじゃないの？　（と腕を組む）
キャロライン　（驚いて中央のテーブルの上手の椅子に腰を下ろす）バーバラったら！
バーバラ　そう。何か事件が起こりそうね。

キャロライン　近頃の若い娘は私にはさっぱりわからないわ！　なんでも知ってるし、またそれを口に出すし。

リチャード、上手から出ていく。外の声はドアが閉まるまで聞こえている。

バーバラ　（コーヒー・テーブルのほうへ歩きながら）ビクトリア朝時代の人たちってとっても素敵なのよ。赤ちゃんがグーズベリの茂みの中で生まれるなんて夢のある信仰だわ！　ほんとに素敵。（ハンドバッグの中を探して煙草とライターを見つけ、煙草に火をつける）

キャロライン　（身ぶりでバーバラを止めて）かわいそうに、私はあなたのことを心の底から心配しているのよ。

バーバラはライターをハンドバッグに戻す。

ルシア　（突然、泣き出しそうに）みなさんは、私にとてもよくしてくださるわ——やさしくて親切で。ここに来るまで、私、誰にもこんなに親切にしていただいたことはありません。本当にありがたいわ。

キャロライン　(立ち上がって、ルシアの肩をやさしくたたきながら) まあまあ、あなたの言いたいことはよくわかっているつもりよ——はじめての外国での暮らしですものねえ——若い女性にとってはとても大変なことだわよ……

ルシア立ち上がる。キャロラインはルシアを長椅子に連れていく。ルシアは長椅子の手前に座る。

でも早春のイタリアの湖沼地帯は心がうきうきするような雰囲気なんでしょうねえ。さあ、泣かないで、ルシア。

バーバラ　(コーヒー・テーブルに座りながら) なにか強いお酒をあげたら？　ここは時代遅れの恐ろしい家よ。お酒の中にも幽霊が出るって具合よ。〝悪魔のウイスキー〟でも一杯ぐっとやればすぐ直るわよ。

キャロライン　(こわごわと) バーバラ、なに、その〝悪魔のウイスキー〟って？

バーバラ　ブランデーとミントを半々に入れたお酒。それにレッド・ペッパーを忘れないでね。

キャロライン　アルコールで刺激するなんて賛成できないわね。お父さまはいつも言ってらしたけど……

バーバラ　お父さまが何をおっしゃろうと、アルジャーノンの大伯父さまは三本も瓶をあけるほどの大酒飲みだったことは誰でも知っているわ。

キャロライン　殿方は話が別よ。

バーバラ　昔はそれでよかったのよ。（自分のハンドバッグから小さな鏡とパフ、口紅を取り出す）さてと、どんなふうにしようかしら？　さあ、どう？　（乱暴に口紅を塗って）あらあら！

キャロライン　ねえ、お願い、そんないやらしい赤い色を唇につけたりしないでちょうだい。そんなきつい色を。

バーバラ　七番と六番。

キャロライン　どういうこと？

バーバラ　キスしてもとれない製品――

キャロライン　風の強い日に外に出れば、唇が荒れやすい、そんなときは、ちょっと油を塗るといいわ、たとえば、ラノリン油とか、その程度でいいんじゃないかしら。

バーバラ　叔母さま。口紅を私から取りあげれば？　女の子にとっては、唇を赤くしすぎるなんてことはないの。女の子なら誰でも、お家に帰るタクシーの中で唇の色が変わってしまわないように気をつけるものなのよ。（ハンドバッグに、鏡、パフ、口紅をしまう）
キャロライン　（わからなくて）帰りの――タクシーの中？　なんのことかわからないわ。
バーバラ　（立ち上がって長椅子の後ろに回り、ルシアの後ろから身体を乗り出して）ルシアならわかるわ。ねえルシア？
ルシア　ごめんなさい。私、聞いていなかったの。なんておっしゃったの。
キャロライン　いいのよ、私はあなたのこと本当に心配しているの。（ルシアからバーバラに視線を移して）あなた、何か持っているでしょう。ほら、サル・ボラティール、気付け薬よ。あれがぴったりだわ。間の悪いことに、うっかり者のエレンが今朝私の瓶を割ってしまったのよ。
バーバラ　知っているわ――病院の備品のなかにあったわ。（舞台中央の奥へ）
キャロライン　病院の備品？
バーバラ　そう、全部エドナのものだけど。
キャロライン　（ルシアに）ああそう！　もちろんそうね、あなたもエドナに会えるとよかったわ、私の年下の姪よ。エドナはご主人とインドへ行ってしまったの——あなたがリチャードとここへ来る三カ月前のことよ。そんな発展型の女性なの。

バーバラ　(中央のテーブルの下手の椅子の前で) 最高に発展型。ちょうど、双生児を生んだばかりでね。インドにはグーズベリの茂みなんかないから、あの人はマンゴーの樹の下で赤ちゃんを見つけたことにしなきゃならなかったにちがいないわ。

(椅子に座る)

キャロライン　(微笑して) なんてことを言うの、バーバラ。(ルシアに) 話したことがあるでしょ、エドナは戦時中に薬剤師の訓練を受けていたの。ここの病院で働いていたのよ。市の公会堂が病院になってたのよ。

バーバラ　それで薬局用の古くなった備品が箱の中に詰めこんであるのよ。きちんと分類して病院に送り返すはずだったのにみな忘れてしまったのね。屋根裏に放っておいてあったのが、エドナがインドへ行く荷物を作っていたら出てきたのよ。本棚の上に置いてあるけど、まだ誰もちゃんと中を調べた人はいないの。(彼女は立ち上がって舞台中央奥へ、隅の椅子をとると本棚の前に置き、その上にのる。本棚の上から黒いブリキの箱を下ろす)

ルシア　どうぞお構いにならないで。

バーバラ　(椅子から下りると箱を中央のテーブルに置く)せっかく下ろしたんだから中を調べてみたほうがいいわね。(箱を開く)ゴチャゴチャいろんなものが入っているわ。(と言いながら各種の瓶を取り出す)ヨードチンキ、安息香チンキ、カード社のチンキ、下剤、(顔をしかめる)さあ、これからは劇薬だわ。(何本か小さな茶色のガラス瓶を取り出す)アトロピン、モルヒネ、ストリキニーネ。気をつけてね、叔母さま。私を怒らせたりすると叔母さまのコーヒーにストリキニーネを入れますわよ、それで一巻の終わり。(とバーバラ身体を後ろにそらせる)

トレッドウェル上手から登場。ドアを開けたまま立っている。レイナー入ってくる。特徴のない二十八歳の男、バーバラの傍へ行き、箱を見る。

バーバラ　あら、レイナーさん。(と瓶を箱の中にしまいはじめる)

カレリ上手から入ってくる。小さな口ひげのある暗い感じの男。体にぴったりと合った夜会服を着ている。人あたりのいいマナー、なまりはあるが正確な英語を話す。彼は中央のテーブルの下手へ行く。クロード・エイモリー卿がカレリに続いて入ってくる。ひげをきれいに剃り、苦行者のような顔の六十歳ぐらいの男。ドアのところで立ち止まり、トレッドウェルに。

クロード　私の言いつけはわかっているな？

トレッドウェル　はい、用意は整っております。

トレッドウェルは上手に退場。クロード卿はカレリの下手に。

クロード　（カレリに）カレリ博士、すぐに書斎に行ってしまう失礼をお許しいただけるでしょうな？　今夜中に出さなければならない重要な手紙がありますので。レイナー！

レイナー、クロード卿に従って下手へ出ていく。クロード卿がドアを閉めるとき、彼が書斎の電灯をつけたのが見える。バーバラ、瓶の一つを落とす。カレリ、前へ出てその瓶を拾いあげる。

カレリ　おや、これはなんですか？　（彼はほかの瓶も取りあげる）モルヒネだ！　これはストリキニーネ！　どこでこんなものを手に入れたのです、若いご婦人が？

バーバラ　戦争の遺産ですわ。

キャロライン　（心配そうに立ち上がり、カレリを見て）本当は毒薬なんかじゃないんでしょ、先生？　つまり、あれでは誰にも危害を加えることなんかできないんでしょう？　（とテーブルの下手の奥に）

ルシアは立ち上がって、長椅子の奥へ。

カレリ　（冷静に）あそこに入っているわずかな量だけで、ざっと大の男を十二人殺すことができるでしょう。

キャロライン　（恐怖で息をのんで）まあ、なんてことでしょう。（中央のテーブルの上手の椅子に座りこむ）

カレリ　これを例にとると、（一つの瓶を取りあげてゆっくり読む）塩化ストリキニーネ。十六分の一グレイン。この小さな錠剤の七錠か八錠で非常に見苦しい死に方をします。苦しんだ揚句にです。（別の瓶を取りあげる）硫酸アトロピン。アトロピンの中毒はプトマインの中毒と区別しにくい。これもまた苦しみます。（二本の瓶を置くと、別の瓶を取りあげる）さてこれは——（非常に慎重に）臭化ヒオスシン、百分の一グレイン。とても強い薬には見えないでしょう？　でもこの小さな錠剤を半錠飲んだだけで……（身ぶりをする）苦痛はまったくありませんが——すみやかに夢のない眠りにつき、再び目覚めることはありません。（カレリはルシアの傍へ行き、目の前にその瓶をかざす）

ルシアとりつかれたように瓶を見つめる。

ルシア　（催眠術にかかったような声で）すみやかに、夢のない眠り……（ルシアは瓶のほうに手をのばす）

カレリはふるえているキャロラインを見てルシアに瓶を渡すのをやめる。上手のドアが開いて、リチャードが入ってくる。彼はデスクのスツールに腰を下ろす。トレッドウェルが上手からコーヒーの盆を持って入ってくる。彼は下手手前へ行き、コーヒー・テーブルの上に盆を置く。ルシアは長椅子に座り、コーヒーを注ぐ。バーバラはルシアの傍へ行く。バーバラはコーヒー・カップを二つとって、一つをリチャードに渡し、もう一つを自分の手に持っている。カレリは中央のテーブルの上の箱の中に瓶を戻す。バーバラはリチャードの前に立っている。トレッドウェル退場。

キャロライン　（カレリに）ぞっとしましてよ、先生。毒薬の知識がずいぶんおありなんですわね。イタリアの方だからかしら？

カレリ　（コーヒー・テーブルのほうへ行きながら）ああ、あなたはボルジア家のことをおっしゃりたいのですね！　（彼はキャロラインにコーヒー・カップを渡し、自分も一つをとる）

キャロライン　ルクレツィア・ボルジア――あのおぞましいけだもの！　子供の頃、何度も夢に出てきましたの――あのルシアのように巻き毛の黒い髪をした、背の高いまっ青な顔の女。

カレリはキャロラインに砂糖をとってやる。彼女はいらないと首を振り、カレリは砂糖を盆に戻す。リチャードはコーヒー・カップを置くとデスクの上

の箱からヒオスシンの瓶を取り出す。彼女は他の人たちをちらりと盗み見る。誰も見ていないことを確かめると瓶を開け、錠剤をほとんど全部自分の掌にあけてしまう。ルシアがそうしているあいだに下手のドアが開く。レイナーが入口に立っている。レイナーはルシアを見ているが、ルシアはレイナーに気づかない。ルシアは瓶をブリキの箱の中に戻すとコーヒー・テーブルのほうへ行く。

クロード　(舞台外で)コーヒーをくれ。

レイナー　(ふりかえって答える)はい、クロードさま、私がお持ちします。

ルシア、レイナーの声にふりかえるが、彼が部屋に入ってきていたことには気づかない。

クロード　(舞台外で)マーシャルへの手紙はどうしたかな?

レイナー　午後の郵便に間に合わせました。

クロード　(舞台外で)レイナー!

レイナー　はい、ただいま。

レイナーは書斎に戻っていく。ルシアはリチャードに背を向けてコーヒー・テーブルの上のカップの一つに持っていた錠剤を入れ、長椅子の前に行く。蓄音機から音楽が聞こえてくる。リチャードは雑誌を置くとコーヒーを飲み、立ち上がって中央のテーブルの上に空《から》になったカップを置き、ルシアの上手へ行く。

リチャード　（感情をこめて）ルシア、ぼくはきみの言うとおりにするよ。一緒に出ていこう。
ルシア　（弱々しく）リチャード——それ、本当？　でも、あなた、お金は？
リチャード　（きびしく）金を手に入れる方法はあるさ。
ルシア　（驚いて）どういうこと？
リチャード　つまりぼくにきみが必要なように、男が女を必要とするときには、男は——どんなことでもやってのけるということさ。

下手のドアが開いて、レイナーが入ってくる。

ルシア　(傷ついて)では、あなたはまだ私を信じてはいないのね？

リチャード、暖炉の前に行く。レイナーはコーヒー・テーブルからカップをとる。ルシアは長椅子の舞台奥の端に腰を下ろす。

バーバラ　(ふりむいて)レイナーさん、踊らない？

レイナー　ちょっとまってください。クロード卿にコーヒーをさしあげなければならないので。(レイナーは書斎にコーヒー・カップを持っていこうと背を向ける)

ルシア　(立ち上がって)レイナーさん、それはクロード卿のコーヒーじゃありませんわ、ちがうカップだわ。

レイナー　これはどうも。

ルシアはコーヒー・テーブルから別のカップをとってレイナーに渡す。二人はカップを交換する。

ルシア　これがクロード卿のよ。（ルシアは一人で謎めいた微笑を浮かべ、コーヒー・テーブルに自分のカップを置き、元の長椅子に戻って、奥の端に座る）

レイナーは、ルシアに背を向けると、ポケットから錠剤を取り出しコーヒー・カップに入れる。レイナーはそのカップを持って下手のドアから出ていこうとする。バーバラ、ドアの前でレイナーをつかまえて。

バーバラ　踊っていきなさいよ、レイナーさん。カレリ博士はルシアと踊りたがっているんだから。

リチャード　（レイナーの傍へ行って）コーヒーを渡したまえ。ぼくが父のところへ持っていこう。（彼はカップをとり、しばらく、観客に背を向けているが、下手のドアから出ていく）

レイナーはバーバラと踊りながら舞台の奥へ。キャロラインは肘掛け椅子に座る。カレリはコーヒー・テーブルの上手へ行く。

カレリ　（ルシアに）キャロラインさんが、ご親切にも、私を今晩の晩餐にお招きくださったんだよ。
ルシア　あの方は本当にお優しい方。
カレリ　（長椅子の後ろへ）素晴らしいお邸《うち》だ。

リチャード下手から部屋に戻ってくる。

いつか、じっくり拝見させていただきたいものだ。私は、こういうものに興味があってね。
ルシア　私より、ずっとキャロライン叔母さまのほうがお詳しいわよ。

レイナーとバーバラは部屋の端のほうで踊っている。リチャードは中央のテーブルのそばで、薬品の入ったブリキの箱を整理する。カレリはルシアの下手に寄って、低いがせっぱつまった声で言う。

カレリ　私が言ったことはやったろうね？

ルシア　（低く）あなたには血も涙もないの？

バーバラとレイナーはフランス窓のところで踊っている。

カレリ　言ったことはやったんだね？

ルシア　私――私は……（立ち上がると、突然ふりむいて広間に通ずる上手奥のドアへ行く。だがドアは開かない）このドア、開かないわ。

バーバラ　（フランス窓の傍で）どうしたの？

ルシア　このドアが開かないの。

バーバラとレイナーは踊るのをやめて、上手奥のドアのところへ来る。リチャードは蓄音機を止めると皆のところに来る。皆でドアを開けようとする。カレリは本棚の前へ行く。下手のドアが開くと、クロード卿がコーヒー・カップを手に入ってくる。彼は一同を見て立っている。

レイナー　これは変ですねえ！　（ドアのところでふりかえって皆を見る）どこか錆びついているようです。

クロード　いやいや、錆びついているのではない。錠が下りているのだ——外側からな。

キャロライン立ち上がって長椅子のほうへ行く。口を開こうとする。

（キャロラインに）これは私の命令なのだ。（彼はコーヒー・テーブルの前に行き観客に背を向ける。登場人物全員がクロード卿をじっと見ている。クロード卿はコーヒー・テーブルの上の砂糖入れから角砂糖をとるとカップに入れる）皆に言いたいことがある。リチャード、すまないがベルを押してくれ。

リチャードは下手に行き、暖炉の上のベルを鳴らす。

さあ、みんな座ってくれたまえ。

カレリはデスクの前のスツールに腰を下ろす。レイナーは上手の奥の椅子をカレリの奥に持ってきて座る。ルシアは中央のテーブルの下手の椅子に座る。リチャードは暖炉の手前に立っている。キャロラインは長椅子の舞台奥の端に、バーバラはその隣に座る。クロード卿は最後に肘掛け椅子に腰を下ろす。

上手のドアが開いて、トレッドウェルが入ってくる。部屋を見回して。

トレッドウェル　お呼びでしょうか、クロードさま。
クロード　そうだ。私が言ったところへ電話をかけたかね。
トレッドウェル　はい。
クロード　答は満足のいくものだったかね？
トレッドウェル　はい、完全に。
クロード　で、車は駅に向かっているのだね？
トレッドウェル　ハイヤーはまだ戻っておりませんので、列車の到着に合わせてタクシーを頼んでおきました。
クロード　よし、では錠を下ろしてもらおう。
トレッドウェル　かしこまりました。

トレッドウェル上手から出ていく。間《ま》。鍵を回して錠が下りる音が聞こえる。

キャロライン　クロード……

クロード　私の命令だ。

リチャード　一体、これはどういうことなんです？

クロード　今から話す。まず最初に、諸君もご承知のとおり、あの二つのドアは外から錠が下りている。私の書斎から外に出るにはこの部屋を通るしかない。あのフランス窓は鍵がかかっている。（カレリに）私自身の特許の錠だ。ここは鼠とりの罠になっているのだよ。（腕時計を見て）いま、九時十分前だ。九時すぎには、鼠をつかまえる役の男が到着することになっている。

リチャード　鼠をつかまえる？

クロード　探偵だよ。（コーヒーを飲む）

ルシア、低い叫び声をあげる。他の者もざわめく。リチャードはルシアを見つめている。

少しは効果があったようだな。（コーヒーを飲みほすと、顔をしかめて、テーブルの上にカップを置く）このコーヒーは、ひどく苦いな。

キャロラインは自分がいれたコーヒーが苦いと言われたので困惑した表情を見せる。

リチャード　どんな探偵ですか？

クロード　名前はエルキュール・ポアロ。ベルギー人だよ。

リチャード　でも、なぜ？　なんのためにその男を呼んだのですか？

クロード　ふむ。ようやく問題の核心に近づいてきたな。諸君の大半が知っているとおり、ここしばらく、私は原子力の研究をやってきた。（カレリに）私は新しい爆発法を発見したのだよ。その威力は、これまでに試みられてきたあらゆる爆発が、ただの子供の遊びに見えるほど、すごいものだ。ほとんどの諸君がすでにご存じのとおり……

カレリ　（立ち上がって、熱心に）私は知りませんでした。大変興味を引くお話です。

クロード　（冷たく）そうかね、カレリ博士？

カレリ座る。

いま話している、私が名づけた『アモライト』にはかつての千人単位の殺人力に代わって十万人単位の殺人力がある。

ルシア　なんて恐ろしい！

クロード　真理はけっして恐ろしいものではない。興味深いものなのだ。

リチャード　でも——なぜそれがこんなことに？

クロード　（ゆっくりと）それは、ごく普通のノートに書いて長封筒に入れてあった原子爆発の方程式が、晩餐の始まるちょっと前に、この席にいる誰かによって（書斎のほうを指して）私の書斎の金庫から盗み出されたからだ。

憤慨の声、抗議する声。「方程式を盗まれたって！」「なんだって！　金庫から！　不可能だ」などのざわめきが起こる。

（声を高くして）私は、自分のことはしっかり確かめておく習慣を持っている。金庫に方程式を入れたのは七時二十分ちょうどだった。私が書斎を出るとレイナーが入ってきた。

レイナー　クロードさま！

クロード　（手をあげて制し）レイナーはカレリ博士が到着したという知らせがあるまでずっと書斎にいた。博士とあいさつしたあと、レイナーはカレリ博士を書斎に残して、ルシアに知らせに……

カレリ　とんでもない、私は――私は。

クロード　（手をあげて）しかし、レイナーは、バーバラと一緒にこの部屋に入ってくるキャロラインにこの部屋のドアのところで出会ったので、外には出ていない。三人はこの部屋にずっといた。カレリ博士もこの部屋に来た。キャロラインとバーバラの二人だけが、ここにいるなかでは書斎に入らなかった。

バーバラ　クロード伯父さま、そのお話は正確じゃありませんわ。私も関係があるんです。キャロライン叔母さまが失くなった編み針を探してくれとおっしゃったので書斎にも探しに行きました。

クロード　（バーバラを無視して）リチャードが次に入ってきて、一人で書斎の中をぶらぶらしていた。数分間、書斎にいた。

リチャード　なんということだ！　（ルシアの下手に行く）お父さん！　あなたがぼくを疑うなんて……

クロード　（リチャードを見て）あの紙きれは大変な金になるものなのだぞ。

リチャード　そして、ぼくには借金がある、とこういうわけですね？

クロード　続けるとしよう。リチャードはルシアが入ってきたときにまた戻ってきた。そして数分後に晩餐が始まると告げられたとき、ルシアの姿を誰も見かけなかった。私は、金庫の傍に立っているルシアを書斎で見つけた。

リチャードは、ルシアの後ろに回り彼女の肩に手を置く。

リチャード　お父さん！

クロード　金庫の傍に立っていたのだ。彼女は非常に動揺しているように見えた。そして気分がよくないと私に言うのだ。私はワインを一杯勧めた。しかし、彼女はもう大丈夫だと言って、私を書斎に残して皆のほうに行ったのだ。ルシアと一緒にすぐ食堂に行こうと思ったが、第六感で金庫の中を急いで調べてみた。方程式を入れた封筒が失くなっていた！

間《ま》。次第に一同に緊迫した雰囲気がみなぎってくる。

これで事情は諸君にも明らかになっただろう？　誰が方程式を盗んだにしろ、まだ当人がそれを持っているはずだ。誰もこの部屋から外へ出る機会がないように気をつけていたのだからな。

カレリ　ということは、私たちを調べるということですか？

クロード　そうは言っていない。（と腕時計を見る）九時二分前だ。エルキュール・ポアロがマーケット・クレーヴにもう着いている頃だ。九時ちょうどにトレッドウェルに外からこの部屋の電灯を消すように命じてある。全員が暗闇の中にいるわけだ。このまま事が運べば、事件は私の手を離れ、エルキュール・ポアロが事件の解決に当たることになるだろう。しかし、もし暗闇の中で、方程式がここに（と彼の傍のテーブルを叩いて）置かれていれば、私はムッシュー・ポアロに、私の間違いだったからもう仕事の必要はないと言うことにしよう。

リチャード　（興奮して）乱暴なやり方だよ。（全員を見回す）みんな調べてもらおうじゃありませんか。ぼくはそうします。

レイナー　私もそうします。
カレリ　私も。
キャロライン　そうですとも、やるのならみんなやりますわ。
ルシア　だめよ、リチャード。お父さまの案が最高だわ。
クロード　どうかね、リチャード。
リチャード　（重々しく）いいでしょう。（他の人々を見回すと上手へ）

他の人々は身ぶりで同意したことを示す。クロード卿は疲れたように椅子の背に身体をもたせかけ、低い、はっきりしない声で言う。

クロード　コーヒーの味がまだ――舌に残っている。（とあくびをする）

暖炉の上の時計が九時を打ちはじめる。全員じっと聞き耳をたてている。クロード卿はゆっくりと体の向きを変えてリチャードを見る。時計が九つを打つと共に灯りが消える。息をのむ音、女たちの押し殺したような叫び。

キャロライン　こんなのいやだわ！

バーバラ　叔母さま、静かに。聞きたいのよ。

静寂。それから重い息づかい。布地の破れるような音。金属のチャリンという音。紙を破る音。椅子が倒れる音。突然ルシアが叫ぶ。

ルシア　クロードさま、クロードさま。もうがまんできないわ！　灯りをつけて！

上手奥のドアが激しくノックされる。ルシア、再び叫び声をあげる。灯りがつく。リチャードは上手のドアの傍にいる。レイナーは立ち上がろうとしている。レイナーの椅子がひっくりかえっている。ルシアはほとんど気を失いそうになって自分の椅子の背に寄りかかっている。クロード卿は肘掛け椅子に腰を下ろしたまま。目は閉じている。横のテーブルの上には長封筒がある。

レイナー　（封筒を指して）あった！　方程式だ！

ルシア　よかったわ！　よかったわ！

上手奥のドアにまたノックの音。ドアがゆっくり開く。全員の目が集まる。エルキュール・ポアロが開いたドアの中央に立っている。バーバラ立ち上がる。ポアロ、部屋の中に入ってきて頭をさげる。

ポアロ　エルキュール・ポアロ参上いたしました。

ヘイスティングズ大尉がポアロのあとから入ってきて彼の上手に立つ。

リチャード　（あいさつしようとポアロのほうに進みでて）ムッシュー・ポアロ。（握手をする）

ポアロ　クロード卿で？　いやいや、これはお若い。息子さん、そうですな？　こちらは私の仲間のヘイスティングズ大尉です。（と中央の舞台手前へ）

ヘイスティングズ　（握手して）素敵なお部屋ですね。

リチャードはポアロの上手へ。

リチャード　申し訳ありません、ポアロさん。とんだ手違いで、わざわざお越しいただいたことになりました。あなたのお力ぞえをいただく必要はなくなったんです。

ポアロ　本当ですか？

リチャード　そうなんです。すみません。お手数をかけてしまって。もちろん、料金のほうは——きちんといたしますから。

　ヘイスティングズはフランス窓のほうへ行く。

ポアロ　よくわかりました。しかし、今、私が興味を引かれているのはお金ではありません。

リチャード　何かほかに？

ポアロ　何に興味がおありかとおっしゃる？　ほんの些細な点です。私に来いとおっしゃったのはあなたのお父さまです。なぜお父さまご自身が、用は済んだと私におっしゃってくださらないのでしょう？

リチャードは中央のテーブルの奥に行く。

リチャード　ああ、もちろんそうでしたね。すみませんでした。（クロード卿のほうを向いて）お父さん、ポアロさんにもう仕事の必要はなくなったと言ってあげてください。

答がない。

お父さん！　（リチャードは大急ぎでクロード卿が座っている肘掛け椅子の後ろに回る）

クロード卿は動かない。ポアロはすばやく足音も立てず中央のテーブルの奥に進む。

（リチャードはクロード卿の上に身をかがめるが、あわててふりむき）医者だ！

キャロラインは立ち上がってクロード卿のほうへ行く。カレリは立って肘掛け椅子の前へ。ポアロは死体の手をとって、首を振る。カレリはさらに身体を調べる。ポアロはクロード卿の脈を確かめると、一歩退いて死者を見つめる。ヘイスティングズは長椅子の後ろで、事件のなりゆきを注意深く見ている。

ポアロ　（静かに、独り言のように）そうです――私は恐れていました――（舞台中央手前に進みでる）とても恐れていました――

バーバラ　（ポアロに近よって）何を恐れていたんですの？

ポアロ　――クロード卿のご依頼が手遅れにならないか、とですよ、マドモワゼル。

キャロラインは上手奥へ動く。レイナーは彼女の傍に寄って、カレリを見る。

レイナー　（バーバラに）あの方もお医者さまというわけですかね？

バーバラ　ええ、あの方はイタリアの方ではありますが。

ポアロ　（微笑して）この私、私は探偵です――ベルギー人ではありますが。

カレリ　（姿勢を正して）お亡くなりになっています。

バーバラ、後退りしてキャロラインに場所をゆずる。

リチャード　なんということだ——なんで？　心臓発作ですか？

カレリ　（疑わしそうに）ええ——そうではないかと。

リチャード、少し舞台の奥へ。ルシア立ち上がってすばやくポアロの上手へ寄り、上手袖にポアロを引っぱってゆく。

ルシア　ムッシュー・ポアロ。

ポアロ　なんでしょう、マダム。

ルシア　あなたは、ここにいなくてはいけません！　みなさんがすすめても帰ったりなさってはいけません。

バーバラ、テーブルの下手の椅子を上手奥へ戻す。キャロラインは椅子に腰

　を下ろして泣きはじめる。リチャードは二人のほうへ行く。

ポアロ　では——奥さまは私に残れと?

ルシア　ええ、そうです。何かおかしなところがあります。お父さまの心臓はなんとも
なかったんです。ほんとになんともなかったんですよ。

　ポアロはルシアを長椅子へ連れていく。ルシアは座る。

カレリ　エイモリーさん、お父さまのかかりつけの医者を呼ばれたらいかがでしょうか。
(彼は肘掛け椅子の後ろへ)

リチャード　そうしよう。(デスクの傍へ行き電話をとる)マーケット・クレーヴの五
番。

　間《ま》。

レイナー　(舞台中央に出て)ポアロさんにお車をお呼びしましょうか?

ポアロ、身体を半分レイナーのほうに向ける。

ルシア　ポアロさんはここにお残りになるの——私がお願いしたのよ。

リチャード　（すばやく向き直って、驚いて）なんだって？

ルシア　そうよ、リチャード。あの方にここにいていただくの。

レイナーはバーバラの傍へ。ポアロは観客に背を向けて立っている。

リチャード　しかし……（電話がつながる）ああ、もしもし……グレアム先生。リチャード・エイモリーです。父が心臓麻痺で倒れました。すぐ来てくださいますか？……もう手のほどこしようがないんじゃないかと……いいえ……そうじゃなければいいんですが……ありがとうございます。（受話器を置く）

ポアロは舞台の奥のバーバラのところへ行く。リチャードは肘掛け椅子の傍へ行き、クロード卿をじっと見る。それからルシアの傍へ行く。カレリは上手手前へ。

ルシア　（低い興奮した声で）ルシア、気が変になったのかい？　なんということをしたんだ？

リチャード　（立ち上がり、驚いて）それ、どういう意味ですの？

ルシア　きみは父の言葉を聞かなかったかい？　（意味ありげに）「このコーヒーはひどく苦いな」

リチャード　「このコーヒーはひどく苦い……」（突然恐怖に襲われて）まあ！

ルシア　わかったかい？

リチャード　（前をじっと見つめて）まあ、なんということでしょう！

ルシア　（ポアロに向き直って）ポアロさん……（彼は舞台中央にいるポアロに近づく）

リチャード　なんでしょう、ムッシュー。

ポアロ　（決心して）ポアロさん。申しかねますが、私の妻は一体あなたに何を捜査してくれとお願いしたのでしょうか？

リチャード　（面白そうに微笑して）そうですね——資料の盗難についてとでも申しましょ

ポアロ

うか？　あのマドモワゼルは私が呼ばれた理由をそう説明してくださったのです。
リチャード　（バーバラに非難の目を投げて）その問題の書類は――もう戻っているのですよ。
ポアロ　そうでしょうか？　（と中央のテーブルの上の封筒を見る）
リチャード　それはどういう意味です？
ポアロ　ちょっとした思いつきです。（テーブルの奥に行く）昔、ある方からとても面白いお話を聞いたことがあります。それは空《から》の壺の話でしてね――中には何も入っていなかったというのです。（とテーブルから封筒を取りあげる）私はいささかどうかと……

リチャードはポアロから封筒を受け取り、中を見る。

リチャード　カラだ！　（封筒を振り、ルシアのほうを見、封筒をテーブルの上に放り出す）

ポアロは封筒を取りあげ、中を調べる。ルシアは暖炉の前へ。

では、やはり私たちは取り調べを受けなければ――みんなが……（確信のない口調で）

ポアロ　ご忠告申し上げます。医者が来るまでは何もなさらぬように。（下手のドアを見る）あのドアは――どこに通じていますか？

リチャード　書斎です。

ポアロは下手のドアへ行き、首を出して書斎の中を見まわすと、満足そうにうなずきながら戻ってくる。

ポアロ　なるほど。（長椅子の奥に行く）ところで《エ・ビアン》、みなさまはもうこの部屋にいていただく必要はないと思います。

ほっとした雰囲気が漂う。バーバラ、上手のドアを開ける。カレリ舞台の中央に。

ポアロ　（カレリを見て）もちろん、どなたもこのお邸を離れてはならぬことはご承知くださいますね？

バーバラとレイナーは下手のドアから出ていく。カレリもそれに従う。キャロラインは立ち上がってゆっくり肘掛け椅子の奥へ。

リチャード　私は責任を感じています。（と上手奥のドアのほうへ行く）

キャロライン　（クロード卿の椅子に寄りかかって）かわいそうなクロード、クロード。

ポアロ、キャロラインの傍に。ルシアは下手の中央に。

ポアロ　しっかりしなければいけませんよマドモワゼル、さぞショックは大きかったでしょうけど。

キャロライン　今晩、舌平目のフライを作っておいてよかったわ。お気に入りの料理でしたもの。（と涙を拭う）

ポアロ　（まじめに）そうでしょうとも。せめてもの慰めです。

ポアロはキャロラインをなだめながら上手奥のドアへ。キャロライン退場。リチャードも彼女について出ていく。ルシアもドアは開け放したまま二人のあとから退場。ポアロとヘイスティングズ大尉だけが残る。ヘイスティングズは中央のテーブルの奥に。

ヘイスティングズ　（ポアロの下手に来て、熱心に）さてと、どう考える？

ポアロ　ドアを閉めて、ヘイスティングズ。（と上手の前へ）

ヘイスティングズは上手奥のドアを閉める。ポアロはゆっくりと首を振ると、部屋の中をぐるりと見回す。ヘイスティングズは舞台中央に立ち、息を殺してポアロを見ている。ポアロは上手の奥へ行き、突然、さっと倒れた椅子に歩み寄って調べると、小さな鍵をひろいあげる。

ヘイスティングズ　（ポアロの傍へ）何を見つけたんです？

ポアロ　鍵さ。金庫の鍵のようだ。さっき書斎で金庫を見たのでね。ヘイスティングズ、悪いけれどこの鍵が合うかどうか試してみて、その結果を知らせてくれないか？

ヘイスティングズはポアロから鍵を受け取ると下手の奥のドアから書斎へと出ていく。ポアロは肘掛け椅子の上手でクロード卿のズボンのポケットをさぐり鎖のついた鍵束を取り出す。ポアロは鍵束を見ながら舞台下手の中央へ。ヘイスティングズ、下手奥から再び登場。

ヘイスティングズ　（ポアロの傍へ行って）確かにこの鍵だよ。クロード卿がこの鍵を落としたのか、それとも……（と言いよどむ）

ポアロ　（ゆっくり首を振って）ちがう、ちがう。きみ《モナミ》、その鍵を貸したまえ。（ヘイスティングズから鍵を受け取ると鍵束の中の一つと比べてみる。ポアロはクロード卿のポケットに鍵束を戻すとヘイスティングズの傍へ近寄って）これは合鍵だよ。よい出来ではないが役には立つ。

ヘイスティングズ　（ひどく興奮して）ということは、つまり……

ポアロ身ぶりでヘイスティングズを黙らせる。上手のドアの錠を開ける鍵の音が聞こえる。ポアロはドアのほうに向き直る。ドアがゆっくりと開く。トレッドウェルが戸口に立っている。

トレッドウェル　失礼いたしました。（部屋に入ってきて後ろ手にドアを閉める）旦那さまは、あなたがご到着になるまで、このドアに鍵をかけておくようお命じになりました。旦那さまが……（彼は椅子に座っている主人が動かないのに気づき、言葉をのみこむ）

ポアロ　亡くなられたのだ。（と中央のテーブルの奥に行く）

トレッドウェル、デスクの前で立ち止まる。

トレッドウェル　これは――殺人なのでしょうか？

ポアロ　何か思いあたることが？

トレッドウェル　（声を低めて）今夜は妙なことばかり起こりました。

ヘイスティングズは長椅子の後ろに回る。

ポアロ　ほう？

ポアロとヘイスティングズは視線をかわす。

トレッドウェル　どこから始めればよろしいのか。私――私が最初に何かよくないことがあるという気がしましたのは、あのイタリアの紳士がお茶にみえたときです。話してください。

ポアロ　イタリアの紳士？

トレッドウェル　カレリ博士でございます。

ポアロ　彼は突然、お茶の時間にやってきたのですか？

トレッドウェル　はい。旦那さまとキャロラインさまが、若奥さまのルシアさまのお友だちがどんな方か会ってみたいとおっしゃって、晩餐にお招きになったんです。でも、いかがなものでしょうか……（と言いよどむ）

ポアロ　どうぞ？

トレッドウェル　その、おわかりいただけると存じますが、私はうちうちのことを悪く申し上げたくはないのです。でも旦那さまがお亡くなりになったので……

ポアロ　ええ、ええ、わかりますとも。あなたはご主人思いだったのですね。

トレッドウェルはうなずく。

トレッドウェル　クロード卿は何かお話しになりたくて私を呼ばれたのです。あなたもできるだけなにもかも話してくださらなければ。

ポアロ　では、私の考えを申し上げます。キャロラインさまが招待なさったとき、ルシアさまはあのイタリアの紳士を晩餐にお招きになりたくなかったのです。

トレッドウェル　ルシアさまの顔色を拝見しておりました。

ポアロ　（中央のテーブルの下手へ）あなた自身のカレリ博士の印象はどうですか？

トレッドウェル　カレリ博士は私どもとは異質の方です。

ポアロはトレッドウェルの言葉の意味がよくわからない様子でヘイスティングズを見る。ヘイスティングズは笑いをかみ殺して横を向く。トレッドウェルは真剣な表情のまま。

ポアロ　あなたはカレリ博士がこの家を訪ねてきたやり方に変な感じを持ったというのですね？

トレッドウェル　はい。どこか不自然でございました。そして、彼が現れてから面倒なことが始まったのです。ご主人はあなたをお呼びになる、ドアに鍵をかけよとお命じになる。ルシアさまも夕方からずっとそわそわしていらっしゃいました。晩餐の席にいられないほどだったのです。リチャードさまはそれを見てとても困っておいででした。

ポアロ　晩餐の席にいられなかった？　すると、この部屋にいたのですね？

トレッドウェル　はい。

ポアロは部屋を見回す。ルシアが置き忘れた長椅子のハンドバッグに目を止める。

ポアロ　妙だな。（彼は長椅子に近づきハンドバッグを取りあげる）ご婦人がハンドバッグを忘れるとは。

トレッドウェル　（中央のテーブルの下手の椅子の前にすばやく出て）それはルシアさまのものでございます。

ヘイスティングズ　（長椅子の下手の端の前で）私はルシアさんが部屋を出る直前にハンドバッグをそこへ置くのを見ましたよ。

ポアロ　部屋を出る直前だって？　それはおかしいぞ。（ハンドバッグを長椅子に置く）

トレッドウェル　ドアに錠を下ろすのは旦那さまのご命令で……

ポアロ　（さえぎって）そうそう、そのことを聞かなければ。まずそこへ行ってみよう。（と上手のドアを示す）

トレッドウェルは上手のドアへ。ポアロはついていく。

ヘイスティングズ　（もったいぶって）それでは私はここに残っていよう。

ポアロ　（上手のドアのところで立ち止まって）いやいや、一緒に来たまえ。

ヘイスティングズ　（中央のテーブルの下手の椅子の奥へ）でもそのほうがいいと……

ポアロ　（中央テーブルの奥へ行き、ものものしい口調で）きみの力を借りたいんです

よ、きみ。（とヘイスティングズの腕をとる）

トレッドウェル、ポアロ、ヘイスティングズはドアを閉めて上手に退場。しばらくして上手奥のドアが用心深く、そっと開き、ルシアがしのび足で入ってくる。ルシアはすばやく部屋を見回すと中央のテーブルへ行き、その上のクロード卿のコーヒー・カップをとる。カップを手に持ったまま、どうするか決めかねていると、上手のドアが音もなく開き、ポアロが入ってくる。

ポアロ　（ルシアのそばへ行って）ちょっと失礼、奥さま。

ルシア、びっくりして飛び上がる。ポアロは丁重に、彼女の手からコーヒー・カップを受け取る。

ルシア　私――その――ハンドバッグをとりに。
ポアロ　ああ、なるほど。（中央のテーブルにカップを置いて）さてと、どこかで見ましたが？　ああ、あそこ？　（と長椅子からハンドバッグをとりルシアに渡す）

ルシア　どうもありがとう。

ポアロ　どういたしまして、奥さま。

ルシア、ひきつったような笑みを浮かべポアロを見ると、上手奥のドアから出ていく。ポアロはじっと立ちつくしている。やがてカップを取りあげ、匂いをかいでみる。自分のポケットから試験管を取り出しクロード卿のカップから数滴を注いで、封をする。ポケットに試験管をしまうと、カップの数を声に出して数える。

ポアロ　一、二、三、四、五、六。

ポアロは上手のドアのところへ行って、乱暴に音をたててドアをあけたてすると、大急ぎでフランス窓へ走り、カーテンの後ろに隠れる。しばらくののち、上手奥のドアが開いて、ルシアが入ってくる。今度は充分警戒していてずっと上手のドアを見ている。彼女は前と同じコーヒー・カップを取りあげると、ホールに通じるドアの傍の小さな机の上に置いてある植木鉢に中身をあける。上手のドアを見張りながらルシアは別のカップをクロード卿の傍に置く。それから急いで上手のドアへ。ちょうどドアのところまで行ったとき、外からドアが開く。リチャードとグレアム医師が入ってくる。

リチャード　(驚いて) ルシア！

ルシア　私──あの、ハンドバッグをとりに来ましたの。(と急いで出ていく)

リチャードはルシアが出ていくのを見送っている。同時に、ポアロはカーテンの後ろから、そっと出て下手のドアから入ってきたように見せる。リチャードとポアロは舞台中央手前へ行く。

リチャード　(ふりかえってポアロを見て) ああ、ここにいらしたのですか、ポアロさん。グレアム先生です。

ポアロとグレアム医師はお互いにあいさつする。グレアム医師はクロード卿の上手に行き、死体の上に身をかがめる。リチャードは医師を見ている。二人が注意していないのをさいわいポアロは中央のテーブルの奥に行き、微笑を浮かべながらコーヒー・カップを再び数える。

ポアロ　一、二、三、四、五。（そして、ポケットから試験管を取り出すとゆっくりと頭を振る）

――すばやく幕――

第二幕

舞台配置図

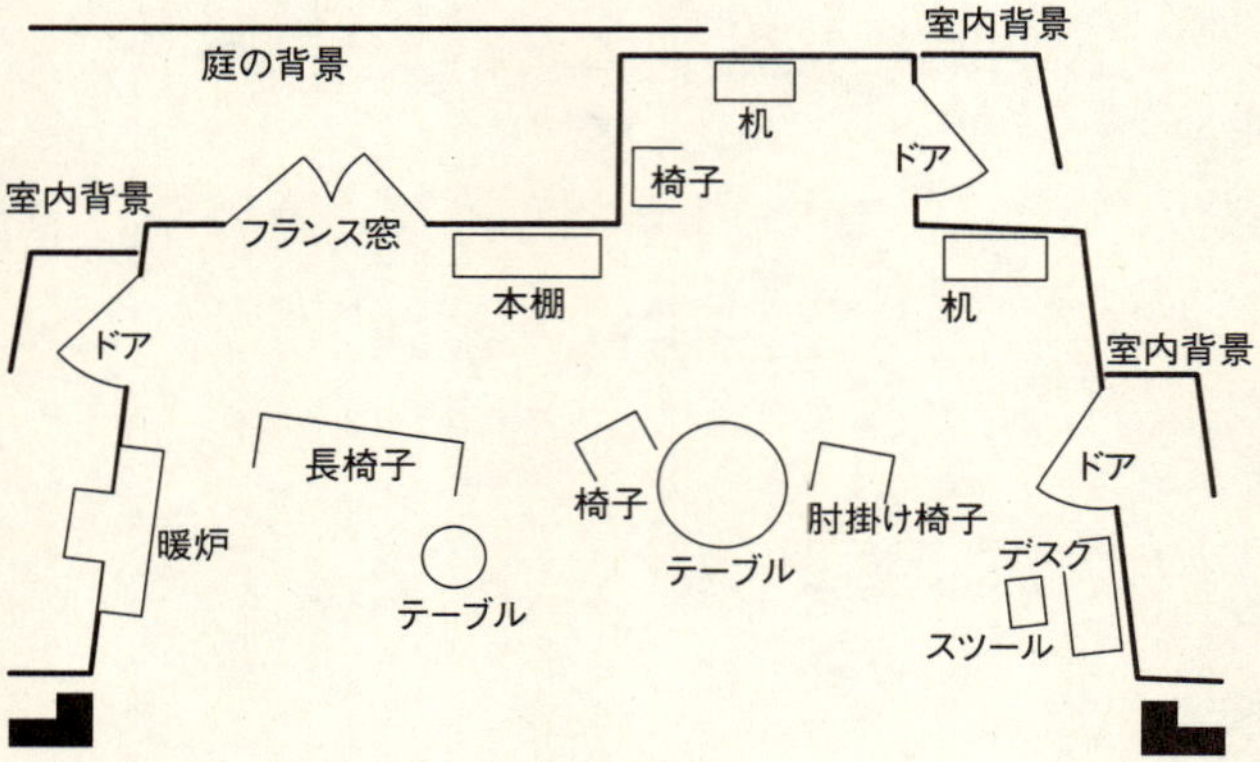

庭の背景
室内背景
室内背景
室内背景
フランス窓
机
椅子
ドア
本棚
机
ドア
ドア
長椅子
暖炉
椅子
肘掛け椅子
テーブル
テーブル
デスク
スツール

場面　同じ場。翌朝。

ドアとフランス窓は閉まっている。カーテンは開いている。上手《かみて》の前で倒れていた椅子は隅に片づけられている。暖炉の付け木を入れる壺は少し位置が変わっている。コーヒー・カップはまだ中央のテーブルの上に残っている。

幕が開くと、ヘイスティングズが長椅子の舞台手前側のアームに腰かけている。ポアロも肘掛け椅子のアームに腰かけている。リチャードは中央のテーブルの下手《しもて》の椅子に座り、いま、事情の説明を終えようとしている。

リチャード　まあ、これで全部だと思います。私のことははっきりしたと思いますが？

ポアロ　完全にですよ、ムッシュー・エイモリー。完全です。絵にかいたようにはっきりとわかります。（と目をつむる）あたりを睥睨《へいげい》してクロード卿が椅子に座っている。真っ暗闇。ドアにノックの音……ふむ、少々、芝居がかった場面ですな。

リチャード　（立ち上がる様子を見せて）そのあとは全部お話ししたとおりです。

ポアロ　ちょっと、お待ちを。

リチャード　（椅子に座り直して）はい？

ポアロ　夜になったころはどうでした？

リチャード　夜になったころ、というと？

ポアロ　はい、晩餐が終わってから。

リチャード　ああ！　そのことですか。お話しするようなことは何もありません。父とレイナーはまっすぐ書斎に行きました。ほかの者は皆、ここにいました。

ポアロ　で、あなたは——何を？

リチャード　ああ、お喋りをしていただけです。ほとんどレコードを聞いていましてね。

ポアロ　何か思いあたる、ということはありませんでしたか？

リチャード　（不自然に早く）何もありません。

ポアロ　（リチャードをじっと見て）いつ、コーヒーは出ましたか？
リチャード　食事のすぐあとです。
ポアロ　トレッドウェルが一人ずつカップを渡したのですか、それとも注ぐようにここに置いていったのですか？
リチャード　よく憶えていません。
ポアロ　みなさん、コーヒーを召しあがりましたか？
リチャード　レイナー以外はみんなです。
ポアロ　クロード卿のカップは、書斎で渡されたのでしょう？
リチャード　そうだったと思います。（いらいらして）そんなこまかいことまで全部本当に必要なんですか？
ポアロ　申し訳ありません。私の心の眼にすべての場面の絵を浮かべてみたいのですよ。で、あの貴重な方程式を取り戻したいというご要望ですよね？
リチャード　（むっつりと）まあそういうことです。
ポアロ　（驚いた様子で）え、ちがうのですか？
リチャード　ああ、もちろんです、もちろんですとも。
ポアロ　（リチャードから目をそらして）さて、クロード卿が書斎からこの部屋に入ってきたのは何時でしたか？

リチャード　ちょうど、彼らがあのドアを開けようとしているときでした。（と上手奥のドアを指す）

ポアロ　（聞きとがめて）彼らとは？

リチャード　レイナーとカレリです。

ポアロ　ドアを開けたがったのは誰です？

リチャード　私の妻です。ルシアは昨夜はずっと気分がよくなかったんです。

ポアロ　（同情して）お気の毒な奥さま《ラ・ポーヴル・マダム》。今朝は少しはよくおなりでしょうね？　奥さまに急いでおたずねしたいことが一、二ありますが。

リチャード　それは難しいんじゃないかと思いますよ。ルシアは人に会おうとも、質問に答えようともしません。いずれにせよ、私が答えられないことで、妻がお答えできることはないはずです。

ポアロ　そうでしょう、そうでしょうとも。しかし、ムッシュー・エイモリー、女性というものはこまかい観察力にはとくにすぐれているものです。それはきっと叔母上のキャロラインさんも同じでしょう。

リチャード　叔母は、まだ休んでいます。父の死は叔母には大ショックだったんです。

ポアロ　そうでしょうねえ！

間《ま》。リチャードは居心地悪そうに見える。彼は立ち上がってフランス窓のほうを向く。

リチャード　すこし、空気を入れ替えましょう。ここは暑くて。

ポアロ　ああ、あなたも他のイギリスの方と同じだ。きれいな外気が外にはあります。せっかくのきれいな空気を外に置く手はありません。まったく！　家の中に外気をとりこまなくてはダメですよ！　とね。

リチャード　窓を開けてもかまいませんか？

ポアロ　私が？　どうぞ！　私はイギリスの習慣には慣れております。どこへ参りましてもイギリス人と見られるほどでしてね。でも失礼ながら、たしか、あのフランス窓には世にも稀な特許の特別錠が下りているはずですが。

リチャード　そうです。父の発明の一つです。でも、私の持っているこの鍵束の中に合鍵がありますからね。（彼はポケットから鍵束を取り出すと、フランス窓のところへ行き掛け金を外す。フランス窓をいっぱいに開け放す）

から雑誌をとってめくって見る。

カレリ　（ルシアに頭を下げる）ルクレツィア・ボルジアですか。

間《ま》。カレリはコーヒーを飲み、向きを変えて中央のテーブルにカップを置く。

バーバラ　（急いでコーヒーを飲みほすと）ちょっとレコードでも聞きません？（と蓄音機のほうへ行く）なんにしましょうか？（と歌ってみる）「イッキー、オウ、クリッキー——あなたは何が聞きたいの？」

キャロライン　（立ち上がって、カップを中央のテーブルに置く）まあ、バーバラったら、そんな下品な歌をうたって。（彼女は下手の奥へ行き、本棚の前の椅子をとると、上手の奥の机の前に置き、レコードを探しはじめる）メルバはどうかしら？それともヘンデルの《ラルゴ》とか？

カレリ、バーバラとキャロラインに加わる。三人とも観客に背を向けてレコードを選んでいる。ルシア立ち上がる。中央のテーブルのほうへ行きブリキポアロは立ち上がって、上手の手前へ行き、デスクの前のスツールに座って身震いする。リチャードは深呼吸をする。リチャードは心をきめかねて、そこに立っているが、やがて意を決した様子で、ポアロの傍にやってくる。

リチャード　ポアロさん、私は藪をつついて蛇を出したくありません。妻が昨夜、あなたにここにいていただくようにお願いしたのは承知していますが。妻は、気が動転していて、ヒステリックになって自分が何をやっているかほとんどわからないほどだったのです。私に関する限り、率直に申し上げて、全然、方程式など必要としていないのです。父は金持ちでした。その発明は金になりました。でも私はこれ以上必要なものはありません。父のようにこの実験に力を入れるつもりはありません。もう十分この世に爆弾はありますからね。

ポアロ　なるほど。

リチャード　要するに、なにもかも、これでおしまいにしてしまいたいんです。

ポアロ　つまり、私に出発せよとあなたはおっしゃる？　もう、これ以上捜査をするなと？

リチャード　そうです。そのとおりです。（ポアロから顔をそらす）

ポアロ　しかし、方程式を盗み出した奴は、誰であれ、それを無駄にしたりはしませんよ。

リチャード　それはそうです——（とポアロを向いて）しかし、それでも——。

ポアロ　（ゆっくりと意味ありげに）あなたは、その——なんと言いましたかな——ええと、汚名をそそがなくてもいっこうにかまわないと？

リチャード　（鋭く）汚名ですって？

ポアロ　五人の人物が——

トレッドウェル、上手の奥から入ってきてテーブルの奥に。

——方程式を盗む機会があった。一人の有罪が証明されるまでは、他の四人の無実は証明されない……

リチャード　（優柔不断に）私は……

トレッドウェル　グレアム先生がおいでになって、お目にかかりたいとおっしゃってます。

リチャード　(上手の奥のドアのほうに歩きながら)　すぐ行く。(ポアロのほうをふりかえって)　ちょっと失礼します。

リチャードとトレッドウェルは上手奥へ退場。ヘイスティングズは立ち上がって中央のテーブルの前へ。

ヘイスティングズ　(思わず嬉しそうに)　毒薬か！
ポアロ　うむ？
ヘイスティングズ　(首を振っていっそう面白そうに)　毒薬だよ！

ポアロは立ち上がりヘイスティングズの上手へ行く。

ポアロ　わが友、ヘイスティングズはなんともドラマチックだね！　嬉々として結論に飛びついている！
ヘイスティングズ　だって、ポアロ、もうぼくに他のことを考えさせようったって無理だよ。まさか、きみだってあの欲の深い老人が心臓病で死んだと考えているふりを

　するつもりはないだろう。ひと目でわかることさ。リチャード・エイモリーも明るくふるまえるわけじゃない。心臓病の可能性はほとんどないのじゃないかな。
ポアロ　可能性はないと?
ヘイスティングズ　昨夜、グレアム先生が死亡診断書は書けない、検死をしなければと言ったとき、事情を見抜いたのさ。
ポアロ　今朝、あの先生が来たのは検死の結果を伝えるためだよ。すぐにわかるさ。
　（彼は暖炉の傍に行き、付け木入れの壺の位置を直す）
ヘイスティングズ　（親しみをこめてポアロを見る）きみのきれい好きも大したものだね！
ポアロ　位置を直すと気持ちがすっきりするだろう?　（彼はとりあわず、暖炉を眺める）
ヘイスティングズ　でも、前のままでもそんなにおかしくはなかったよ。
ポアロ　（ヘイスティングズに指を振りながら）気をつけたまえ——左右対称——何事もだよ。どんなところにも清潔と秩序があるべきものだ。ことにこの小さな灰色の脳細胞にはね。（と自分の頭を叩く）
ヘイスティングズ　（笑って）で、きみの灰色の脳細胞はこの事件をどう考えているんだい？

ポアロ　（長椅子の奥の端に腰を下ろして）まず、わが友ヘイスティングズの意見から聞きたいものだね。

ヘイスティングズ　（中央のテーブルの上手へ行って）秘書の椅子の下から見つかった鍵があやしいな。

ポアロ　そうかい？

ヘイスティングズ　もちろんさ。（舞台の下手の手前へ）しかし、全体的には、ぼくはあのイタリア人が問題の人物だと思う。

ポアロ　謎めいたカレリ博士。

ヘイスティングズ　謎めいた、まさにその言葉どおりだ。彼はここで何をしようとしているんだろう。もちろん、彼はあの方程式を狙っている——外国政府のスパイだな。きみも奴らのことは知っているだろう。

ポアロ　私もよく映画を見にいくからね——知っているさ！

ヘイスティングズ　それにもしこれが毒殺だとわかれば、もっと事件は明確になる。ボルジア家を知っているだろう？（と長椅子の前に来る）ぼくが最も恐れているのは彼が方程式を持って高飛びしてしまうことさ。

ポアロ　（首を振って）彼は逃げたりはしないよ、きみ。
ヘイスティングズ　どうしてそんなことがわかるんだい？
ポアロ　わかっているわけじゃないさ。ちょっとした考えがあってね。
ヘイスティングズ　どういう意味だい？
ポアロ　方程式を書いた紙が、今どこにあると思う、ヘイスティングズ？
ヘイスティングズ　そんなこと、ぼくが知っているわけないじゃないか。
ポアロ　ある場所は、一カ所しかないんだぜ。
ヘイスティングズ　（長椅子の舞台の手前側の端に腰を下ろして）それはどこなんだい？
ポアロ　この部屋さ！
ヘイスティングズ　なんだって？
ポアロ　でも、そうだろう。事実をよく考えてみたまえ。トレッドウェルから聞いた話では、クロード卿はなかなか用心深かったということだ。クロード卿が、皆に少しおどしをかけたうえで、私がやってくると伝えたときには、盗んだ奴はまだ方程式を身につけていたにちがいない。さて、そこで、奴さんはどうする？　私が着いたあとまでも方程式を持っているなんて危険をおかすはずがない。すると、奴さんにできることは二つしかない。クロード卿の計画に乗って方程式を返してしまうか、さもなくば、暗闇にまぎれてどこかに隠してしまうかさ。奴さんは最初の方法はとらなかったんだから、あとは第二の方法しか残っていないことになる。かくして《ヴォワラ》！方程式がこの部屋のどこかにあることは間違いなし、となるわけさ。

ヘイスティングズ　(急いで立ち上がり) 探してみようよ。(とデスクのほうへ)

ポアロ　ま、お好きなように。(彼は立ち上がって、舞台の奥のほうへ行く) しかし、きみよりも上手に探しだす人物がいるよ。

ヘイスティングズ　(向き直って) えっ、それは誰だい？

ポアロ　隠した本人さ、当り前《バルブルー》だろ！

ヘイスティングズ　(一歩前へ出て) ということは……

ポアロ　おそかれ早かれ、泥棒は獲物を取りかえそうとするだろう。きみか私がここで見張っていれば……(と突然口をつぐみ、上手奥のドアを指す。ポアロはヘイスティングズを蓄音機のほうへ呼び寄せる)

上手の奥のドアがゆっくりと用心深く開く。バーバラ登場。彼女は下手の壁際に片づけてある椅子をとると、本棚の前に置き、その上に乗って薬品の入っているブリキの箱をとろうとする。ヘイスティングズがくしゃみをする。

バーバラ　（とび上がって）まあ！　誰もいないと思ったのに。（思わず箱を落とす）

ヘイスティングズ、あわてて飛び出して、その箱を受けとめる。ポアロ、その箱をヘイスティングズから受け取る。

ポアロ　マドモワゼル、お許しください。この箱は少しあなたには重すぎました。（彼は中央のテーブルに箱をのせる）これはなんのコレクションですか？　鳥の卵？　それとも貝殻？

ヘイスティングズは中央のテーブルの上手へ、バーバラは下手へ。

バーバラ　（笑いながら）ずっと散文的なものですのよ、ポアロさん。錠剤に散薬！

ポアロ　でも若くて健康と活力に溢れている方には、そんなつまらない物はいらないのでは？

バーバラ　あら、私のためじゃありませんわ。ルシアのため。今朝も頭が痛いと言って。

ポアロ　お気の毒に《ラ・ポーブル・ダーム》！　それであなたに薬をとってきてくれと？

バーバラ　ええ。アスピリンをあげたんですけど、ルシアはもっと効く薬がほしいって。私は、うまくいけば、薬を箱ごと持ってきてあげる……つまり、その、ここに誰もいなければ、って言ったんです。

ポアロ　（箱に手をかけて、考えながら）もし、ここに誰もいなければとは……

バーバラ　そうです、ここがどんな状態になっているかはご存じでしょう。なにかと言えば大騒ぎ！　キャロライン叔母さんはニワトリのように大仰に騒ぎたてるし！　リチャードは病気になった男みたいに沈みこんでしまうし。

ポアロは指で蓋をなでる。すばやく自分の手を見て。

ポアロ　わかります、わかりますとも。ところで、お宅はいい召使に恵まれておいでですね？

バーバラ　どういう意味です？

ポアロ　ごらんなさい――この箱の上にはちりひとつない。椅子に上がって、あんな高いところまでちりを払う——なかなかそこまできちんと仕事をする召使はいません。

バーバラ　私も昨夜、ちりがつもってないので変だと思いましたわ。

ポアロ　昨夜はあなたが、これを下ろしたんですね？

バーバラ　ええ、食事のあとでね。これは昔の病院の常備薬なんです。

ポアロ　なるほど《ヴォワイヨン》。（と箱を開け、ガラス瓶を取り出すと目の前にかざして見る）ストリキニーネ……アトロピン——これはちょっとしたコレクションだぞ。おや！　これはヒオスシンの瓶だ。ほとんどカラになっている！

バーバラ　なんですって？　昨夜は全部入っていたのよ。間違いないわ。

ポアロ　ほう《ヴォワラ》、それは妙ですな《ス・キ・エ・キュリウー》！　（彼はヒオスシンの瓶を箱の中に戻す）正確に言うと昨夜は、この箱はどこにあったのですか？

バーバラ　このテーブルの上ですわ。カレリ博士が薬を調べました。

ルシア、上手奥から入ってくる。他の人々がいるので驚くが、長椅子の奥へ。

バーバラはルシアの傍へ行く。

バーバラ　まあ、あなた、起きてはだめじゃないの。いま戻るところだったのよ。

ルシア　（目はポアロを見て）頭が痛いのはよくなったわ。ねえバーバラ、私、ポアロさんとお話ししたいの。

バーバラ　でも、あなたは……

ルシア　ね、お願いだから。

バーバラは上手奥のドアへ。ヘイスティングズがドアを開けてやる。バーバラ退場。ヘイスティングズは舞台の下手の奥へ。

ルシア　（中央のテーブルの下手の椅子のほうへ行きながら）ね、ポアロさん。

ポアロ　なんなりとどうぞ、マダム。（とテーブルの上手へ）

ルシア　（テーブルの下手の椅子に座ってためらいがちに）ポアロさん、昨夜、私、お願いしましたわね、ここに残っていただきたいと。私――そうおすがりもしましたわ。今朝、私、それはいけないことだったと気づきました。

ポアロ　マダム、それはご本心ですか？

ルシア　そうです。私は疲れて神経質になっていたんです。私の申し上げたとおりここにいていただいたのは感謝しています、でももうお帰りくださったほうがいいんです。

ポアロ　なるほど……

ルシア　(立ち上がって出ていこうとする) では、そうしていただけますわね？

ポアロ　そうはまいりません、マダム。(とルシアのほうに一歩近づく) ご記憶でしょうが、あなたはお義父さまが自然死ではないという疑問をはっきり口になさいました。

ルシア　私、気が立っていたんです。自分が何を言ったかも憶えていないんです。

ポアロ　ではお義父さまの死が自然死だと信じていますか？

ルシア　そうだと思います。

ポアロ、黙って彼女を見つめる。

なぜ、そんなふうに私をごらんになるの？

ポアロ　マダム、ときには猟犬に匂いをたどるようにしむけるのが難しいことがあります。しかし、猟犬はいったん匂いをかいだら、どうしても匂いをたどるのをやめさせる訳にはいきません。それがダメな犬なら別ですがね。私、エルキュール・ポアロは格別上等の猟犬ときておりましてな！

ルシア　（動揺して）そんな！　ぜひ帰っていただかなくては！　お願いです、なんでもしますから！　ここに残っていらっしゃると、どんな災いがあなたに降りかかるかわかりません。

ポアロ　災いですと……あなたにとって？

ルシア　私たち皆にとってですわ、ポアロさん。私にはもうこれ以上説明できません。でもお願いですから、私の言うことをそのまま、聞いてください。はじめてお会いしたときから、私はあなたを信頼していました。どうか……

グレアム医師とリチャードが上手奥から入ってくる。リチャードは大きなショックを受けた様子。鞄を持ったグレアム医師は中央のテーブルの下手に。リチャードは中央でルシアを見つけて立ち止まる。

リチャード　ルシア！

ルシア　（すばやくリチャードの傍によって）リチャード、どうしたの！　何かまた、変わったことが？

リチャード　なんでもないよ、きみ。ちょっとここをはずしてくれないか？

ルシア　私が……

リチャード、上手奥へいき、ドアを開ける。

リチャード　（ルシアに）さあ。

ルシア退場。リチャードは彼女を送ってドアを閉めると舞台中央奥に。グレアム医師は鞄をコーヒー・テーブルの上に置く。

グレアム　（長椅子に座りながら）これはちょっと、面倒なことになりましたな、ポアロさん。

ポアロ　というと？

グレアム　死因は強い植物性のアルカロイドの中毒です。

ポアロ　つまり……ヒオスシン？　（彼は中央のテーブルから薬の入った箱を取りあげる）

グレアム　(驚いて)　そのとおりです。

ポアロは蓄音機が置いてある机に薬の箱を置く。リチャードはグレアム医師の下手へ行き低い声で話す。ヘイスティングズはポアロの傍に。

リチャード　つまり……

グレアム　警察です。

リチャード　なんですって！　なんとか、内聞にすませられないものでしょうか？

グレアム　いいかい、リチャード君、このようないまわしい事件に心を傷めているのはほかならぬこの私なんだよ。とくに、あの情況のもとでは、毒物を自分で飲んだとは思えないからね。

長い間《ま》。リチャードは長椅子に腰を下ろす。

リチャード　殺人事件か？　どうすればいいのだろう？

グレアム　(明快に)　私は、もう検死官に報告をすませている。検死は明日、キングズ

・アームズで行なわれるだろう。
リチャード　(低い声で)で、警察は?
グレアム　必要と思う措置はとってある。このような状況のもとでは時間を無駄にするわけにはいかないからね。
リチャード　なんということだ!
グレアム　(親しみをこめて)リチャード、これはきみにとってはさぞショックだろう。こういうときになんだが、二、三たずねたいことがあるんだが、いいかね。
リチャード　(気をとり直して)何が知りたいのですか?
グレアム　まず、きみの父上は昨夜どんなものを食べたり飲んだりしたかね?
リチャード　そうですね、まずスープ、舌平目のフライ、カツレツにフルーツ・サラダ。
グレアム　飲物のほうは?
リチャード　父と叔母はバーガンディ・ワインを飲んでいました。レイナーも同じだったと思います。私はウイスキーのソーダ割り、カレリは白ワインです。
グレアム　で、この——カレリ博士のことだ。失礼かとも思うが、リチャード、きみはこの人物について、何か知っているのかね?

ヘイスティングズは興味をそそられ、話を聞こうと、舞台の下手中央まで近づいてくる。

リチャード　私が会ったのは、昨日がはじめてなんです。
グレアム　カレリはきみの奥さんの友人だったんだね。
リチャード　ええ。
グレアム　奥さんは彼のことを詳しく知っているのだろうか？
リチャード　単なる知りあいですよ。

グレアムは舌を小さく鳴らすと首を振る。ポアロは本棚のほうへ。

グレアム　きみはまだカレリにこの邸を出ていってもいいとは言っていないだろうね？
リチャード　もちろんですとも。私は昨夜、カレリに、この事件が——つまり方程式のことなんですが——はっきりするまでここにいるのが一番よいと言って、宿に身の回りの荷物をとりにやらせました。
グレアム　（驚いて）いやとは言わなかったかね？

リチャード　いいえ、簡単に承知しましたよ。
グレアム　（立ち上がって）ふーむ、さてと、この部屋はどうなっていたんです？
　　ポアロは舞台中央の手前へ、ヘイスティングズは下手の奥へ。
ポアロ　昨夜は二つのドアには錠が下りていて、その鍵は私が持っていました。あの椅子の位置がちがうだけでなにもかも、昨夜のとおり、そのままですよ。
　　グレアム医師は中央のテーブルの上のカップを見る。
グレアム　（カップを指して）あれがそのカップですか？　（彼は立ち上がって中央のテーブルの傍へ行く）リチャード、これがそのカップなんだね――（と取りあげて匂いをかぐ）――きみのお父上が飲んだのは？　あずかっておいたほうがよさそうだ。分析してみなくてはなるまい。（とカップをコーヒー・テーブルへ持っていき鞄をひろげる）
リチャード　（驚いて立ち上がって）あなたはまさか……？

グレアム　毒薬が夕食に仕込まれた様子はなさそうだからね。仕込むとすればこれだね。
リチャード　（一歩手前に出て）ぼくは――ぼくは……（絶望的な身ぶりで絶句する）ああ！

グレアム医師は首を振る。リチャードは突然、フランス窓のほうへ行き、そこから庭へ出ていく。グレアム医師は鞄から布張りの小箱を取り出してカップを入れ、封をする。医師はその作業をしながらポアロに話しかける。ヘイスティングズは暖炉のほうへ行く。

グレアム　いやな仕事ですな。リチャード・エイモリーが動転しているのはもっともですよ。新聞はあの男とリチャードの奥さんとの友情について書きたてるでしょうからね。それからは泥沼ですよ、ポアロさん、泥沼！　奥さんもかわいそうに！　彼女はたぶんまったく無実でしょうね。あの男は何か巧妙な仕掛けで奥さんと知りあったんでしょう。あの連中は驚くほど上手に立ち回りますからね、外国の人は。もちろん、こんなふうに予断に基づいてものを言うのがよくないことは承知していますす。でも、ほかに考えようがないじゃありませんか。

ポアロ　明々白々の事実というわけですな？（ヘイスティングズと視線を交す）

グレアム　まあね、クロード卿の発明は値打ちのあるものでした。あの外国人は、誰もまだ知らないうちに、ここにやってきています。イタリア人。クロード卿の謎めいた服毒死……

ポアロ　ああ、わかりました！　ボルジア家ですか！

グレアム　なんのことです？

ポアロ　いやいや、なんでもありません。

　グレアム医師は鞄を持って帰宅の準備をする。彼はポアロに握手を求める。

ポアロ　それでは――ひとまず失礼いたします、先生《ムッシュー・ル・ドクトウール》。

　二人は握手する。グレアム医師は上手奥のドアへ行きかけるが、ふりかえってポアロに。

グレアム　それでは、ムッシュー・ポアロ。警察が来るまで、誰もこの部屋の中をさわらないように見ていてくださいますね？

ポアロ　たしかに。

グレアム医師、退場。

ヘイスティングズ　やれやれ、この家の中にいると病気になってしまうよ。

ポアロは暖炉の奥へ行きベルを鳴らす。

ポアロ　さてと、一仕事するかな。（と上手の手前へ）

ヘイスティングズ　（コーヒー・テーブルの上手へ）何をするんだい？

ポアロ　チェザーレ・ボルジアにインタビューしようというわけさ。

トレッドウェル、上手奥より登場。

トレッドウェル　お呼びで？

ポアロ　そうだ、あのイタリアの紳士、カレリ博士に、ちょっとこちらへおいでいただけないかとたずねてみてくれたまえ。

トレッドウェル　はい、かしこまりました。

　トレッドウェル、上手奥より出ていく。ポアロ上手奥へ行き、テーブルの上のブリキの箱を取りあげる。

ポアロ　この箱はもとあったところへ戻しておいたほうがよさそうだな。（と本棚のほうへ）

　ヘイスティングズはポアロの奥へ。ポアロはヘイスティングズにブリキの箱を渡し本棚の傍の椅子に身軽に乗る。

なにはともあれ、清潔と整頓。

ヘイスティングズ　聞きあきたよ！　何かほかに言うことはないのかい？

ポアロ　どんなふうに《コマン》？

ヘイスティングズ　カレリを驚かしてみたくないのかい。昨夜、あの薬品を手にとったのは誰だった？　あの男だ。もしこの箱が机の上に置いてあったら、カレリはガードをかためるんじゃないかな。

ポアロはヘイスティングズの頭を叩く。

ポアロ　いやあ、さすがわが友ヘイスティングズ、鋭い！　（彼はヘイスティングズから箱を受け取る）

ヘイスティングズ　（満足そうに首を振りながら）きみの手は知りすぎているんだよ。ぼくの目にちりを投げようたってだめさ。

ヘイスティングズが最後の言葉を言ったとき、ポアロは本棚の一番上の棚を指で拭う。上を向いたヘイスティングズの顔の上に棚につもったちりが落ちる。ヘイスティングズ目をこすりながらせきこむ。

ポアロ　どうやら、お言葉どおりになったようだね。（もう一度、棚の上を用心深く指で拭い、顔をしかめる）召使たちを賞めたのは早計だった。この棚の上はほこりだらけ。ああ、濡れ雑巾を持ってくればよかった！
ヘイスティングズ　ねえポアロ、きみはメイドじゃないんだよ。
ポアロ　（悲しそうに）そうさ、ぼくは探偵さ！
ヘイスティングズ　じゃあ、そんなところには、もう探偵することは何もないだろ。下りてきたまえ。
ポアロ　きみの言うとおり、ここには何もない……（突然ギクッとして化石になったように動かなくなる）
ヘイスティングズ　どうしたんだい！　（我慢できなくなって）さあ下りてきたまえ。カレリがいつ来るかわからないじゃないか。こんなことをしているのを彼に見られたくないだろ。
ポアロ　（ゆっくりと椅子から下りながら）そのとおりだよ、きみ。
ヘイスティングズ　どうしたというんだい？
ポアロ　あることを思いついたんだよ。
ヘイスティングズ　何を？
ポアロ　（変な声で）ほこりさ。

カレリ上手奥のドアから入ってくる。ポアロとカレリはいかにも儀礼的にいんぎんにあいさつをかわす。

カレリ　ああ、ムッシュー・ポアロ。私に何かお聞きになりたいとか《ヴ・ヴレ・ム・ケスチョネ》？

ポアロ　ええ《シ》、博士《シニョール・ドットーレ》、お許しいただけましたら《シ・レイ・ペルメッテ》。

カレリ　おや、イタリア語をお話しですか《レイ・パルラ・イタリアーノ》？

ポアロ　はい《シ》、でも普段はフランス語で話しております《マ・プレフェリスコ・パルラレ・イン・フランセーズ》。

カレリ　では《アロー》、あなたのお望みはなんでしょうかな《ケ・ス・ク・ヴ・ヴレ・ム・ドゥマンデ》？

ヘイスティングズ　一体、これはどうなっちゃってるんだい？

ポアロは中央のテーブルの上手へ来る。

ポアロ　ああ、これはヘイスティングズには気の毒だった！　英語で話したほうがよかった。

カレリ　失礼しました。（カレリはテーブルの下手へ行き、非常に率直な態度でポアロに話しかける）ムッシュー・ポアロ、私は呼んでいただいてよろこんでおります。お呼びがなかったら進んでお話しにあがろうと思っていました。

ポアロ　本当ですか？（とテーブルの下手の椅子をすすめる）

カレリ、座る。ポアロは肘掛け椅子に腰を下ろす。

カレリ　そうですとも。たまたま、ロンドンに急ぎの仕事がありましてね。

ヘイスティングズ、長椅子に座る。

ポアロ　なるほど！

カレリ　昨夜は大変なことになったと思いました。貴重な書類が盗まれた。私は、その場にいあわせたなかでは、唯一みなさんになじみのうすい人物でした。当然、進んでその場に残って、身体を調べてもらわなければいけない。いや実際、ぜひ調べてと言い張ったのです。名誉を重んずる人間としてはそうせざるをえません。

ポアロ　よくわかります。で、今日は？

カレリ　今日は情況がちがいます。申し上げたように、私はロンドンに急ぎの用事があります。
ポアロ　それで、出発なさりたいと？
カレリ　そのとおりです。
ポアロ　大変、筋の通ったお話だね、ヘイスティングズ？

ヘイスティングズは、全然そうは思っていないと見返す。

カレリ　あなたから、エイモリーさんにひとこと言っておいてください——不愉快な思いをしたくはありませんので。
ポアロ　どうぞ、私にお任せください、博士《ムッシュー・ル・ドクトゥール》。ところで二、三細かいことをお聞きしたいのですが。
カレリ　結構ですとも。
ポアロ　ここの若奥さまはあなたの古いお友だちですか？
カレリ　ええ、とても古い友だちです。（溜め息をつく）こんなに人里離れた場所で、思いもかけず出会うなんて、嬉しくもあり、驚きもしました。

ポアロ　思いもかけず、とおっしゃる？
カレリ　（鋭く見て）まったくそのとおりです。
ポアロ　まったく思いもかけず、それは素敵だ！

カレリはポアロを鋭く見る。緊張した雰囲気がみなぎってくる。

ポアロ　あなたは最近の科学の発見に興味がおありですね。
カレリ　たしかにあります。医者ですからな。
ポアロ　なるほど！　しかし、それはすこしおかしいんじゃありませんか、ねえ《アイン》？　新しいワクチン、新しい光線、新発見の細菌——。それはいいでしょう？　しかし、新しい爆発法、これは医者の領域じゃありません。
カレリ　科学は万人の興味を誘うものです。人間が自然を征服するのです。人間はどんなに自然が抵抗をしても、いつかその秘密を明らかにするのです。
ポアロ　素晴らしいお言葉ですね！　まるで詩です！　しかし、先ほどわが友ヘイスティングズがはっきりさせてくれたように、私は一介の探偵でありましてね。私は物事を現実的な観点からのみ見るのですよ。このクロード卿の発明は——金になるものでしょう？

カレリ　たぶんそうでしょう。私はその点はあまり考えたことがありませんが。

ポアロ　あなたは高い目的をお持ちだしそれにまた、資産家でもいらっしゃる。たとえば、旅行なんかは金のかかる趣味ですものね。

カレリ　人間は自分が生きている世界をよく見ておくべきです。

ポアロ　それにそこに生きている人間もね。人間の中には変な奴もいます。たとえば泥棒——連中はなんと奇妙な精神構造を持っていることでしょう！

カレリ　おっしゃるとおり、奇妙ですな。

ポアロ　それからゆすり屋も……

カレリ　（鋭く）なんですって？

ポアロ　ゆすり屋と申しました。

間《ま》。

いや、これは、問題の焦点——クロード・エイモリー卿の死からはだいぶはずれてきたようですな。

カレリ　クロード・エイモリー卿の死？

ポアロ　そうです。あの方は毒殺されたのですよ。（とカレリをじっと見つめる）

カレリ　なるほど！

ポアロ　驚きませんね？

カレリ　ええ、正直に言って驚きません。昨夜も、そうじゃないかと思いました。

ポアロ　なるほど、すると事態はいささか重大になってきます。（口調を変えて）カレリ博士。あなたは今日、この邸から出発なさることはできません。

カレリ　（ポアロのほうへ身を乗りだす）あなたはクロード卿の死が方程式の盗難と関係があると思っているのですか？

ポアロ　そのとおりです。あなたは？

カレリ　（早口で）方程式の問題は別にして、この家でクロード卿の死を願わなかった者はいなかったのではありませんか？　この死はこの家の人にどんな意味を持っているでしょう？　それは自由ですよ、ムッシュー・ポアロ、自由です。そして今あなたがおっしゃった――お金です。あの老人は専制君主でした。そして、あの人は、心から愛していた仕事以外のことになると、守銭奴でした。

ポアロ　あなたは、昨夜一晩でそれを見てとったというのですね、博士《ムッシュー・ル・ドクトゥール》？

カレリ　それでどうだというのです？　私には目があります。物事は見えます。少なくともこの家にいる人間のうち三人はクロード卿がいなくなれば、と考えていました。（立ち上がって暖炉の上の時計を見る。舞台の下手中央より一歩前に出て）でも、そんなことは、今は、私には関係のないことです。

ヘイスティングズは興味をそそられて身を乗りだす。

私はロンドンでの約束を守らないと本当に困ることになるんです。

ポアロ立ち上がる。

ポアロ　私も心苦しいのです、博士、しかしどうすればいいのでしょう？　（と上手の前へ）

ヘイスティングズ立ち上がる。

カレリ　もうこれ以上私への御用はありませんね？

ポアロ　ええ。

カレリ舞台奥へ二、三歩あるく。

ちょっと待ってください――

カレリ立ち止まってポアロのほうへふりむく。

いいえ、結構です。

カレリ上手の奥のドアのほうへ行き、ふりかえってポアロに話しかける。

カレリ　ポアロさん、もう一つ申し上げておきたいことがあります。ここにはあまり深追いすると危険なご婦人がいますよ。

短い間《ま》。ポアロはカレリに頭を下げる。カレリも会釈を返す。カレリ出ていく。間《ま》。

ヘイスティングズ　あれはどういう意味だったんだい？

ポアロ　もう一度、ベルを鳴らしてくれたまえ、ヘイスティングズ。

ヘイスティングズ、暖炉の傍へ行き、ベルを鳴らす。

ヘイスティングズ　こんどは何をしようというんだね？

ポアロ　今にわかるさ。（と肘掛け椅子の奥に行く）

トレッドウェル、上手奥から入ってくる。

トレッドウェル　はい、お呼びですか？

ポアロ　キャロラインさんに伝えてもらいたいことがある。ほんのすこしでいいから時間をさいてもらえないかと聞いてくれないか？

トレッドウェル　かしこまりました。

ポアロ　ありがとう。

トレッドウェル、上手奥に退場。ポアロは中央のテーブルの奥に。

ヘイスティングズ　(長椅子の前へ)　しかしあのご老体は寝ているだろう。

ポアロ　わが友ヘイスティングズは何もかもご存じだ！

ヘイスティングズ　だって、そうだろう？

ポアロ、中央のテーブルの下手の前へ。

ポアロ　それこそ、私の知りたいことなんだよ。

ヘイスティングズ　リチャード・エイモリーがそう言ったぜ。

ポアロ　きみねえ、ここでは殺人事件が起きている。それに嘘、嘘、どこへ行っても嘘ばかり！　なぜ、あのマダムが、私に帰ってくれと言ったんだ？　なぜあの主人も私に帰ってくれと言ったんだ？　なぜ彼は、私を叔母に会わせようとしなかったたんだ？　彼が叔母の口から私に聞かせたくなかったことってなんだろう？　いいかね、ヘイスティングズ、ここにドラマありさ！　一筋縄ではいかない汚い犯罪事件ではあるが、これはドラマなんだ、興味津々の人間のドラマなんだよ！

キャロライン上手奥から入ってくる。

キャロライン　ポアロさん、トレッドウェルからお呼びだと聞きましたが。（とドアを閉める）

ポアロ、ヘイスティングズを見る。

ポアロ　（キャロラインの傍に近づいて）そうなんですよ！　ちょっとおたずねしたいことがありましてね、お掛けくださいませんか。（彼は中央のテーブルの上手の椅子をすすめる）

キャロライン座る。

さぞ、お力落としでしょう、どこかお加減が？（とポアロは中央のテーブルの下手の椅子に腰を下ろす）

キャロライン　もちろんですとも。なにもかも恐ろしいことばかり——ああ、身の毛がよだちます！

ヘイスティングズは長椅子の舞台手前側のアームに座る。

でも私はいつも言っているんです、こういうときには、誰かが冷静でなければいけないって。召使たちは右往左往！召使たちのことはおわかりですわね、ムッシュー・ポアロ。あの連中ときたら、お葬式で大喜び！結婚式よりお葬式のほうがいいんですよ、きっと。グレアム先生！あの方は親切で——とてもお優しい——ほんとに頭の切れるお医者さまですわ。去年、神経炎を治していただきましたのよ。でも私、めったに病気にかかりません。若いからといって健康とばかりは言えませんわ。ルシアだって、かわいそうに昨夜は、気分が悪くなって、夕食の途中で席を立たなければならなかったでしょう。もちろん、あの子は感情の激しいほうです。

イタリア人の血が半分流れているんですもの、仕方ありませんわよね？　あの子のダイヤモンドの首飾りが盗まれたときも同じでしたわ、私、憶えていますが……
ポアロ　（煙草の葉と巻き紙を取り出すと、葉を巻きながら）それはいつのことです？
キャロライン　そうですわね、あれは……そう、二カ月ほど前ですわ……ちょうどリチャードがクロードと揉《も》めたときでしたから。
ポアロ　揉めた？
キャロライン　リチャードの借金のことでね、もちろん若い人は誰でも借金するものですよ！　クロードは子供のころからずっと勉強好きだったし、それにあの人の実験はそれはお金がかかるんです。私はいつも、クロードに、リチャードには不自由をさせすぎてるって言ってきました。それで結局、大立ちまわりになったんです。そのことや、ルシアの首飾りのことや、警察を呼んで調べるのをルシアが断ったりでひところは大さわぎでしたわ。ほんとにばかげていますわ！　ほんとにいらいらすることばっかりで！
ポアロ　（巻き上がった煙草を持って）よろしいですか？
キャロライン　どうぞ、お構いなく。
ポアロ　（ポケットからマッチ箱を出して）若くて美しいご婦人が宝石を盗まれても平

気でいられるというのは、たしかに不自然ですね？（煙草に火をつけてマッチ箱をポケットに戻す）

キャロライン　変ですわよ、私に言わせればね。はっきり、変です！　でも、あの人はちっとも気にしていないみたいでした。あら、私としたことが、なにか、あなたにはあまり興味もないむだ話をしているみたいですわね？

ポアロ　とんでもない、とても興味深いお話ですよ。ルシアが気分が悪くなって夕食の席を立ったとき、彼女は二階のほうへ行きましたか？

キャロライン　とんでもない！　私はルシアをこの長椅子で休ませましたのよ。それからリチャードと彼女を残して食堂に戻りました。若い夫婦ですものね、ムッシュー・ポアロ！　でも今の若い人たちって私の娘時代みたいにロマンチックじゃないんですよ！　そうそう！　私が若い頃、アロイシス・ジョーンズっていうお友だちがいたんですのよ、いつも一緒にクロケットをいたしましたの。ほんとにおかしな人でね――おかしな人！　あら、また話がわき道にそれてしまいましたね、リチャードとルシアのことをお話ししていたんですわ。とてもお似合いの二人だと思いません、ムッシュー・ポアロ？　リチャードはイタリアで彼女に会ったんです。去年の十一月に――イタリアの湖沼地帯で。もう一目ぼれ。一週間もたたないうちに結婚したんです。ルシアは孤児で、世界中に誰一人身寄りがないんです。とてもかわいそうです。私、ときには、それは姿を変えた不幸だと思うことがありますわ。たくさんの外国の人とつきあって――つらいことと思うでしょう？　やはり、外国人なんですものねえ！　外国の方って……あら！　（と椅子の向きを変えポアロを見て驚く）ごめんなさい！

ポアロ　いいんです、いいんです。

キャロライン　なんてばかなんでしょう、私！　そんな意味じゃないんです――あなたの場合は別ですのよ。戦時中にも、私たちはいつも言ってましたわ、〝勇敢な《レ・グラーヴ・》ベルギー人《ベルジュ》〟って。

ポアロ　あの薬の箱も戦争の遺物ですよ。昨夜は、あなたがあの箱を棚から下ろしたのですね？

キャロライン　そうです。

ポアロ　で、どうしてそうなったんです？

キャロライン　どうしてって？　そうです、憶えていますよ。私が気付け薬がないかと言ったらバーバラがあの箱を下へ下ろしたんです。そこへ男の人たちが入ってきて、カレリ博士は、これこれのものを使うと死ぬと言って私をおどかしたのです。

ヘイスティングズは興味津々の様子。

ポアロ　薬のことを言ったのですね？　薬を全部あらためたのでしょうね？

キャロライン　そうです。それから博士はその中から一つ取り出して、なにか全然毒薬らしくない名前でしたわ――ブロマイド、私、船酔いのときによく飲みますわ。――それで大の男が十二人も殺せるだろうって言ったんです！

ポアロ　臭化ヒオスシン《ヒオスシン・ハイドロブロマイド》。

キャロライン　なんですって？

ポアロ　ヒオスシン・ハイドロブロマイド。そう言いませんでしたか？

キャロライン　そうです。そのとおりですわ！　よくご存じですわね！　それからルシアがその瓶を手にとって彼が言ったことを繰り返しました――夢のない眠りのことをね。私、そんな神経質な現代詩みたいな言いまわし、大嫌いです。テニスン卿が亡くなってからというもの、いつもそう言ってるんですのよ……

ポアロ　ええ、ええ。

キャロライン　どうかいたしまして？

ポアロ　（急いで）ああ！　あのテニスン卿、なるほど！　ところで、それからどうなったんですか？

キャロライン　それから、バーバラが蓄音機につまらない流行歌をかけようとしたんです。幸い、私が止めましたけど。

ポアロ　なるほど。博士が手にしたその小さな瓶には——薬が一杯入っていましたか？

キャロライン　ええ、そうです！　博士が夢のない眠りに言及したとき、半錠でもそうなると言いましたもの。（キャロラインは上手のドアを見て、立ち上がると、中央のテーブルの前に出る）

ポアロも立ち上がって、彼女の傍へ。

ねえ、ポアロさん、私、ずっと、あの方は好きじゃないと言い続けていました。あの人にはなにか——誠実じゃない——なにか上っつらをとりつくろっているところがあるんです。

ヘイスティングズは立ち上がって長椅子の前に。

もちろん、ルシアの前では、彼女の友だちなんですからそんなことは言えませんでしたよ、でも、私はあの人が好きじゃないわ！　ルシアがあのとおり人がいいのはおわかりでしょう！　たぶん、あの人は、この家に入りこんで方程式を盗み出そうとルシアにとり入ったんですわ。

ポアロ　それでは彼が方程式を盗んだにちがいないと？

キャロライン　ねえ、ポアロさん。ほかにそんなことをしそうな人がいまして？　当然のことながら兄は、お客さまに罪をきせたくなかった。だから書類を返す機会を作ったんです。とても思いやりのあるやり方だと思いましたわ。本当に思いやりがあったわ！

ポアロ　まったくそうですな。（とポアロはキャロラインの肩を抱く）

キャロラインはその手を見る。

さて、マドモワゼル、私は、あなたのお力ぞえでちょっとした実験をやってみたいのですよ。（と手を放す）昨夜、電灯が消えたとき、あなたはどこに座っていましたか？

キャロライン　あそこです！（と長椅子を指す）

ヘイスティングズはゆっくりと暖炉のほうへ行く。

ポアロ　ではおそれ入りますがもう一度、そこに座ってみてください。

キャロラインは長椅子へ座る。ポアロは彼女の上手に。

さて、マドモワゼル、どうか想像力を最大限に発揮していただきたいのです！どうぞ目を閉じてください……。はい。結構です。昨夜と同じ状態に戻ったと想像してください。真っ暗です。何も見えません。でも耳に物音は聞こえます。さあ、昨夜に戻って……。

キャロラインは言われるとおりにする。

だめ、だめ、気持ちも昨夜の状態に戻って、暗闇の中で何が聞こえたかを話してください。

キャロラインはポアロの熱心さにつられる。一瞬の間《ま》のあとに、ゆっくりひきつった声で話しだす。

キャロライン　息をのむ音――あちこちで低く息をのむ声――それから椅子が倒れる音――それから金属がチャリンというような音――

ポアロ　こんなふうな？　（とポアロは鍵をポケットから取り出すと床の上に投げ出す。なんの音もしない）

キャロライン　なんのことでしょう？

ポアロ　では、こんな音ですか？　（彼は鍵を拾いあげ、今度はコーヒー・テーブルに向かって投げる）

キャロライン　まあ！　そのとおりの音ですわ！　なんて奇妙なんでしょう！

ポアロ　続けてください、お願いしますよ。

キャロライン　それから、ルシアが叫び声をあげて、クロードに大声で呼びかけたんです。それからドアにノックの音がしました。

ポアロ　それで全部ですか？　確かですね？

キャロライン　はい……あ、ちょっと、待ってください。初めのころ、右手のほうで何か変な音が、絹をさくような音が聞こえました。誰かのドレスが破れたんですわ、きっと。

ポアロ　誰のドレスですか？

キャロライン　きっとルシアのですわ。バーバラは私のすぐ横に座っていましたもの。

ポアロ　（考えこんで）それは妙ですねえ。（と中央のテーブルの下手の椅子に座る）

キャロライン　これで本当になにもかもお話ししました。目を開けていいですか？

ポアロ　ああ、どうぞ、構いませんとも。

　　　キャロラインは目を開ける。

クロード卿のコーヒーを注いだのは誰でしたか？　あなたでしたか？

キャロライン　いいえ、ルシアがコーヒーを注ぎました。

ポアロ　いつですか？

キャロライン　私たちがあの恐ろしい薬のことを話したすぐあとでしたわ。
ポアロ　ルシアが自分でクロード卿のところへ持っていったんですか？
キャロライン　（一瞬考えて）いいえ……。
ポアロ　ちがう？
キャロライン　ちがいます。……ええと……そうです、思い出しました！　コーヒーはルシアの傍のテーブルの上に置いてあったんです。レイナーさんがカップをクロード卿のところに運ぼうとすると、ルシアが呼びとめて、ちがうカップを運んでいると注意したので憶えています。――でも、本当はそれはとてもばかげたことでした。なぜって、二つともまったく同じ、砂糖抜きのブラック・コーヒーだったんですもの。
ポアロ　ではレイナーさんがクロード卿にコーヒーを持っていったんですね？
キャロライン　はい――いいえ、ちがいます。バーバラがレイナーさんと踊ろうとしたものですからリチャードがレイナーさんからカップを受け取りました。
ポアロ　ほう！　すると、リチャードさんがお父上のところへコーヒーを持っていった？
キャロライン　はい。

ポアロ　ふうむ！　その直前には、リチャードさんは何をしていましたか？　踊っていましたか？

キャロライン　いいえ！　彼は薬を箱に詰め直していたんです。箱の中にきちんと薬を戻してね。

ポアロ　なるほど、なるほど。それで、クロード卿は書斎でコーヒーを飲んだんですか？

キャロライン　コーヒー・カップを手に持って、ここへ入ってきました。味に文句を言っていたのを憶えていますわ。苦いって。でもポアロさん、あれは最高のコーヒーなんですよ、間違いなく。私が自分でアーミー・アンド・ネービー・ストアに注文した特別のブレンドなんですもの、私は……

レイナーが上手奥から入ってくる。ちょっと立ち止まる。ポアロは立ち上がって舞台中央の奥へ行く。

レイナー　お邪魔でしたか？　失礼しました。ポアロさんとお話ししたかったものですから。また、あとで参ります。

ポアロ　いや、いや！

　レイナーは中央のテーブルの上手へ。

キャロライン　ちょうど、この気の毒なレディへの拷問が終わったところなんですよ！（立ち上がって舞台中央の奥に）お役に立てるようなお話ができたかどうかわかりませんけど。（と上手奥のドアへ）

ポアロ　（彼女と一緒に奥へ）あなたが考えている以上にいいお話を聞かせていただきましたよ、たぶん！（彼女のためにドアを開けてやる）

　キャロライン退場。

（コーヒー・テーブルの奥へ）さて、レイナーさん、あなたのお話を聞かせてください。

レイナー　（中央のテーブルの下手の椅子に座りながら）リチャードさんが今、私に新しい情報を伝えてくれたのです。これは大変なことになりました。

ポアロ　あなたにとって大ショック？
レイナー　全然、考えてもみませんでした。
ポアロ　（レイナーの傍へ行って）これを以前に見たことがありますか、レイナーさん？（と鍵をレイナーに渡し、鋭くレイナーの様子を観察する）

レイナーは鍵を受け取って不審そうにひっくりかえしてみる。

レイナー　クロード卿の金庫の鍵みたいですね。でも、リチャードさんの話では、あの鍵は、ちゃんとクロード卿の鍵束の中にあるということでしたが。（とポアロに鍵を返す）
ポアロ　そうです、これは複製品です。（ゆっくりと意味ありげに）これは昨夜、あなたが座っていた椅子の横の床の上に落ちていました。
レイナー　もし私が落としたと思っていらっしゃるなら、間違いですよ。

ポアロは一瞬、疑わしそうに彼を見るが、やがて満足したようにうなずく。

ポアロ　あなたを信じます。（と長椅子のほうへ行き、腰を下ろす）さて、仕事にかかるとしましょう。（とポケットに鍵をしまう）あなたはクロード卿の秘書でした、そうですね？

レイナー　そうです。

ポアロ　では、クロード卿の仕事のことはよくご存じですね？

レイナー　はい。私は科学実習をかなりやっておりますので、ときには実験の手伝いもいたしました。

ポアロ　この不幸な事件の解決に役立ちそうな手がかりをご存じありませんか？

レイナー　（ポケットから手紙を取り出す）これくらいのものですが。（と立ち上がってポアロの前へ行き手紙を渡す）私は、クロード卿あての手紙は全部開封して分類します。これは二日前に来たものです。

ポアロ　（声を出して手紙を読む）〝あなたは懐中にまむしを飼っている〟（ヘイスティングズのほうを向いて）〝懐中〟って何かね？　〝セルマ・ゲーツとその血につながる者に気をつけろ。あなたの秘密は知られている。用心せよ。署名〈見張人〉〟ふむ、まるで映画みたいでドラマチックだな。ヘイスティングズ、きみには面白いだろうね。（とヘイスティングズに手紙を渡す）

レイナー　私が知りたいのはセルマ・ゲーツというのは何者かということです。
ポアロ　（椅子に背をもたせかけ、指を組んで）史上最高の国際スパイ、しかも非常に美しい女なのです。彼女は、イタリアのためにも、フランスのためにも、ドイツのためにも仕事をしました。最近はロシアのために仕事をしました。たしかに偉大な女でした、セルマ・ゲーツは。
レイナー　（一歩退くと鋭い口調で）でした？
ポアロ　死んだのです。昨年の十一月、ジェノアで死んだのです。（とヘイスティングズから手紙を受け取る）
レイナー　では、それはいたずらですか？
ポアロ　かもしれません。セルマ・ゲーツとその血につながる者と手紙には書いてあります。セルマ・ゲーツには娘が一人ありました、とても美しい娘ですよ、レイナーさん。母が死んでから、その娘の行方は杳《よう》として知れません。（とポケットに手紙を入れる）
レイナー　もしかすると……
ポアロ　え？
レイナー　（ポアロの傍へ行き、熱意をこめて）ルシアさんのイタリア人のメイド。イタリアから連れてきたとても美しい娘です。ビットリア・スペジという名前です。
　彼女がその娘じゃありませんか？
ポアロ　（感服したように）なるほど、それはいい思いつきです。
レイナー　（行きかけて）あの娘をあなたのところへ連れてきましょう。
ポアロ　（立ち上がって）まあまあ、すこし待ってください。

　　レイナー、立ち止まる。

いずれにせよ、彼女に警戒させてはいけません。まず、ルシアさんに話してみましょう。その娘のことも聞かせてもらえるでしょう。
レイナー　そのほうがよさそうですね。早速、ルシアさんに話してきます。

　　レイナー、上手奥に退場。ポアロは中央のテーブルの上手の椅子の前に出る。

ヘイスティングズ　（長椅子の前で）それだ！　カレリとそのメイドがグルになって外国政府のために仕事をしているんだよ。そうじゃないかい、ポアロ？

ポアロ　（考えこんでいたので）え？
ヘイスティングズ　カレリとメイドが組んでいると言ったんだよ。
ポアロ　そんなにはっきり言っていいものかね、ヘイスティングズ！
ヘイスティングズ　じゃあ、きみの考えはどうなんだ？
ポアロ　なぜ、ルシアの首飾りが盗まれたんだろう？　なぜ、彼女は警察を呼ぶのを断ったんだろう？　なぜ……（口を閉ざす）

ルシア、上手奥からハンドバッグを手に入ってくる。

ルシア　（上手の前に出て）私にお会いになりたいとか、ポアロさん？
ポアロ　そうです、マダム、二、三、おたずねしたいことがありまして。（中央のテーブルの上手の椅子を指す）お掛けいただけませんか？

ルシア、椅子に座る。

ポアロ　（ヘイスティングズに）ねえ、きみ、あの外の庭はとても素敵だよ。（とヘイ

スティングズの傍へ行き、腕をとって、フランス窓のほうへさりげなく連れていく）

ヘイスティングズ　（抵抗して）だって……

ポアロ　（説得するように）いいから！　自然の美を鑑賞したまえ、ヘイスティングズ。自然の美を鑑賞する絶好のチャンスを逃がすのじゃないよ！

ヘイスティングズはフランス窓からしぶしぶ庭へと出ていく。ポアロはフランス窓を閉め、中央のテーブルの下手へ。

ルシア　私のメイドのことではありませんの？　レイナーさんからそう聞きました。あれはとてもいい娘ですわ、ポアロさん。とやかく言われることは何もないと思いますけど。

ポアロ　おたずねしたかったのはそのメイドのことじゃないんですよ。

ルシア　（驚いて）でもレイナーさんがそう……

ポアロ　理由があって彼にそう思いこませただけですよ。

ルシア　（警戒して）では、ほかに何か？

ポアロ　マダム、あなたは今日、私にとてもよいお言葉をくださいました。私がはじめてお目にかかったとき、あなたは私を信用したと――こうおっしゃいました。

ルシア　それで？

ポアロ　で、マダム、私を信じてください！

ルシア　どういうことなんでしょう？

ポアロ　あなたはお若く、美しい、地位もある、愛もある……女性なら誰でもほしい、持ちたいと思うものすべてを持っていらっしゃる。しかし、マダム、あなたに欠けているものが一つだけあります――父親への告白というやつです。さあ、その役をこのパパ・ポアロが務めます。いやだという前によくお考えください。私がここにいるのは、そもそもあなたのお話から出たことです。あなたをお助けするためにここに留まったのです。私は今でも――あなたをお助けしたいと思っているのですよ。

ルシア　お帰りいただくのが一番私を助けることになりますわ。

ポアロ　マダム、ご存じでしょうか？　間もなく警察が来ることは。

ルシア　警察……

ポアロ　そうです。

ルシア　誰が呼んだんですか？　なぜ？

ポアロ　検死でクロード・エイモリー卿の死因は毒殺だと判明いたしました。（と暖炉のほうへ）

ルシア　（驚きよりもむしろ恐怖で）ああ！　なんということを！　そんな！　そんな！

ポアロ　そうなんです。マダム、時間がありません。今は、私はあなたにお仕えしています。しかし、しばらくすれば、私は正義に仕えなければならなくなるかもしれません。（ポアロは中央のテーブルの下手の椅子へ）

ルシア　私にどうしろとおっしゃいますの？

ポアロ　お話しください――真実を！　（と椅子に座る）

間《ま》。

ルシア　（手を伸ばして）私……私……（決断しかねて口をつぐむ。それから堅い表情で）じつはポアロさん、私、あなたのことをどう考えていいかわからなくなりました。

ポアロ　（彼女を鋭く見て）そうですか……そのようですね、残念です。

ルシア　（冷たく）あなたが私の何がほしいのか聞かせてくだされば、喜んでどんな質問にもお答えしますわ。

ポアロ　すると——あなたはエルキュール・ポアロと対決する気になったという訳ですか？　それも結構です。いずれ、真実は一つ。同じ結論になるということをお忘れなく。（とテーブルを叩く）少々、不愉快な経過をたどることになりますがね。

ルシア　私には、隠すことなどありません。

ポアロ　（ポケットから手紙を取り出す）数日前、クロード卿はこの匿名の手紙を受け取りました。（とルシアに手紙を渡す）

ルシアは見かけは動揺を見せず読み下す。

ルシア　（ポアロに手紙を返す）で、それが何か？

ポアロ　そのセルマ・ゲーツという名前をお聞きになったことはありませんか？

ルシア　いいえ！　何者なのですか、その人は？

ポアロ　亡くなりました——ジェノアで——昨年の十一月に。

ルシア　まあ、そうですの？

ポアロ　（手紙をポケットに入れながら）ジェノアでお会いになったことがあるでしょう？　きっとお会いになっています。
ルシア　（鋭く）私は生まれてからジェノアへ行ったことなんかありませんわ！
ポアロ　では、ジェノアであなたを見かけた人がいると言ったら？
ルシア　それは――何かの思いちがいです。
ポアロ　でも、マダム、ご主人とはジェノアでお会いになったのじゃありませんか？
ルシア　主人がそう申しまして？　おばかさんね！　私たちはカディナビアで出会ったんです。
ポアロ　では、あなたがジェノアで一緒にいた女性は……
ルシア　（怒って）ジェノアには行ったことがないと言ったでしょう！
ポアロ　これは失礼！　もちろん、あなたは今そうおっしゃいました。でも、それは変です！
ルシア　何が変なんです？
ポアロ　少しばかり昔がたりを聞いてください、マダム！　（とポケット・ブックを取り出す）あるロンドンの通信社のために写真を撮っている友人がいましてね。まあ仕事といえば、リドで沈没している伯爵夫人の盗み撮りとか、まあそんな種類のものです。（と本の頁を繰って探す）昨年の十一月、この私の友人はジェノアにいて、悪名高い女性を見つけたのです。そのときその女性はギエール男爵夫人という名前になっていましたが、同時にまた、非常に有名な外交官ときわめて親しいお友だちでもあったのです、世間はその噂をしきりにしていましたが、男爵夫人は全然意に介しませんでした。なぜならその外交官も、得々と、自分で吹聴していたからです。それが彼女の狙いだったんです。おわかりでしょう、その外交官は分別よりも愛情に溺れる男だと……（ポアロは無邪気な様子で話を途中で止める）マダム、退屈でしょうか？

ルシア　いいえ、でもそのお話の要点が私にはわかりませんわ。

ポアロ　（本の頁をめくりながら）肝心のところに参ります。私の友人は彼が撮ったスナップ写真を私に見せてくれたのです。私たちは、ギエール男爵夫人は間違いなく絶世の美女であるが、その外交官のほうもひけをとらない男だと話しあったものです。

ルシア　それでおしまいですか？

ポアロ　いいえ、マダム、その夫人は一人ではなかったのです。彼女は娘と一緒に歩いているところをスナップに撮られたのです。その娘がまた、美女でしてね、一度見たら忘れられないほどだったんですよ。（彼は立ち上がって、頭を下げ、本を閉じる）私はここに着いたとき、すぐわかりました。

ルシアはポアロを見て、息を凝らす。

ルシア　あら！　（すぐに気を取り直して笑いだす）ポアロさん、とんでもない思いちがいですわよ！　もう私にもあなたの質問の要点はわかりました。ギエール男爵夫人も、あの方のお嬢さんも憶えていますわ。お嬢さんはどっちかと言えばあまり面白い方ではありませんでしたが、お母さまはそれは素敵な方でしたわ。私、あの方にあこがれていましたのよ、それで何度かご一緒に散歩したことがあるんです。あの方に気に入ってもらえたと思っていたんですの。それで間違いが起こったんですわ。（椅子に深々と身体を沈める）

ポアロ　（テーブルの上に身を乗り出して）でも、ジェノアにはいらしたことがないとうかがいましたが？

ルシア　（無意識のうちに）まあ！　（とポアロを見つめる）

ポアロはポケットに本を入れる。

ポアロ　写真は嘘だったのね？
ポアロ　そうです。ジェノアでセルマ・ゲーツの名前がひそかに流れていたことは承知していました。その他は——私の友人とか写真とかは——創作です！
ルシア　（怒って）私を罠にかけたのね！
ポアロ　そうです。
ルシア　こんなことが、クロード卿の死となんの関係があるんですか？
ポアロ　（とりあわず）マダム、しばらく前に、高価なダイヤモンドの首飾りをなくされたと聞きましたが？
ルシア　もう一度お聞きします。それがクロード卿の死となんの関係があるんです？
ポアロ　（ゆっくりと確かめるように）まず盗まれた首飾り……それから盗まれた方程式。両方とも、お金になるものですよ。
ルシア　（あえぐように）どういう意味でしょう？
ポアロ　カレリはいくらほしいと言いましたか？……今度は。

ルシアは立ってポアロに背を向ける。

ルシア　私——私——もうこれ以上質問にお答えできません。
ポアロ　(彼女に近よって) 怖いからですか?
ルシア　いいえ、怖くはありません。あなたのおっしゃる意味がわからないからですわ! なぜカレリ博士は私にお金を要求するのですか?
ポアロ　彼に黙っていてもらうためにですよ! エイモリー家は格式のある家柄だ——そしてあなたは——セルマ・ゲーツの娘だ!

ルシア、デスクのスツールに座りこむ。

ルシア　リチャードは知っていますか?
ポアロ　(ゆっくりと) いいえ、まだ……
ルシア　(絶望的に) あの人には言わないでください! お願いです! あの人は家の名前も自分の名誉も誇りにしています。あの人と結婚した私が悪いんです! でも私はとてもみじめだったんです。私はあんな生活、あの恐ろしい生活がいやだったんです。あれは人間を駄目にします……でも私に何ができまして？　母が死にました。私は自由になったんです！　正直に生きていく自由！　嘘と陰謀から抜けだせる。そしてリチャードが現れました――私は彼が好きになり、彼も私に結婚を求めました……あの人にどうして本当のことを言えまして？

ポアロ　（やさしく）それから、カレリに見つかって脅迫されるようになったんですね？

ルシア　そうです。でも私はお金を持っていませんでした。私は首飾りを売ってお金を払ったのです。それでなにもかも終わりになると思っていたんです。でも昨日、彼はまたここへやってきました。彼はあの方程式のことを聞きこんでやってきたのです。

ポアロ　方程式を手に入れてくれと？

ルシア　そうです。

ポアロ　（ルシアに近よって）やったのですか？

ルシア　私を信じてくださらないでしょう――今となっては。

ポアロ　いいえ、いいえ。私はまだ信じておりますよ。勇気をお出しなさい。真実を話してください。あなたは方程式を盗んだのですか？

ルシア　いいえ、やりませんでした！　でも、やろうとはしたんです！　カレリが私がとった型から合鍵を作ったのです。
ポアロ　（ポケットから鍵を出し、彼女に見せる）これですか？
ルシア　そうです、それはとても簡単でした。金庫を開けようとこっそりと書斎に入ったところでクロード卿が入ってきて見つかってしまったんです。これが真実です！
ポアロ　あなたを信じていますよ、マダム。（と肘掛け椅子に座る）しかし、あなたはクロード卿の暗闇で返す計画に熱心に賛成しましたね？　（彼は鍵をポケットにしまう）
ルシア　私は身体を調べられたくありませんでした。カレリは鍵と一緒にメモを渡してくれていました。鍵もメモもそのときは持っていたんですもの。
ポアロ　それはどうしましたか？
ルシア　灯りが消えたとき、私は鍵をできるだけ遠くに投げました……あの辺です。
（第一幕でレイナーがいた椅子のあたりを指す）
ポアロ　そしてメモは？
ルシア　どうしていいかわかりませんでした。（と立ち上がって、コーヒー・テーブルの前に行く）私は本の頁のあいだにメモをはさみました。（彼女は中央のテーブルの傍へ行き一冊の本を取りあげて頁を繰る）ほら、まだここにあります。（とメモを取り出す）もしよろしければ……（とメモをポアロに差し出す）

ポアロ　結構です、マダム。それはあなたのものです。

ルシアは中央のテーブルの下手の椅子に座る。彼女はメモを細かく破ってハンドバッグに入れる。間《ま》。

つまらないことですが、マダム、昨夜ドレスを破りませんでしたか？

ルシア　（驚いて）私が？　いいえ！

ポアロ　暗闇の中でドレスがさける音を聞きませんでしたか？

ルシア　（考えて）はい、そうおっしゃれば聞いたような気がします。でもそれは私のドレスではありません。キャロラインさんか、バーバラのですわ、きっと。

ポアロ　なるほど、それはあまり気にしないことにしましょう。さて、別のことをおたずねします。昨夜、クロード卿のコーヒーを注いだのは誰ですか？

ルシア　私です。

ポアロ　あなたの横のテーブルの上に置きましたね？

ルシア　はい。

ポアロ、立ち上がって、テーブルの上に身を乗りだして鋭く質問する。

ポアロ　どのカップにヒオスシンを入れたのですか？
ルシア　（狂ったように）どうしてそれをご存じなのです？
ポアロ　物事を知ることが私の仕事です。どのカップに入れましたか、マダム？
ルシア　私のカップにです。
ポアロ　なぜですか？
ルシア　なぜって――死にたかったからです。リチャードは私とカレリの仲を疑っていましたし、私はカレリを裏切ったのですから、彼はきっとリチャードになにもかも話してしまうにちがいありません。出口は――ただ一つしかありませんでした。ただちに、夢のない眠り――そして再び目覚めることのない――それが彼の言葉です。
ポアロ　誰がそう言ったのです？
ルシア　カレリです！
ポアロ　（中央のテーブルの後ろを下手中央へゆっくりと動きながら）わかりかけてき

ました……わかりかけてきました……（テーブルの傍に行きカップを指す）では、これがあなたのカップですね？　手をつけていない、いっぱい入ったこのカップですね？

ルシア　そうです。

ポアロ　どうして飲むまいというふうに気が変わったのですか？

ルシア　リチャードが私のところへ来て、私を連れて逃げよう——外国へ——金はなんとかすると言ってくれたんです。あの人が私にもう一度与えてくれたのです——希望を！

ポアロ　マダム、お聞きください！　今朝、クロード卿の椅子の横にあったカップは警察が持っていきました。

ルシア　それで？

ポアロ　（ルシアのほうに身を乗りだして）分析をしたにちがいありません。

ルシア　それで？

ポアロ　何も発見できなかったでしょう……

ルシア　（ポアロから視線をそらせて）も——もちろんですわ。

ポアロ　そうでしょうか？

間《ま》。

ルシア　（ポアロを見て、椅子に座ったまま向きを変え）なぜそんなふうに私をごらんになるんです？　私を脅そうというのですか！

ポアロ　クロード卿の椅子の横にあったカップが持ち去られたのは今朝だ、と申し上げたいのです。もし昨夜、クロード卿の椅子の横にあったカップを持ち去ったとしたらどうだったでしょう？　（ポアロはドアの傍のテーブルの上の植木鉢の中からコーヒー・カップを取り出す）このカップだったら！

ルシアすばやく立ち上がり、長椅子の前に行き観客のほうを向く。

ルシア　（手で顔をおおう）ご存じだったの……

ポアロ　（舞台中央に）マダム、カップが分析されても——何も出てくるはずがありません。でも、昨夜、私はこのカップからコーヒーを何滴か取り出しておいたのです。（と中央のテーブルの奥へ行く）クロード卿が飲んだコーヒー・カップにもヒオスシンが入っていた、と申し上げたら、マダム、どうなさいますか？

ルシアはクロード卿のカップに毒を入れたのがリチャードではないかと気づき、よろめくが、気をとりなおす。

ルシア　（ささやくような声で）あなたが正しいのです——そうです……。私が殺したのです。（突然高い声になって）私が殺したのです！　彼の、カップにヒオスシンを入れました！　（彼女は中央のテーブルに行き、コーヒーのいっぱい入ったカップを取りあげる）これは——ただのコーヒーだわ！　（とカップに口をつけようとする）

飛び出していってポアロは、ルシアの口とカップのあいだに手のひらを入れる。二人はお互いに見つめあう。ルシアはすすり泣きをはじめる。ポアロはルシアの手からカップを取りあげると、テーブルの上に置く。

ポアロ　マダム！

ルシア　なぜ、止めるんです？

ポアロ　この世界はとても美しい。マダム、なぜ、あなたは、この世界に別れを告げようとなさるのです？

ルシア　（長椅子のほうへ）私が――ああ！　（と長椅子の上に倒れる）

ポアロ　（コーヒー・テーブルの上手へ）あなたは私に真実を話してくださいました。あなたはご自分のカップにヒオスシンを入れた。でも、もう一つのカップにも同じようにヒオスシンが入っていた。誰がクロード卿のカップにヒオスシンを入れたのか？

ルシア　（恐怖にかられて、ポアロを見る）いいえ、ちがいます、それはあなたの間違いです。あの人じゃありません。私が殺したんです。

上手の奥のドアにノックの音。

ポアロ　警察だ！　もう時間がない。マダム、私は、あなたに二つお約束します。約束の第一は――私はあなたをお助けします……

ルシア　でも私は彼を殺したのです。そう言ったじゃありませんか！

ポアロ　約束のその二、私はあなたのご主人もお助けします。

ルシア　（大きな声をあげて）まあ！

トレッドウェル上手奥から入ってくる。

トレッドウェル　ジャップ警部がおみえになりました。

――すばやく幕が下りる――

第三幕

舞台配置図

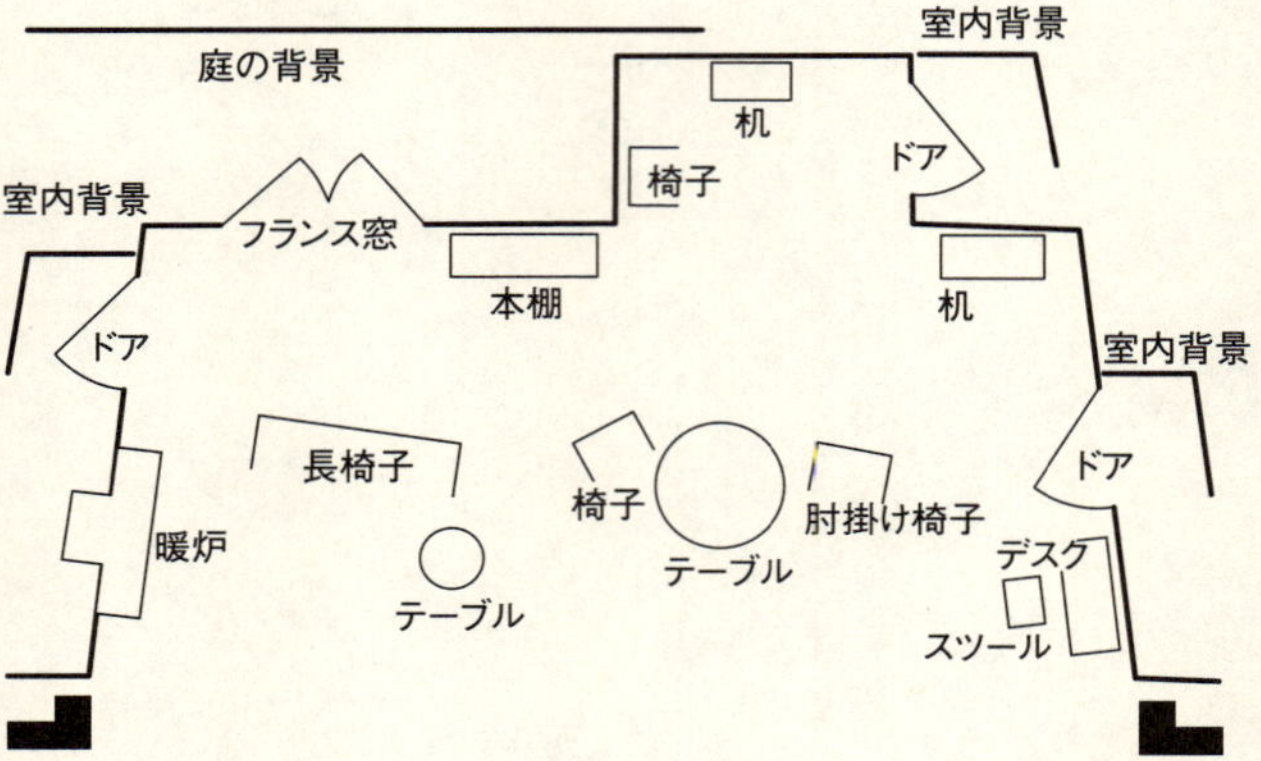
庭の背景
室内背景
室内背景
室内背景
机
椅子
ドア
フランス窓
本棚
机
ドア
ドア
長椅子
暖炉
椅子
肘掛け椅子
テーブル
テーブル
デスク
スツール

場面　同じ場。十五分後。

本棚の前の椅子は隅に片づけられている。フランス窓と下手《しもて》のドアは開いている。長椅子の背のクッションのあいだに編み針がまぎれこんでいる。

幕が上がると、ポアロが上手《かみて》の奥に立ち、ジャップは舞台中央に、長椅子の後ろにヘイスティングズが、上手の奥のドアの入口にジョンソン刑事が立っている。

ジャップ　（中央のテーブルの奥へ歩きながら）ポアロさん、また、お目にかかれましたね。ずいぶんお久しぶりで。あのウエールズの事件以来ですね？　十分前にここへ着いて、あなたのなつかしくも愉快な面《つら》を拝見したときには腰を抜かすほど驚きましたよ。

ポアロ　つら？　（わからない様子で上手の前へ出る）

ジャップ　あなたのお顔のことですよ。（中央のテーブルの前へ）さて、なにからまずご一緒にやりますかな？

ポアロ　ジャップ君、きみは私のささやかな弱点をご存じだ！

ジャップ　（ポアロの肩を叩いて）あなたはかくしたがりやの老いぼれ、そうでしょう？　私が入ってきたとき、あなたが話していたエイモリー夫人、彼女はなかなか美人だ。リチャード・エイモリーの細君でしょう？　あなたもお楽しみのようだった。悪いお人だ！　（ジャップは笑って、中央のテーブルの下手の椅子に座る）いずれにせよ、この事件はどこから見てもあなた向きですな。あなたのようなヘソ曲がりにぴったり。私は毒殺事件は大嫌いでね。まっぴらごめん。何を食べた、何を飲んだ、誰が薬を手にとった、匂いをかいだ、そんなことばかり調べなきゃならない！　グレアム先生はこの件については、どうやらはっきりしているようですよ。毒薬はコーヒーに入っていたにちがいない。あんなに大量に毒を飲まされたら、すぐに効果があったろう、とね。もちろん、分析の結果を確かめなきゃいけないのだろうが、先へ進んでも間違いないでしょう。(と立ち上がる) さて、この部屋の捜査は終わりだ。私はリチャード・エイモリー氏と少し話したほうがよさそうだし、それからカレリ博士とも会いましょう。どうも、彼が問題の男のようだ。でも物事は公平に見なければね。いつも言っているとおり、判断は公平にだ。(上手中央へ進み、ふりかえってポアロに) あなたも来ますか、ポアロさん?

ポアロ　(傍へ行って) ご案内しますよ。

ジャップ　ヘイスティングズ大尉もご一緒に。これは言わずもがなか。(と笑う) 影のようにいつも一緒にいる人物だからね、ポアロさん?

ポアロ　(意味ありげに) ヘイスティングズは、たぶん、この部屋に残りたがるんじゃないかな?

ヘイスティングズ　(ポアロの意図がわかって) そう、そう、ぼくはここに残っていようと思っていたんだ。

ジャップ　(驚いて) へえ。お好きなように。(と上手の奥のドアのほうへ)

ポアロ　じゃあ、ヘイスティングズ! (とジャップに続く)

ドアのところで、ポアロはヘイスティングズに、ここを離れるなと身ぶりで示す。ヘイスティングズはわかったと身ぶりで示し、長椅子の前に行く。ジャップとポアロ退場。ジョンソンが続いて出ていき、ドアを閉める。バーバラ、フランス窓を通って入ってくる。しばらくヘイスティングズに気づかれずに、見ているが、やがて口を開く。

バーバラ　今度は何が起きたの？　（とヘイスティングズの傍へ行く）警察が来たの？（彼女は長椅子の奥の端に座る）

ヘイスティングズ　そうですよ。スコットランド・ヤードのジャップ警部です。（と長椅子の手前の端に座る）警部はいま二、三質問したいとあなたのいとこのところに行っています。

バーバラ　私にも何か聞くかしら？

ヘイスティングズ　（安心させるように）もしそんなことがあっても、何も警戒することはありませんよ。

バーバラ　警察なんて奇術師みたいなものだわ！　いつも物事を大げさに脚色してセンセーショナルにしようとするのよ。私、センセーション、大好き。あなたは？

ヘイスティングズ　私は――私はどうも。

バーバラ　私、あなたにとっても興味があるわ。あなたはどういうことをしていらしたの？
ヘイスティングズ　そうですね、大戦後は、南米に行っていました。
バーバラ　南米なら知ってるわ！　（彼女は手を目の上にかざして前を見る）広大な空間。それでわかった、あなたがそんなに優雅で古風なわけが。
ヘイスティングズ　（ぎごちなく）すみません。
バーバラ　まあ。私は誉めたのよ。あなたはとっても愛すべき存在だわ。まるでペットみたい。
ヘイスティングズ　古風っていうのはどういうことなんです？
バーバラ　つまり、あなたは、礼儀作法を重んじて本心を隠して、うわべではいい顔をする姑息な因習を信じているにちがいないわ。
ヘイスティングズ　たしかにそのとおりです。あなたは？
バーバラ　私？　あなたは私が、クロード伯父さんの死は悲しむべき事故だなんて作り話を信じていると思っているの？
ヘイスティングズ　そうじゃないのですか？
バーバラ　ねえ……（彼女は立ち上がってコーヒー・テーブルの端に腰を下ろす）私に

関する限り、この事件は私の人生の中で一番素晴らしい出来事なのよ。伯父さんがどんなにけちん坊だったか、あなたは知らないでしょう。どんなに彼が私たちみんなを苦しめてきたか……（感情が激してきて、絶句する）

ヘイスティングズ　私は——私は——あんまり、そんな言い方は……

バーバラ　正直はお嫌い？　事実は私の言ったとおりなのよ。あなたは、私にこんなことを言う代わりに、黒い喪服でも着て、小声で「かわいそうなクロード伯父さま！　私たち皆によくしてくださったわ」なんて言ってほしいのね。

ヘイスティングズ　本当に……

バーバラ　あら、格好つけなくてもいいのよ。お好きなように！　でも人生は嘘をついたり、格好をつけたりしているほど、長くはないわ。伯父さんは私たち誰にとっても、全然いい人ではありませんでした。皆、伯父さんが死んだのを喜んでいるのが本音なんです。そう、キャロライン叔母さんさえよ。かわいそうに叔母は私たちの誰よりも長いあいだ、伯父に我慢してきたんです。（彼女は、突然、黙りこむ）私、ずっと考えてきたんです。科学的に言えば、キャロライン叔母さんが伯父に毒を盛ったにちがいないわ。心臓麻痺なんて本当にとても変ですものね。叔母のようにあんなに長いあいだ、感情を抑えつけられていれば、それが何か強いコンプレックスになって出てくるということが……

ヘイスティングズ　（慎重に）ありうるでしょうね。

バーバラ　あの方程式を盗んだのは誰？　みんなあのイタリア人だと言うけれど、私はトレッドウェルを疑っているの。

ヘイスティングズ　なぜ？

バーバラ　彼だけが書斎に近づいていないからよ！

ヘイスティングズ　でもそれでは……

バーバラ　私はこの点では非常にオーソドックスなわけ。つまり、最も疑わしくない人を疑えというわけ。そして、トレッドウェルは最も疑わしくない人物だわ。

ヘイスティングズ　（微笑して）あなた以外にね……

バーバラ　あら、私が！　（彼女はあいまいに微笑して、立ち上がると舞台中央の奥へ）なんて妙なんでしょう……

ヘイスティングズ　（立ち上がって）何が妙なんです？

バーバラ　私が、今、考えついたこと。庭に出てみませんか、私はここのこもった空気が嫌いなんです。（とフランス窓の下手へ）

ヘイスティングズ　（本棚の下手の端まで行って）わるいけど、私はここにいなければならないのです。

バーバラ　なぜ？

ヘイスティングズ　この部屋を離れられないのです。

バーバラ　わかって、あなた方はこの部屋にこだわりすぎるのよ。昨夜のことを憶えていて？　方程式がなくなったというので皆ががっくりしているところへあなたが入ってきて、最高のお行儀よさで「エイモリーさん、とても素敵なお部屋ですね！」なんて言うんですもの、あれはもうまるであの場の雰囲気に合わなかったわよ。

ヘイスティングズ　（不満そうに）でも、ここは素敵な部屋ですよ。

バーバラ　私には賛成できないわ。（彼女はヘイスティングズの手をとってフランス窓の外へ連れ出そうとする）とにかく、あなたにもこの部屋はもう十分のはずよ。さあ、いらっしゃい。

ヘイスティングズ　（手をふりはらって）あなたにはわからないんだ。私はポアロと約束しました。（と中央テーブルの奥へ）

バーバラ　（ゆっくりと）あなたはポアロさんにこの部屋から出ないと約束したのね？　でも、それはなぜ？

ヘイスティングズ　それは言えません。

バーバラ　まあ！　（しばらく黙りこむが、やがて態度を変える。ヘイスティングズの後ろへ行って）〝少年は燃える船の甲板に立っていました……〟

ヘイスティングズ　なんですって？

バーバラ　「船に残った最後の一人になるまで」どうペットちゃん。

ヘイスティングズ　まったくなんのことかわかりませんな？

バーバラ　そんなことなんじゃないの？　それとも、ペットちゃんなんて言って悪かったかしら？　（とヘイスティングズの腕の下に自分の腕をすべりこませる）誘惑されてみたら。ほんとに、私、あなたにはとても興味を感じるわ。

ヘイスティングズ　からかっちゃいけません。

バーバラ　そんなことないわよ。私、あなたに夢中なのよ。あなたってガチガチの戦前型の堅物なのね。（フランス窓のほうに彼をひっぱっていく）

ヘイスティングズ　（バーバラの腕力に負けて）本当に困った人だ。あなたのようなお嬢さんには会ったことがない。

　バーバラとヘイスティングズ、フランス窓のところで向かいあって立っている。バーバラは上手に、ヘイスティングズは下手に。

バーバラ　嬉しいわ、それはいい兆候よ。
ヘイスティングズ　いい兆候？
バーバラ　そうよ。女の子に希望を抱かせてくれて。（とヘイスティングズに笑いかける）

バーバラ、フランス窓から出ていく。ヘイスティングズも続いて退場。すぐ、上手から小さな裁縫袋を持ってキャロラインが入ってくる。長椅子に裁縫袋を置くと膝をついて、長椅子の背を触ってみる。カレリ博士が帽子と小さなスーツ・ケースを手に上手奥のドアから入ってくる。彼は下手の隅にある椅子のところまで行ってキャロラインに気づき、ハッと立ち止まる。

カレリ　あ！　これは失礼。
キャロライン　（編み針を見つけて立ち上がり、ちょっとあわてて）、編み針を探していましたのよ。（とさし上げて見せる）この背のところにまぎれこんでいましたの。（スーツ・ケースに気づき）出発なさるんですかカレリ博士？

カレリ　（帽子とスーツ・ケースを椅子に置いて）これ以上、ご好意に甘えるわけにもいきませんのでね。
キャロライン　（思わず喜んで）まあ、もちろんそのお気持ちでしたら……でもなにかと面倒な手続きがあったんじゃありません……？
カレリ　（中央のテーブルの下手に行って）ああ、それは全部すみました。
キャロライン　まあ、ご用がおありじゃねえ……
カレリ　そうなんですよ、まったく。
キャロライン　（きびきびと）では車を呼びましょう。（ベルを押そうと暖炉のほうへ）
カレリ　いや、いや。車も、もう呼んであります。
キャロライン　でも、スーツ・ケースを、ご自分で運んでいらしたんでしょう。まったく召使たちときたら！　しようがないわね！　本当にダメねえ！　（長椅子に戻って腰を下ろすと、裁縫袋から編み物を取り出す）召使たちは物事に集中できないんですのよ、カレリ博士、落ち着いていられないんです。ほんとに変なことじゃありません？
カレリ　（いらいらして、電話を見る）ほんとにそうですね。

キャロライン　（編み物をしながら）十二時十五分の列車にお乗りになるのですか？　それならそんなにお急ぎにならなくてもいいわ。私、もう騒々しいのはたくさん。
カレリ　時間はまだ充分あるようですな。その――電話をしてよろしいでしょうか。
キャロライン　（見上げて）あら！　もちろんですわ。（と編み物を続ける）
カレリ　ありがとうございます。（とデスクのほうへ行き、電話帳で番号を調べるふりをする。キャロラインをいらいらと見て）姪御さんが、あなたを探しておいでのようでしたよ。
キャロライン　（かまわず）バーバラでしょう！　とってもいい娘。でもあの子にはこの生活はつまらないわ。若い娘にとっては退屈すぎます。いいの、いいの、これからはもう事情が変わるわ。（楽しそうに思いをめぐらして）私だってやりたいことを全然やらなかったわけじゃないのよ。でもねえ、若い娘にとって必要なのは、ちょっとした陽気な気分なのよ。世の中のビーズワックスを全部集めたってその埋め合わせにはならないわ。
カレリ　ビーズワックス？
キャロライン　そうよ、『ビーズワックス』よ。それとも『ビーマックス』だったかしら？　ビタミン剤の名前よ。少なくとも缶にはそう書いてあるわよ。ビタミンA、

B、C、D。その中の一つ以外は全部、脚気の予防になるのよ。本当は、私、イギリスに住んでいればその必要はないと思うの。だって、脚気は未開地の米の汚染からうつるものですもの。面白いわね。私、レイナーに朝食のあと飲ませたのよ。レイナーは青い顔をしていたわ。かわいそうにね。ルシアにも飲ませようとしたけど飲もうとしなかったわ。（と首を振る）考えてみれば、私が娘だった頃は『ビーズワックス』――『ビーマックス』があるからって、キャラメルさえ食べさせてもらえなかったわ。時は移り……時代は変わる……

カレリ　（やきもきして）そう、そうですねえ、キャロラインさん。（と舞台中央の前に出て）さあ、姪御さんが呼んでいらっしゃいますよ。

キャロライン　私を呼んでいる？

カレリ　ええ、聞こえませんでしたか？

キャロライン　（耳をそば立てて）いいえ。……聞こえませんわ。変ですね。（編み物を片づける）耳がいいのね、カレリさんは。私の耳が悪いという訳じゃありませんけど。（と毛糸の玉を落とす）

カレリは拾ってやる。

ありがとうございます。（裁縫袋を手にとって）エイモリー家の人はみんな耳はいいのよ。（と立ち上がって）私の父はとても素晴らしい能力の持ち主でしたわ。八十になっても眼鏡なしで物が読める。（と、また、毛糸の玉を落とす）

カレリが拾いあげる。

あら、すみません。驚くべき人物だったのよ、カレリさん。いつも天蓋のついた羽根ぶとんの寝台に寝て、寝室の窓は絶対に開けさせませんでしたのよ。夜の空気が一番、身体に毒だというのが口癖。運が悪いことに痛風にかかって入院したら、そこの看護婦が天井の窓は開けておく主義の人でね。それが原因で父は死んだんですのよ。（また、毛糸の玉を落とす）

カレリは拾いあげて、キャロラインの手にしっかり握らせると上手奥のドアまで連れていく。

（キャロラインはゆっくりとドアのほうへ行きながら、しゃべり続ける）私は、付添いの看護婦なんかいりませんわよ、カレリ博士。看護婦なんて、病人の噂はするし、お茶はガブガブ飲むし、召使たちといつも問題を起こすし。

カレリ　（ドアを開けてやって）そうですね、ごもっとも。

キャロライン　どうもありがとうございました。

キャロライン、出ていく。カレリはすばやくデスクに戻る。電話の受話器を取りあげる。

カレリ　こちらはマーケット・クレーヴの一五三番だ。ロンドン、ソーホー局の八八五三番……五三……え？……そちらから呼んでくれるのか？……よろしく。（カレリは受話器を置くといらいらと爪を嚙む、下手のドアのほうへ行くと、ドアをあけて書斎へ）

レイナー上手の奥のドアから入ってくる。部屋を見回すと用心深く暖炉に近づいていく。彼は付け木の壺にさわる。レイナーが壺に手を触れたとき、カレリが書斎から戻ってくる。カレリはドアを閉める。レイナーはふりかえってカレリを見る。

レイナー　ここにいらっしゃるとは知りませんでした。
カレリ　（舞台の下手中央よりで）電話を待っているのです。
レイナー　そうですか！

間《ま》。カレリ上手へ行き、また、舞台下手中央へと戻る。

カレリ　警部は到着しましたか？
レイナー　二十分ほど前に。もう会いましたか？
カレリ　遠くで見かけただけです。
レイナー　スコットランド・ヤードの警部です――何かほかの事件の捜査でたまたまこの近所にいたのです。
カレリ　それはついていましたな。ねえ？
レイナー　まあ、そうでしょうな。

電話が鳴る。レイナー、電話をとろうとする。

カレリ　（すばやく上手へ）私の電話です。（レイナーを見る）恐れ入りますが、ちょっと……？（と電話のほうへ）

レイナー　わかりましたよ、すぐ出ていきます。

レイナーは上手に退場。

カレリ　（受話器を取りあげ、静かな口調で）もしもし？……ミゲルか？……そうかい？……いや、まだなんだ。駄目なんだよ……あのじいさんが昨夜、死んだんだよ……すぐ出発する……ジャップが来ているんだ……ジャップだよ、ほらスコットランド・ヤードの……いや、まだ会っていない……そういう具合にいけばいいんだがね……いつもの場所で、今晩の九時半……よし、わかった。（カレリは受話器を置くと部屋の隅に行きスーツ・ケースを取りあげ、帽子をかぶってフランス窓のほうへ行く）

ポアロ、フランス窓を通って入ってくる。カレリはポアロと鉢合わせする。

ポアロ　これは失礼。

カレリ　(出口をふさいで) どういたしまして。

ポアロ　すみませんが、通していただけません……

カレリ　だめです。絶対にだめです。

ポアロ　どうしても。

カレリ　だめです。

カレリはポアロにつかみかかるが、ポアロは柔術の足払いをかけて見事にカレリを倒し同時にスーツ・ケースを奪いとる。ジャップがポアロのあとから入ってくる。カレリはジャップにつかまる。

ジャップ　やあ、これはどうしたんだ？　トニオじゃないか！

ポアロ　(中央のテーブルの奥へ) なるほどね！　きみがきっとこの紳士の本名を明か

してくれるとは思っていましたよ！

ジャップはカレリの右手をとって舞台下手中央に連れていく。

ジャップ　ああ、こいつのことならなんでも知ってるよ。トニオは有名人だからね、な、トニオ、そうだろ？

ポアロは中央のテーブルの上にスーツ・ケースを置き、蓋を開ける。

カレリ　嫌疑は何もないだろう。逮捕はできないよ。
ジャップ　そうかな。賭けてもいいが、遠からず、我々は、方程式を盗んであの老人を殺した奴を見つけ出す。あの方程式はトニオ一味にとっては大きな獲物だ。こいつが逃亡しようとしているからには、いまブツを持っていても驚くにはあたらないさ。
ポアロ　きみの見方に賛成だよ。

ポアロがスーツ・ケースの中を探しているあいだ、ジャップはカレリをしっかりつかまえている。

ジャップ　（ポアロに）どうだい？
ポアロ　（スーツ・ケースを閉じ、肘掛け椅子の上手へ）何もない。がっかりだな。
カレリ　（中央のテーブルの前へ）自分たちがどれほど利口だと思っているのかね？
ヘッ！　言っておくがね……
ポアロ　（意味ありげな調子でさえぎって）言ってもいいがね、まずいことになるよ。
カレリ　（気圧《けお》されて）どういう意味だ？
ジャップ　ポアロさんの言うとおりだぞ。黙ってたほうがいいぞ。（上手の奥のドアのところへ行き、ドアを開けて呼ぶ）ジョンソン！

ジョンソン入ってくる。

家族全員集めてくれ。いいかい？　一人残らずだよ。
ジョンソン　はい。

ジョンソン出ていく。

カレリ　おれはまっぴらだね！　おれは……（カレリはスーツ・ケースを取るとフランス窓のほうへ突進する）

ジャップが追いかけてつかまえる。カレリからスーツ・ケースを取りあげ、力ずくで下手へ連れていき、長椅子の上につき倒す。

ジャップ　これ以上、痛い目にあうことはない。だからもうゴタゴタ言うのはよせ。

ポアロ、フランス窓のほうへ行く。

ジャップ　行かないでくれ、ポアロさん。（彼はスーツ・ケースをコーヒー・テーブルの手前に置く）

ポアロ　ええ、ええ、私はここにいますよ。

次の場面のあいだ、ずっとポアロは部屋のほうに背を向けたままフランス窓のところに立っている。ルシアが上手の奥のドアから入ってくる。彼女は中央のテーブルの下手の椅子に座る。リチャードはキャロラインと共に入ってくる。リチャードはキャロラインを上手の舞台の前方へ連れていきスツールに座らせる。リチャードは中央のテーブルの後ろに行く。バーバラとヘイスティングズはフランス窓から入ってくる。バーバラは長椅子に座る。ヘイスティングズは長椅子の手前の端の奥に立っている。レイナーは上手奥のドアから入ってきて肘掛け椅子の奥へ行く。ジョンソンはレイナーに続いて入ってきてドアを閉め、上手の奥にあるテーブルの横に立つ。リチャードはジャップをキャロラインとバーバラに紹介する。

リチャード　叔母のキャロラインと従妹のバーバラです。

バーバラ　（紹介をうけて）この騒ぎは一体なんですの？

ジャップ　（暖炉のほうへ行き）さて、皆、揃いましたね。

キャロライン　（リチャードに）全然わかりませんわ。この――この方はここで何をしようとしているんですか？

リチャード　言いにくいことを申し上げなければならないんですがね。キャロライン叔母さん、それにみなさん、（と全員を見回して）グレアム先生の診断では、父は——毒殺されたのです。

レイナー　（鋭く）なんですって？

キャロラインは恐怖のあまり叫び声をあげる。

リチャード　ヒオスシンでです。

レイナー　ヒオスシン？　すると、私が見たのは……（とルシアを見て、口を閉ざす）

ジャップ　（レイナーのほうへ一歩出て）何を見たのです、レイナーさん？

レイナー　（ためらって）なんでもありません——少なくとも……（と言いよどむ）

ジャップ　申し訳ないが、レイナーさん、私たちは真実を明らかにしなければならないんです。さあ、あなたが何か隠していることははっきりしているのだから。

レイナー　本当になんでもありません。きっと納得のいく理由があるにちがいありません。

ジャップ　それで？

レイナー　若奥さまが小さな錠剤を手のひらにあけていらっしゃるのを見ただけですが。

ジャップ　それはいつのことです。
レイナー　昨夜です。私は書斎から出てきました。他の人は蓄音機にかかりきりでした。奥さまが錠剤の瓶を取りあげて自分の手のひらに錠剤をほとんど全部あけてしまったのを見たのです。そのとき、クロード卿が何か用があって私を呼び戻されたのです。
ジャップ　なぜ、前に言わなかったのですか？
ルシア　私は……
ジャップ　ちょっと待ってください、奥さま。

ルシアは話そうとするが、レイナーが続ける。

レイナー　それきり忘れていたんです。リチャードさんがクロード卿はヒオスシンで毒殺されたとおっしゃったので思い出したわけです。もちろん、これは全然なんでもないことだとはわかっております。私が驚いたのは偶然の一致ですよ。あのときの錠剤はヒオスシンなんかじゃないでしょう。
ジャップ　（ルシアに）では、奥さん、この件であなたのおっしゃりたいことは？
ルシア　眠るのに何かほしかったんです。

ジャップ　（レイナーに）奥さんは瓶をほとんど空《から》にしたと言いましたね。
レイナー　私にはそう見えました。
ジャップ　（ルシアに）眠るのならそんなにいらないでしょう——一錠か、二錠で。ほかはどうしたのですか？
ルシア　憶えていません。
カレリ　（立ち上がって、悪意をこめて吐き出すように）警部さん、おわかりでしょうな？　あの女が犯人です！

ポアロはふりむいて、舞台の前に顔を向ける。バーバラは立ち上がって下手の前へ。ヘイスティングズはバーバラの傍へ行く。

カレリ　（長椅子の舞台手前側の端のほうへ）本当のことを申し上げます、警部さん。私はあの女に会いにここに来たのです。あの女が手紙をくれたのです、方程式を手に入れたから売りたいと言って。私が過去にそのような仕事をしていたことは認めましょう。
ジャップ　（カレリとルシアのあいだに入って）そんなことは言い訳にならない。その程度のことはもうわかっている。（ルシアに）この件について言いたいことはそれだけですか？

ルシア立ち上がる。

リチャード　（荒々しく、中央のテーブルの前に行って）私は……

ジャップ　どうぞ。

カレリ　あの女を見るんだ！　あなた方はあの女が何者か知らないんだ。私は知っている！　あの女は、セルマ・ゲーツの娘。世界中に悪名高い最もいかがわしい女の娘なのです。

ルシア　ちがいます！　嘘です！　聞かないで……

リチャード　（カレリに）こいつ、骨までバラバラにしてくれるぞ！

ジャップ　（一歩リチャードに寄って）落ち着いて、落ち着いてください。

リチャードは上手奥に。

これは徹底的に調べなくてはなりませんな、奥さま。

間《ま》。

ルシア　私――私……（リチャードを見、それからポアロを見る。ポアロに手をさしのべる）

ポアロは中央のテーブルの後ろを通ってルシアの上手へ行く。

ポアロ　勇気をお持ちなさい、マダム。私を信じるのです。皆にお話ししなさい――真実を。もう嘘はなんの役にも立たないところまで来ているのです。

ルシアは訴えるようにポアロを見る。

そうです、そうです。勇気を持って、話してください。（とフランス窓のところに戻る）

ルシア（息を詰めたような声で）私がセルマ・ゲーツの娘だというのは本当です。私がこの男にここへ来いと言ったとか、方程式を売ると言ったというのは嘘です。この男は、私を脅迫するためにここに来たのです！

リチャード（ルシアに）脅迫！

ルシア　方程式を手に入れなければ母のことをあなたに言うと脅したのです。でも私はそうしませんでした。あの男が盗んだのだと思います。チャンスもありました。あの男が、あそこで一人でいたときもあります。そして、今となっては、あの男は、私がヒオスシンで自殺してしまい方程式を書いた紙を盗んだのは私だということになるところまで、読んでいたことがわかります。私はその手にうかうかと乗るところだったんです……（ルシアは絶句すると、リチャードの肩に寄りかかって、すすり泣く）

キャロライン立ち上がる。

リチャード　ルシア！（リチャードはルシアをキャロラインの手にあずけると、中央のテーブルの上手の椅子の前に立つ。意を決して）警部、あなたと二人だけでお話ししたいことがあります。

ジャップは一瞬、リチャードを見つめ、ジョンソンに小さくうなずいてみせる。

ジャップ　いいでしょう。

ジョンソン、上手の奥のドアを開ける。バーバラとヘイスティングズは長椅子の下手を回ってフランス窓から出ていく。

キャロライン　いらっしゃい。私、あの男はずっといやな奴と思っていたのよ。（とルシアを連れて上手の奥のドアへ）

キャロラインとルシア退場。

レイナー　（わずかにリチャードの傍へ寄って）すみません、旦那さま。お気の毒です。

レイナーは舞台の奥へ行き、上手の奥のドアから出ていく。カレリはスーツ・ケースを手にとると中央の奥から上手の奥のドアのほうへ。ジョンソンはジャップの合図で傍に来る。リチャードは上手の前へ出る。

ジャップ　（ジョンソンに）ルシアさんから目を離すんじゃないぞ――それからカレリ博士からもな。

カレリはドアのところでふりかえる。

もうこれ以上、厄介なことはごめんだからな、いいかね？

ジョンソン　わかりました。（とカレリを見る）

カレリ退場。ジョンソンも続いて出ていく。ジャップ上手の奥へ行きドアを閉める。ポアロは長椅子の舞台手前のアームに腰を下ろす。

ジャップ　（中央のテーブルの奥へ行く）お気に障ったかもしれませんが、レイナーさんの話を聞いた以上は、できるだけ用心しませんとね。
リチャード　警部！
ジャップ　さて、なんですか？
リチャード　（慎重に）父を殺したのは、私です。
ジャップ　（微笑して）そんなことを言ってはいけません。
リチャード　なんですって？
ジャップ　いけませんよ、そんなに物事を飛躍させては。あなたはあの素敵な女性に目がくらんでいるのです――結婚したばかりでそのことで頭が一杯。でもはっきり言って、悪女のために絞首刑になってやるなんてつまらないことです。たとえ、その女がどんなに美しいにせよですよ。
リチャード　（肘掛け椅子の奥に行きながら怒気を含んで）ジャップ警部！
ジャップ　私の判断を狂わせようとしても無駄です。遠まわしに言っても仕方がないのではっきり真実を申し上げましょう。ポアロさんもあなたに同じことを言うしかないと思いますがね。申し訳ないが、信義は信義、殺人は殺人です。事件の核心に迫るにはそうするしかありません。

　　ジャップは上手の奥から出ていく。

リチャード　（肘掛け椅子の前に出て）ポアロさんも同じ意見ですか？

　　ポアロは立ち上がって中央のテーブルの下手へ。ポケットからシガレットケースを出すと煙草を一本抜き出す。

ポアロ　最初にあなたが奥さまを疑ったのはどの時点でしたか？

リチャード　私はそんな……

ポアロ　（中央のテーブルからマッチ箱をとって）さあ、真実だけが必要なのです！　あなたは疑っていた。私が到着する前に奥さまがあやしいと。だからあれだけ熱心に私に帰れと言ったんです。ちがうと言ってもダメです。エルキュール・ポアロを欺くことは不可能です。（と煙草に火をつけ、マッチ箱を戻す）

リチャード　ちがいます。全然、間違っています。

ポアロ　（考えて）しかも、あなたに反論できる同じようないい例がもう一つあります。

（と中央のテーブルの下手の椅子に座る）あなたは例の薬を手にとった、コーヒーも手にした、お金にも不自由していたし、さらにお金を手に入れるのは絶望的だった。そうなんです、あなたは疑われても仕方のない情況にあったんです。

リチャード　ジャップ警部はあなたの意見に賛成しませんでしたよ。

ポアロ　でも、ジャップには常識があります。ジャップは恋に目のくらんだ女ではありません。

リチャード　恋に目のくらんだ女？

ポアロ　心理学の授業をいたしましょうかな。私が最初に到着したとき、奥さまは私をつかまえて、ここに留まって殺人犯を見つけてくれとお頼みになりました。犯罪を犯した女がそんなことをするでしょうか？

リチャード　（早口で）あなたのおっしゃりたいことは……

ポアロ　私が言いたいことは、今日、陽が沈むまでに、あなたは膝を折って奥さまに許しを乞うことになるだろうということです。

リチャード　（ポアロのほうに一歩踏み出して）どういうことなんです？

ポアロ　少し言いすぎましたかな。（と立ち上がる）さあ、ムッシュー、どうか私にまかせてください。エルキュール・ポアロの手にあなたを。

リチャード　ルシアを救ってくれるんですね？
ポアロ　私は自分の言葉に責任を持ってまいりました。私がそうすると誓った時点では、こんなに面倒なことになると思っていませんでしたけどね。さあ、時間がありません、やらなければならないことがあります。質問をしたり、面倒を起こしたりしないで私の言うとおりにしてくださいますね？
リチャード　（不承不承に）わかりました。
ポアロ　結構です。さて、いかがですか、私がお願いすることは難しくも不可能なことでもありません。じつのところ、それは常識的なことです。この邸はまもなく警察の捜査を受けることになるでしょう。警察は邸の中をしらみ潰しに調べます。どんなところでも捜査します。あなたやご家族にとってきわめて不愉快なことになるでしょう。そこで私は、あなたにここから立ち去られるようお勧めします。
リチャード　この家を警察の手に渡すのですか？
ポアロ　それが私の提案です。もちろん、あなた方は近所にいていただかなくてはなりません。田舎の宿はなかなか気分の休まるものです。部屋を予約してください。そうすれば警察が皆さまと話したいときにすぐに応じられるでしょう。
リチャード　いつ、そうしろとおっしゃるのですか？

ポアロ　ただちに――とお願いします。
リチャード　でも、それは突然でかえって変に思われませんか？
ポアロ　全然そんなことはありません、全然。とてもここにはいたたまれなくて宿へ移ったと見えるでしょう。周囲の情況はあなた方にとってはいとわしいものです――もうひとときもここにはいられない。大丈夫、理由はたちます。
リチャード　警部は納得しますかね。
ポアロ　ジャップとは私が打ち合わせておきましょう。
リチャード　（ポアロに近よって）こんなことでうまくいくとは思えませんが。
ポアロ　思えませんかね？　でもあなたがそう思う必要はないのです。私が思えばね。それで充分なのです。（リチャードの肩を抱いて）さあ、行って宿の予約をしてください。もし、あなたがそんなことをする気持ちにならなければ、レイナーにやらせればいいのです。さあ、行って！　（リチャードを押し出さんばかりにする）

リチャード上手奥から出ていく。

まあ、イギリス人って奴は！　なんて強情なんだろう！　（とフランス窓のほうへ行き、呼ぶ）マドモワゼル！

バーバラ、フランス窓から現れる。

ポアロ　恐縮です。

バーバラ　（笑って）はい、もちろんお返ししますわ。

ポアロ　そうですよ。

バーバラ　私のペットちゃんのこと？（とふりむいてヘイスティングズを探す）

私の仲間をちょっと返していただけませんか？

バーバラはポアロへ肩ごしに笑いかけて庭へ。まもなく、ヘイスティングズが少しきまり悪そうにフランス窓を通って入ってくる。ポアロは中央のテーブルの奥へ。

ポアロ　さて、きみはなんと言い訳をするつもりかね？　にやにや笑ってごまかそうなんて、結構なことだ。きみには見張りのためにここにいてくれと言ったのに、きみはたちまちこの美しいお嬢さんと庭に散歩に行ってしまった。

ヘイスティングズ　（ポアロに近よって）悪かったよ、ポアロ。ほんのちょっと外へ出ただけなんだよ。すぐきみたちが入ってくるのが窓から見えたし。

ポアロ　だから、ここへ戻ってきて顔を合わせるまでもないと思ったと。まあいいさ、すんでのところでとりかえしのつかない失敗をするところだったんだぜ。私はここでカレリを見つけたんだ。

ヘイスティングズ　だから、悪かったと言ってるだろ。ほんとにすまなかった。

ポアロ　とりかえしのつかないことにならなかったのは理屈じゃない、偶然、運がよかっただけなんだよ。さあ、わが友《モナミ》よ、いよいよ、我々の小さな灰色の脳細胞を働かせるときがやってきたぞ。（ポアロはヘイスティングズの頰を軽く打つと中央のテーブルの前に出る）

ヘイスティングズ　ああ！　それはいい。（とポアロの傍へ）

ポアロ　いや、よくはないさ。（と正面を見る）悪いのだ。あいまいだ。暗闇だ。昨夜と同じように真っ暗だ。ああ！　思いついたことがある！　そうだ、あれから始めよう。

ヘイスティングズ　なんのことを言っているんだい？

ポアロ　（急に声の調子を変えて、重々しく考え深そうに）なぜ、クロード卿は死んだんだ、ヘイスティングズ？　さあ、答えたまえ、なぜ、クロード卿は死んだんだ？

ヘイスティングズ　（ポアロを見つめて）そのことはわかっているだろう。

ポアロ　そうだろうか？　きみは確信を持ってそう言えるかい？

ヘイスティングズ　ええと――言えるさ……彼は毒殺されたんだ。

ポアロ　なぜ、彼は毒殺されたんだ？

ヘイスティングズ　きっと、書類を盗んだ奴が――

ポアロ、ゆっくりと首を振る。

見つかったと思って……（ポアロを見て言葉を切る）

ポアロ　だが、ヘイスティングズ、犯人が見つかったと思っていなかったらどうなるんだい？

ヘイスティングズ　それは思いつかなかった。

ポアロ　（上手へ）まず犯人の書いた筋書きどおりに事件がはこんだとして事件を順序だてて組立ててみよう。

ヘイスティングズは中央のテーブルの下手の椅子に座る。

クロード卿は、ある夜、椅子に座って死んでいる。(と肘掛け椅子に掛ける)その死因については何も疑わしい情況はない。どう考えてみても死因は心臓麻痺ということにしかならない。クロード卿の個人的な書類が調べられるまでには、何日かかるはずだ。そのときでも、まず探される書類は遺書だけだ。筋書きどおりに行けば、葬儀が終わったあとで、新式爆弾に関するクロード卿のノートが不完全な形で発見されることになる。正確な方程式は存在したかどうかさえわからなくなってしまう。さて、こういう筋書きだと犯人には何が与えられるだろうか?

ヘイスティングズ　うーむ。

ポアロ　なんだい?

ヘイスティングズ　なんだろうね?

ポアロ　安全さ。犯人は盗んだブツを処分できる。もし、方程式があったということがわかったとしても、行方をくらますまでには充分時間があることになる。

ヘイスティングズ　そういう考えもある……なるほど。

ポアロ　だが、これは一つの考え方だ。私は、ほかならぬエルキュール・ポアロじゃないか？　この筋書きだとどういうことになるか考えてみよう。この殺人は、はずみで行なわれた偶然の事件ではなかったということになる。事前に計画されたものなのだよ、事前に。さて、我々には、今、どこまで来たかわかるかね？

ヘイスティングズ　わからないよ。そういうふうに考えたことがなかったもの。わかることは、我々がクロード卿の邸の読書室にいるということぐらいさ。

ポアロ　いいとも、わが友、きみは正しいぞ。我々はクロード卿の邸の読書室にいる。しかし、それは朝ではなく夜だ。灯りが消えたばかりだ。盗んだ奴の思惑ははずれていた。筋書きでは、翌日まで金庫の傍に行くはずのなかったクロード卿が、ちょっとしたきっかけで、方程式がなくなっているのを発見してしまったのだ。そのうえ、老卿がいみじくも言ったように犯人は鼠とりにかかった鼠のような状態に追いこまれた。たしかにそうだった。しかし、そいつは、クロード卿が知らないことを一つだけ知っていた。クロード卿がほんの数分後には永遠に沈黙させられてしまうことをだ。そこで、そいつがしなければいけないことは一つ――ただ一つしかなかった……つまりその暗闇になったわずかのあいだに方程式を書いた紙を隠してしまうことだけだった。ヘイスティングズ、私がやるように目を閉じてみたまえ。灯りが消えた。もう何も見えない……だが、耳には音が聞こえる。キャロラインさんがこの場面を話してくれたときの言葉をできるだけ忠実に繰り返してくれたまえ、ヘイスティングズ。

ヘイスティングズ　（ゆっくりと記憶をたどりながら間《ま》をとって）息をのむ音。

ポアロ、うなずく。

あちこちで息をのむ音。

ポアロ、うなずく。

椅子が倒れる音……金庫がチャリンという音――もちろん、これは鍵の音だよ。

ポアロ　わかっている。先を続けて。

ヘイスティングズ　叫び声、ルシアのだ。クロード卿を大声で呼んだんだ……それからドアにノックの音……あっ！　ちょっと待ってくれ……初めのほうで、絹がさけるような音。（と目を開ける）

ポアロ　絹がさける。（と立ち上がり、デスクの傍へ行き、舞台を横切って暖炉のほうへ）ヘイスティングズ、すべてはあのわずかな暗闇のあいだに起こっているんだよ。なにもかも。だが我々の耳では――何もわからない。（と暖炉の前で立ち止まり無意識に付け木入れの壺の位置を直す）

ヘイスティングズ　ああ、そんなものを直すのはどうでもいいじゃないか。また、いつもの癖が出たね。

ポアロ　（気づいて）今、なんと言った？　本当だ。（と付け木を見つめる）ほんの少し前に位置を直したのを憶えている。そして今――また、位置を直さなくてはならないということは（興奮して）なぜだ、ヘイスティングズ？　なぜだ？

ヘイスティングズ　（うんざりして）それはたぶん、壺の位置が曲がっているからだろうよ。きみが気にしすぎるのさ。

ポアロ　絹がさける！　ちがうぞ、ヘイスティングズ！　音が同じなのだ。（ポアロは壺の中に入っている付け木にすることよりにした紙屑に目をとめると、急いで取り出す）紙を破る……（長椅子の奥へ）

ヘイスティングズ　（ハッとしてポアロの傍へ寄る）なんだって？

ポアロは立ったまま長椅子の上に付け木入れの壺をひっくりかえすと中の紙屑を調べはじめる。ときどき、ヘイスティングズに「またあった、これもだ」などとつぶやきながらこよりにした紙を渡す。ヘイスティングズは紙を延ばして詳しく調べる。

ヘイスティングズ　（延ばした紙の一枚を読む）Ｃ19、Ｎ23……
ポアロ　それだ、それだ！　これが方程式なんだ。
ヘイスティングズ　やあ、これはすごいぞ！
ポアロ　さあ、早く！　もとどおりにするんだ！

ヘイスティングズ紙屑をもとどおりにしはじめる。

ああ、グズだな！　早く！　早く！　（ポアロはヘイスティングズから紙屑を奪いとると壺の中へもとどおりに入れて暖炉の上に置く）

ヘイスティングズは驚きのあまり声も出ず、暖炉の前へ。

ポアロ　あんなことをしたので驚いたのかね。さあ、ヘイスティングズ、あの壺の中に入っているのはなんだい？

ヘイスティングズ　（皮肉たっぷりに）わかりきったことさ。付け木でございますよ。

ポアロ　（長椅子の前に）ちがうよ、きみ。あれはチーズだよ。

ヘイスティングズ　チーズ？

ポアロ　まさにそのとおり、チーズなのさ。

ヘイスティングズ　ねえ、ポアロ、大丈夫かい？　つまり、きみは頭でも痛いんじゃないのかい？

ポアロ　チーズはなんのために使う？　いいかね、きみ。チーズは鼠とりのエサに使うだろ。我々は、今、その鼠を待っているのさ。

ヘイスティングズ　鼠を……？

ポアロ　きっと来るよ、待っていれば間違いなしさ。奴にメッセージを送っておいたのでね。きっとその返事をよこす。

　レイナー上手の奥のドアから入ってくる。中央のテーブルの奥へ。

レイナー　やあ、ここにいらっしゃいましたか、ポアロさん。それにヘイスティングズ大尉も。ジャップ警部が二階でお待ちですよ。

ポアロ　すぐ参ります。

ポアロはヘイスティングズと一緒に上手の奥のドアのほうへ行く。同時にレイナーは中央のテーブルの前を通って暖炉の前へ。ポアロ、突然ふりかえってレイナーを見、きびすを返す。ヘイスティングズはドアの傍にいる。

ポアロ　（中央のテーブルの後ろを通って）ところでレイナーさん。今朝、カレリ博士がこの部屋にいたかどうか憶えていませんか？

レイナー　ええ、彼はいましたよ。私は彼をここで見かけました。

ポアロ　ああ！　（中央のテーブルの上手の椅子に腰を下ろす）彼は何をしていましたか？

レイナー　電話をしようとしていたようです。

ポアロ　あなたが来たとき、もう電話で話している最中だったのですか？

レイナー　いいえ、彼は書斎から出てきました。
ポアロ　そのとき、あなたはどこに立っていましたか？
レイナー　ああ、このあたりですよ。
ポアロ　電話の内容を聞きましたか？
レイナー　いいえ。彼が一人にしてほしいとはっきり言ったので、私は座をはずしました。
ポアロ　なるほど。（手帳と鉛筆をポケットから取り出し、メモをするとその頁を破りとって）ヘイスティングズ！

ヘイスティングズはテーブルの奥へ。ポアロはそのメモを渡す。

ジャップに持っていってくれたまえ。

ヘイスティングズは上手奥から出ていく。

レイナー　あれはなんですか？
ポアロ　（手帳と鉛筆をポケットにしまいながら）ジャップにしばらくしたら来てくれ、

犯人の名前の目星がついたと書いてやったのです。

レイナー　犯人がわかったのですか？

ポアロ　そう思います――とうとうね。

レイナー　ルシアじゃないでしょうね？

ポアロ　ちがいます。だからジャップに伝言したのですよ。もうこれ以上彼女は質問に悩まされなくてもいいのです。

レイナー　では、カレリですか？

ポアロ　レイナーさん、どうか最後の瞬間まで私の小さな秘密を守ることをお許しいただけませんか。ああ、今日はなんて暑い日なんだ！

レイナー　では何か飲み物でも？

ポアロ　それはご親切に、ウイスキーをいただきましょうか。

レイナー　たしかに。お持ちしましょう。

レイナー上手から出ていく。ポアロ、窓から外を見て、長椅子の後ろに回りクッションを振る。さらに暖炉のほうへ行き、そのあたりの飾り物を調べている。間もなく、レイナーは盆の上にソーダ割りのウイスキーを二つのせて戻ってくる。レイナーはポアロが暖炉の上の飾り物を触っているのを見てギクリとするが、ポアロは水差しを手にとっただけである。

ポアロ　これはイベネザー・スプロッドルの作ですかな。

レイナー　（コーヒー・テーブルに飲み物の盆を置いて）そうですか？　あまりその方面の知識がありませんのでね。さあ、どうぞ、こちらでどうぞ。

ポアロはゆっくりとコーヒー・テーブルの下手に来る。

ポアロ　ありがとう。

レイナー　では、乾杯。（とグラスをとって飲む）

ポアロ　（頭をさげ、別のグラスをとって、唇まで持ってゆく）乾杯。さて、私が疑問に思っていることをお話しします。私の聞いたところでは……（ポアロは突然口をつぐむ。そして何か音が聞こえたかのようにふりむく。ポアロは上手の奥のドアから手前のドアへと視線を移し、さらにレイナーを見る。ポアロは指で唇をふさいでみせ、誰かが盗み聞きしているようだと身ぶりで示す）

レイナーは了解したとうなずく。ポアロはまだ飲んでいないグラスをずっと手に持っている。ポアロとレイナーはそっとドアのほうへ忍び寄る。ポアロは奥のドアへ。レイナーは手前のドアへ。ポアロはドアをサッと開け外へ飛び出すがすぐ戻ってくる。レイナーも同様にする。二人ともがっかりした様子で戻ってくる。

ポアロ　（中央へ行きながら）驚きました。たしかに何か聞こえたと思ったんですがね。まあ、とにかく、私の間違いでした。さあ、乾杯しましょう。（ポアロはグラスを飲み干す）

レイナー　（同じように飲んで）ああ！

ポアロ　どうしました？

レイナー　（中央のテーブルの奥へ行って）別に。肩の荷が下りました。それだけです。

ポアロ　（中央のテーブルの前に行き、グラスを置く）レイナーさん、ご存じでしょうが、私はイギリスのお国の飲み物に慣れておりませんのでね。（と肘掛け椅子に）味が、どうもいけません。苦いのです。（と座る）

レイナー　私のは苦くありませんでしたよ。（とコーヒー・テーブルにグラスを置き、下手の手前に）今、何かおっしゃろうとしていましたね？

ポアロ　（驚いたふりをして）私が？　ああ、そうでした！　レイナーさん、私はちりについてお話ししようとしていたところでした。

レイナー　（微笑して）ちり？

ポアロ　そのとおり、ちりです。わが友ヘイスティングズが、たった今、私がメイドではなく探偵であると認識を新たにさせてくれましてね。ヘイスティングズは、あれで自分ではワサビの利いたことを言ったつもりなんです。私はそうは思いませんがね。メイド、いったいメイドは何をする者なんでしょう？　メイドはホウキを持って部屋の隅々まで探険します。メイドは日頃は見えない場所にまぎれこんでいたものを白日の下にさらけ出します。それなら探偵だってメイドと同じことじゃありませんか？

レイナー　面白いお話ですね、ポアロさん。（と中央のテーブルの下手の椅子に座る）

間《ま》。

（ポアロを観察して）しかし――それがあなたの言いたかったことなんですか？

ポアロ　いいえ、とんでもない。（と身をのりだす）レイナーさん、あなたは私の目にちりを投げ込まなかった、なぜならそこにちりはなかったからです。おわかりですかね？

レイナー　いいえ。

ポアロ　薬の箱の上にはちりがつもっていませんでした。バーバラさんがその事実を証言してくれました。しかし、当然箱の上にはちりがつもっていなければなりません。棚にはちりがつもっているのですからね。それでわかったことは――

レイナー　何がわかりました？

ポアロ　誰かがすぐその前に箱を下ろしたことがあるということです。つまり、クロード・エイモリー卿を毒殺した犯人は、もうすでに、充分な量の毒薬を手に入れていたので、昨夜はあの箱に近づく必要はなかったのです。しかし、あなたは問題のコーヒーに手を触れました、レイナーさん。

レイナー　（微笑して）なんてことです！　あなたは私に罪をきせようとするのですか？

ポアロ　否定なさいますかな？

レイナー　いいえ、否定しませんよ。否定なんかするものですか！　本当のところは、むしろ私は全体の事件の進行を誇りに思っているんですよ。何もかも順調にいくはずだったんだ。クロード卿が金庫をもう一度開けてみたのはまったくついていませんでしたよ。あの人は今までにそんなことをしたことは一度もなかったんです。

ポアロ　（眠気に襲われたように）何もかも話してくれるんですね？

レイナー　話しますとも。私はあなたに同情しています。あなたにお話しできて幸せです。（と笑う）そうです。成り行きではほとんどしくじりそうだったんです。しかし失敗を成功に変えたことは我ながら自慢していいことだと思いますよ。とっさに隠し場所を工夫するなんて本当に誉められてもいいことでした。今、どこに方程式があるかお教えしましょうか？

ポアロ　（眠りかけて）あなたの言っていることがわかりません。

レイナー　あなたはちょっとした間違いをやりましたよ、ポアロさん。あなたは私の智恵を過小評価しました。私はあなたがかわいそうな老カレリを使ったあなたの巧妙なエサには全然ひっかかりませんでしたよ。あなたのような頭脳の持ち主が真剣にあんなカレリのことを考えるはずがない……また、考えるに価しないことでもあったでしょう。私は今、大きな賭に挑んでいるんですよ。出るところへ出れば、あの書類は五万ポンドにはなります。（椅子の背にそりかえって）私のような能力のある男が五万ポンドを持ったらどんなことができるか考えてみてください。

ポアロ　（さらに、もうろうとした様子で）そんなことは考えたくありません。

レイナー　まあ、そうでしょうね。人は他人の意見を聞かざるをえないときがあります。

ポアロ　（前に倒れそうになるが、辛うじて姿勢を正して）そうはいきませんぞ。私は宣言します、私、エルキュール・ポアロは……（突然、口をつぐむ）

レイナー　エルキュール・ポアロはもう何もできません。

ポアロはぐったりと椅子に沈みこむ。

（笑って）あのウイスキーが苦いと言ったときでさえ、あなたは気がつかなかったんです。さあ、親愛なるポアロさん――（とテーブルの上に身をのりだす）私はあの箱からヒオスシンの瓶をいくつか取っておいたのです。いずれにしろ、あなたは私がクロード卿に与えたよりもいささか多量のヒオスシンを飲んでしまったのですよ。

ポアロ　（意味がわかって）ヘイスティングズ！　ヘイス……（と声が消える。そして椅子の中にぐったりとなる。目蓋が閉じる）

レイナー立ち上がって、椅子の背を回って、中央のテーブルの前へ行く。ポアロの前に立ちはだかって。

レイナー　がんばって目を開けていてくださいよ、ポアロさん。方程式がどこに隠してあったか見たいでしょう？　だめですか？　（彼はしばらく待つ）

ポアロの目は閉じたまま。

愛すべき友、カレリの言ったとおり〝すみやかな夢のない眠り、そして再び目覚めることとなし〟か（彼は暖炉のところに行き、こよりになった紙を取り出すとしわを延ばしポケットに入れる。フランス窓のほうへ向かう。途中で立ち止まり、ふりかえって肩ごしにポアロに言う）さよなら、親愛なるポアロさん……（とフランス窓から出ようとしたとき）

ポアロ　（目も開けずにじっとしたまま愉快そうに、自然な調子で）封筒はいいんですか？

レイナー、くるりとふりむくと同時に、ジャップがフランス窓のところに現れる。レイナーは二、三歩室内に戻って、どうしようかと立ち止まり、逃げ出そうと決心する。窓のほうへ突進する。ジャップが庭から入ってきて、レイナーをつかまえる。刑事を呼ぶ。

ジャップ　ジョンソン！

ジョンソンはフランス窓を通って入ってきて、ジャップを助ける。ジャップはレイナーの右腕をとらえる。

ポアロ　さあ、ジャップ、万事うまくいったかい？

ジャップ　（下手中央へレイナーを連れていく）筋書きどおりでしたね、あなたのメモのおかげです。あとは観客席で見ていてください。私どもで彼を調べましょう。さあ！　（彼はレイナーのポケットからこよりにした書類を取り出すとコーヒー・テーブルの上に置く。さらに小さな瓶を取り出す）ああ！　ヒオスシンだ！　空《から》になっている。

ジョンソンはレイナーを中央に一歩押しやる。ジャップはコーヒー・テーブルのほうへ。

ポアロ　（立ち上がって）ヘイスティングズ！

ヘイスティングズは上手の奥のドアから入ってくる。彼はソーダ割りのウイスキーのグラスを持っている。中央のテーブルの奥に行き、ポアロにグラスを渡す。

ポアロ　（レイナーにやさしく）わかったかね？　私はきみの書いた喜劇の三枚目を演じるのはごめんこうむったのさ。その代わりに私の芝居で役を演じてもらったのだよ。さっきのメモでジャップとヘイスティングズに指示を与えたのさ。話を進めやすくするために、暑いなんて言ったんだよ。きみが私に飲物をすすめるようにね。それはきみにとって必要なきっかけだった。なにもかも簡単に行ったというわけさ。

きみはあっちのドアへ行った。（と下手のドアを指す）私はこっち。（上手の奥のドアを指す）ヘイスティングズがそっくり同じウイスキーを持ってドアの外で待っていたのだよ。私はグラスを取り換えて戻ってきたのさ。そして、そう……喜劇が演じられたという訳さ。（ポアロはヘイスティングズにグラスを戻す）

（ヘイスティングズは舞台の奥に。

私はかなり上手に役をこなしたようだね。

ポアロとレイナーがお互いに見つめあう。短い間《ま》

レイナー　私は、あなたがここに到着したときから、あなたを恐れていました。
ポアロ　私もきみが、なかなか智恵のある男だと観察してはいたんだ。（と肘掛け椅子に座る）
ジャップ　（早口で）エドワード・レイナー、クロード・エイモリー卿謀殺の罪で逮捕する。きみの発言は証拠として採用される可能性があることを警告しておく。（彼

はジョンソンにレイナーを連れていくように指示する)

レイナーはジョンソンに連行されて上手奥から出ていく。二人は同時に入ってきたキャロラインとすれちがう。

キャロライン (中央のテーブルの下手の椅子の後ろに行く) ポアロさん……

ポアロは立ち上がる。

本当なのでしょうか? かわいそうな兄を殺したのがレイナーさんだっていうのは?

ポアロ はい、そうなんです。(と上手の前へ)

キャロライン (口ごもって) ああ! ああ! 信じられませんわ! なんて悪い人なんでしょう! 私たち、あの人を家族の一員のようにしていましたのに……。『ビーズワックス』でも、なんでも……

キャロラインは急にふりむいて、上手の奥へ出ていこうとする。リチャードが入ってきて、彼女のためにドアを開けてやる。キャロラインは出ていく。バーバラ、フランス窓から入ってくる。

バーバラ　言葉にするにはあまりにも衝撃的っていうところね。（と中央に）誰か、おそろしく頭のいい人がいたのね。

リチャード、中央の上手へ。

ポアロ　（ジャップに頭を下げて）それはジャップ警部です。

ジャップ　（晴れやかな表情で）私は、それはムッシュー・ポアロだと申しましょう。あなたはそう言われる資格のある人だ、そのうえ、紳士だ。

ジャップ、出がけにヘイスティングズからグラスを取って上手の奥へ出ていく。

バーバラ　（ポアロに）そうだわ、でも本当に彼が犯人なの？　そしてそれをあばいたのはポアロさんなの？

ポアロ　（ヘイスティングズに向かって）本当に頭がいいと言えるのは、このヘイスティングズですよ、マドモワゼル。彼が正しい指針を与えてくれたので、私は間違いなく進むことができたのです。どうか、庭へ連れていって、彼からその話を聞いてやってください。（とヘイスティングズをバーバラのほうへ押しやる）

バーバラ　まあ、私のペットちゃんが！

ポアロはバーバラとヘイスティングズをフランス窓のほうへ連れていく。二人は出ていく。ポアロは二人を見送って戸口に立っている。リチャードは、ルシアが上手の奥から入ってきたとき、ポアロのほうへ歩き出している。ルシアはリチャードを見て驚く。

ルシア　（半信半疑で）リチャード……

リチャード　（ふりかえってルシアを見て）ルシア！

ルシア　（部屋の中へ数歩入って）私……

リチャード　（ルシアのほうへ少し近よって）きみは……

二人ともぎごちなく、落ち着かない。ルシアは突然、ポアロがいることに気づき、彼のほうへ行く。

ルシア　ポアロさん！（ルシアは手を伸ばしたまま、ポアロのほうへ行く）

ポアロは少し舞台の前に来る。ルシアはポアロの両手をとる。

ポアロ　そう、マダム。あなたの悩みは解決しました！

リチャードは少し上手へ。

ルシア　本当ですか？

ポアロ　まだお幸せじゃないようですな。

ルシア　私に幸せが戻ってきたのですか？

リチャードは肘掛け椅子の奥を通って上手の前に。

ポアロ　私はそう思っております。老いぼれのポアロをお信じください。（ポアロはルシアを中央のテーブルの下手の椅子に座らせる。彼はコーヒー・テーブルの上から方程式の紙を取りあげ、リチャードの傍へ行き渡す）さあ、方程式をお返ししますよ！　元どおりにつなぎ合わせることもできます。（とコーヒー・テーブルの前に）

リチャード　ああ、この方程式か！　またこれを見るなんて我慢できないな。これが引き起こしたことを考えるとね。

ルシア　あなたはそれをどうするつもりなの？

リチャード　きみならどうする？

ルシア　（立ち上がって、彼の傍へ）それを私に聞くの？

リチャード　これはきみのものだ。（彼は紙をルシアに渡す）どうにでも好きなようにしたまえ。

ルシア　ありがとう。（ルシアはポアロの前を通って暖炉のところへ行き、暖炉の上の箱からマッチをとって、紙に火をつけ炉の中に投げこむ）この世の中にはもう充分苦しいことがあるわ。もうこれ以上苦しいことを考えるのはたくさん。

ポアロ　マダム。あなたは数千ポンドの価値のあるものを、まるで値打ちのないもののようになんの感情もまじえずに燃やしてしまわれました、見上げたものです。

ルシア　灰になってしまった——私の人生のように。

ポアロ　（中央のテーブルの前に）おや、おや！　では、私たちは棺桶の用意をいたしましょうか！　そんなことはありませんよ！　私は陽気なのが好きです、楽しみたい、踊りたい、歌いたい。いいですか、お二人に、私は今から立ち入ったことを申します。マダムは、「私はあの人をだましていた」と考えて自己嫌悪に陥っていらっしゃる。ご主人も、「おれは彼女を疑っていた」と考えて、自己嫌悪に陥っていらっしゃる。でも、お二人が本当に望んでいることは、お互いの腕の中でしっかり抱き合うことなんじゃありませんか？

ルシア　（リチャードのほうへ一歩進んで、低い声で）リチャード……

ポアロ　奥さまは、ご主人が愚かにもあなたを救うために、ジャップ警部に自分が犯人だと名乗り出たことをご存じですかな？

ルシア　まあ！　（リチャードに敬慕の目を向ける）

ポアロ　そして、ご主人は、ほんの三十分ほど前、奥さまがあなたが犯人でないかとの心配のあまり自分がお父さまを殺したと私に告白なさったことをお考えください。

リチャード　（ルシアの傍に寄って、優しく）ルシア……

二人は手を握りあう。

ポアロ　（少し上手へ寄って）イギリス人ですな、それであなた方は、私の前では抱き合うことをしないのですか？

ルシア　（リチャードとポアロのあいだに来て、二人の手をとる）ポアロさん、私はあなたのことを忘れませんわ——決して。

ポアロ　私だって忘れませんよ。（と彼女の手にキスをする）

ルシアとリチャードはフランス窓を通って出ていく。ポアロは戸口まで二人についていき、後ろ姿に呼びかける。

ポアロ　お幸せに、お若い方《メ・ザンファン》！　や、や！……（彼は暖炉のほうに戻ると舌打ちして、付け木入れの壺の位置をきちんと直す）

——幕——

評決

登場人物（登場順に）

レスター・コール
ローパー夫人
ライザ・コレッキー
カール・ヘンドリック教授
ストナ医師
アニヤ・ヘンドリック
ヘレン・ロランダー
ウィリアム・ロランダー卿
オグデン警部
ピアス部長刑事

場面の概要

第一幕　第一場　早春の午後
　　　　第二場　二週間後、午後

第二幕　第一場　四日後、正午頃
　　　　第二場　六時間後、夕方
　　　　第三場　二ヵ月後、午後おそく

時・現代

第一幕

舞台配置図

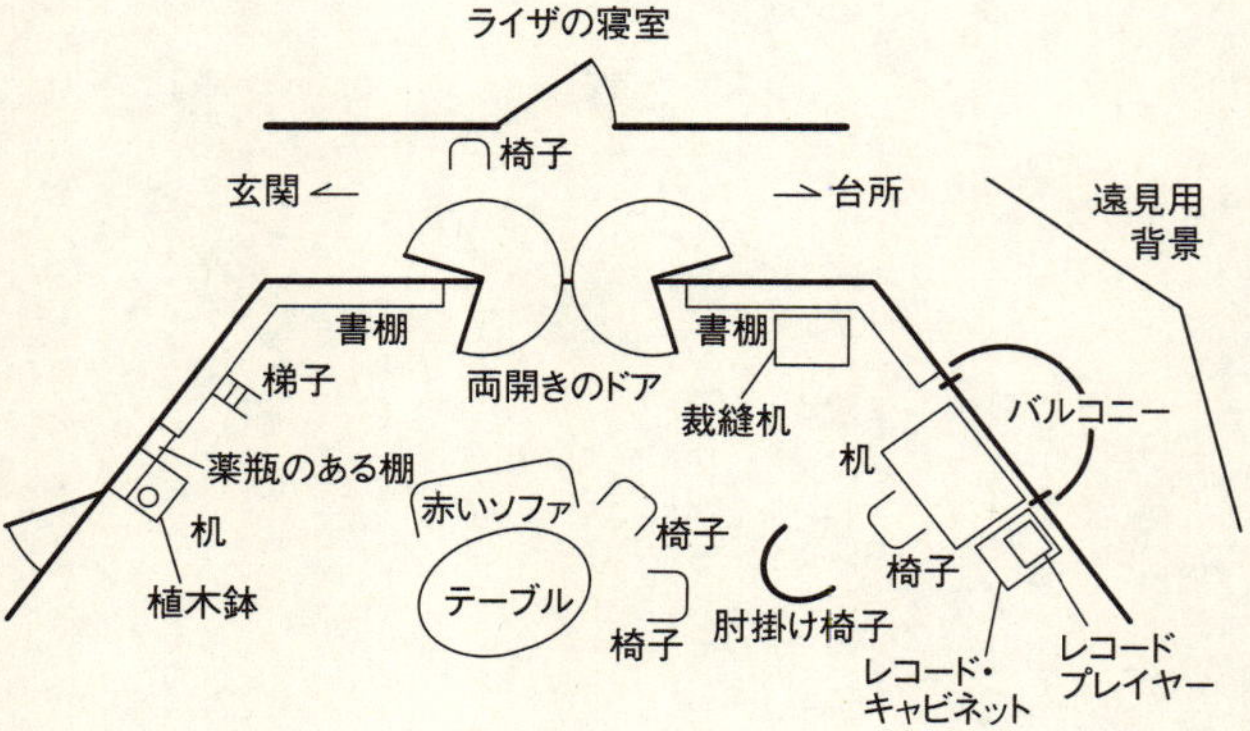
ライザの寝室
椅子
玄関
台所
遠見用
背景
書棚
書棚
梯子
両開きのドア
裁縫机
バルコニー
薬瓶のある棚
机
赤いソファ
椅子
机
椅子
植木鉢
テーブル
椅子
肘掛け椅子
レコード・
キャビネット
レコード
プレイヤー

第一場

場面　ブルームズベリにあるヘンドリック教授のフラットの居間。早春の午後。

このフラットはブルームズベリの古い邸宅の二階にある。感じのいい、古風な家具つきのよく調和のとれた部屋である。まず目を奪われるのは、壁につくりつけの棚、机《デスク》、椅子の上、ソファ、さらには床の上にまで、ところかまわず積みあげられている本の山である。中央の奥にある二枚開きのドアの奥は下手《しもて》の玄関のホールに通じていて、上手《かみて》は台所へ通じる廊下になっている。居間の下手前には、アニヤの寝室へのドアがあり、上手の上げ下げ窓《サッシュ・ウインドウ》の外は、通りを見下ろす蔦のからまった手すりのある小さなバルコニー、その向こうには向かいの家並が見える。窓の前にはカールの机があり、そこに椅子が一脚。机の上も本の山、電話、紙ばさみ、予定表など。机の前方にはレコードやたくさんの本や不要になった講義原稿などでいっぱいになっているレコード・キャビネット。その上にはプレイヤー。正面のドアの両側は、壁につくりつけの本棚である。上手の本棚の前にはアニヤの小さい裁縫机がある。上手の本棚とドアとのあいだには三段の棚のついた丸テーブルがあり、それぞれの棚には本が、一番上の棚には植木鉢が置いてある。下手のドアの前の壁に寄せて、小さな机があり、上には植木鉢、下には本が積んである。下手の前のドアの上の壁には小さな棚が吊られ、ここにも本と、片隅にアニヤの薬瓶が置いてある。棚の下には小さな食器棚があるが、そこも本で溢れている。さらにその下も食器棚である。その棚の前に図書室用の梯子《はしご》がある。中央下手の丸テーブルの後ろにソファ。そのテーブルの上手と奥に椅子。そのどこにも本が積んである。中央上手の大きな赤い肘掛け椅子にはさらに大量の本が置いてある。夜間には、窓の両側の壁のブラケット、中央下手のテーブルの上、下手の食器戸棚の上、カールの机の上のスタンドの灯がつく。中央のドアの上手側にスイッチがある。玄関ホールに面した寝室へのドアの下手に、椅子が一脚おいてある。

幕が上がると、二枚開きのドアは開いている。舞台は暗い。照明が入るとレスター・コールが用心深くバランスをとりながら図書室用の梯子に上っている。乱れ髪の二十四歳ぐらいの野暮だが感じのいい青年である。みすぼらしい服装をしている。梯子の一番上には本が積まれている。レスターは本棚の上に手を伸ばしてあれこれと本を選び、少し読んでは梯子の最上段の本に積んだり、元の棚へ戻したりしている。

ローパー夫人　（玄関ホールの上手で声）大丈夫ですよ、コレッキーさん、家に帰るまでに調べておきます。

（ローパー夫人が上手から玄関ホールに入ってくる。小ずるそうな、感じのわるい掃除婦。外出用の服を手に持ち買物袋をさげている。玄関を下手に行きかけるが、こっそり戻ってきて二枚開きのドアの下手側のドアを背に、居間に入ってくる。彼女は本に没頭しているレスターに気づいていない。煙草の箱が置いてある舞台手前の机の端に向かって忍び足で来る。彼女が煙草の箱をポケットに入れようとした瞬間、レスターが本をバタンと音をたてて閉

じる。ローパー夫人はびっくりしてふりむく)

まあ、コールさん――そこにまだいたんですか、知らなかった。

(レスターは一番上の棚へ本を戻そうとしてふらつく)

気をつけて。(彼女は肘掛け椅子の奥へ行き、床の上に買物袋を置く)危ないのよ、ほんとに、その梯子。(帽子をかぶる)今にばらばらになってしまうわよ、そんなことになったら、あなたどうなるんでしょう?(とコートを着る)

レスター　まさか。

(照明が次第に弱くなり、日暮れに向かう)

ローパー夫人　昨日、新聞で、自宅の書斎の脚立から落ちた紳士のことを読んだばかりだわ。そのときはなんともないと思ってたんだけど――あとで具合が悪くなって、あわてて病院へつれていった。(スカーフを首に巻く)肋骨が折れていて、それが肺に刺さっていたんです。（満足そうに）そして翌日、その方は――（最後にスカーフを喉のところへまわして）亡くなった。

レスター　面白い新聞を読んでるんだね、ローパーさんは。（彼はまた、本に夢中になって、ローパー夫人を無視する）

ローパー夫人　そんなふうに無理に体をのばすとあなたにも同じことが起こりますよ。（彼女は煙草のある机を見、またレスターをふりかえって見る。彼が自分に注目していないのを見て、片目でレスターを見、鼻歌を小声で口ずさみながらそっと机のほうへ忍びよる。煙草をポケットへ入れ、箱をカラにすると空箱を持って舞台中央へ）まあ、見て！　また先生は煙草を切らしているわ。

（窓の外のどこかで五時の鐘が鳴る）

ひと走りして、お店が閉まる前に一箱買っておいたほうがいいわ。コレッキーさんには洗濯ものを取りにちょっと行ってくると言っておいて。（買物袋をとると、玄関へ行き、声をあげて）じゃあね！

（ローパー夫人は玄関から下手へ退場。玄関のドアが開閉する音が聞こえる）

レスター　（本から顔をあげずに）言っておくよ。

（ホール上手のドアがバタンと閉まる音。びっくりしたレスターは梯子の上に積んであった本を落としてしまう。ライザ・コレッキーが上手から中央の奥へと入ってくる。背が高く、美しい黒髪の三十五歳の女性、強い、どちらかといえば謎めいた性格である。熱湯の入ったポットを持っている）

ライザ　ごめんなさい、コレッキーさん。いま拾いますから。（梯子から降りて本を拾う）

レスター　（中央へ進んで）気にしないで。こんなに本があるんですもの、どうということはないわ。

ライザ　（中央下手のテーブルの上に本を置いて）あなたがびっくりさせたんですよ。ヘンドリック夫人の具合はいかがですか？

ライザ　（ポットの栓をしっかり閉めながら）いつもと同じ。ぞくぞくするとおっしゃって。あの人に沸かしたてのお湯を持ってきたのよ。

レスター　（ソファの下手に動いて）あの方はそんなに長いあいだ、病気なんですか？

ライザ　（ソファの上手の側のアームに腰を下ろして）五年になるわ。

レスター　少しはよくなるんでしょうか？

ライザ　気分次第でいいときも悪いときもあるわね。

レスター　なるほど、でも、この先よくなるんでしょうかね。

（ライザ、首をふる）

つまりは、厄介な成り行きなんですね？

ライザ　（人ごとのように）あなたの言葉を借りれば「厄介な成り行き」ね。

レスター　（梯子を昇りながら、途中で、ふと思いついて）医者は何も手をうてないんですか？

ライザ　駄目なの。まだ治療法がわかっていない病気なのよ。いつかは、たぶん、方法が見つかるでしょうけど。とにかく――（肩をすくめて）よくはならないわ。毎月、毎年、少しずつ弱っていくのよ。それがこれから何年も、何年も続くの。

レスター　それは厄介だな。彼にとっても厄介なことですね。（梯子から降りてくる）
ライザ　あなたの言うとおり、彼にも厄介だわ。
レスター　（ソファの下手へ行き）彼はとても彼女によくしているでしょう？
ライザ　とてもやさしいわね。
レスター　（ソファの下手のアームに腰を下ろして）彼女が若かったときはどうだったんでしょうね？
ライザ　とってもかわいらしかったわ。それはもう、とってもかわいい少女だった、きれいな髪、青い目、いつも笑っていたわ。
レスター　（途方にくれて）学ぶべきことは。つまり……時間が人間にどういうふうに働きかけるのか。どう人は変わるのか、何が真実で、何が真実でないか知るのは難しい。――あるいは、もしすべてが真実ならば――
ライザ　（立ち上がって下手の前のドアへと舞台を横切って）このポットは真実のようね。

（ライザは下手の前のドアを開けたままで退場。レスターは立ち上がり、中央下手のテーブルからズックの鞄をとると、中央上手の肘掛け椅子のところへ行き、椅子の上の本を数冊、鞄に入れる。ライザがアニャに話している声が聞こえてくるが、内容ははっきりはわからない。ライザ、下手の前から出てくる)

レスター　(うしろめたそうに)先生はほしいものはなんでも持っていっていいとおっしゃいました。

ライザ　(中央下手のテーブルの下手へ行き、本を見て)彼がそう言ったのなら、もちろん、どうぞ。

レスター　彼、とてもいい人でしょう？

ライザ　(一冊の本に気をとられて)え？

レスター　先生のことですよ。素晴らしい人です。私たちは皆そう思っていますよ。とりこにされてしまう。史実を扱う方法なんか、まるで過去の出来事がなにもかもよみがえってくるみたいですよ。(息をつぐ)つまり、彼が過去について語ると、あらゆる事柄の意味がわかるんです。普通の才能ではありませんよね？

ライザ　とても頭のいい人よ。

レスター　(肘掛け椅子の下手の側のアームに座って)私たちにとっては彼が故国を捨

てて、ここに来たのは、幸せでした。でも、それはただ彼の頭脳が来ただけじゃない、ほかのものも一緒についてきたんです。

（ライザはウォルター・サベジ・ランドー（十八世紀の初頭に活躍した英国人の詩人、随筆家）の著書を一冊選ぶと、立ち上がってソファの上手側に座る）

ライザ　あなたの言いたいことはわかるわ。（彼女は本に目を落とす）

レスター　先生にかかればなにもかも見抜かれてしまう、そう感じますよね。つまり、あの人は、あらゆることがどんなに難しいかを知っている。人は苦しみから逃れられない――人生は苦難だから。そうじゃありませんか？

ライザ　（読み続けながら）なぜそうなるのか私にはわからないわ。

レスター　（驚いたように）なんですって？

ライザ　あなたの言っていることがわからない――人生は苦難だって――人はよく言うけれど。私は、人生なんてとても単純なもの、と思っているわ。

レスター　ええっ、そんな――単純じゃありませんよ。

ライザ　でも、そうよ。人生は形を持っているわ。姿もはっきりしていて、簡単に見ることできるわ。

レスター　なるほどね。私は、人生はどろどろした空騒ぎのようなものだと思いますけどね。（疑わしそうに、しかし自分が正しいと望みながら）多分、あなたはクリスチャン・サイエンス派（十九世紀後半に起きた、信仰によって自然の力で病気を治そうという一派）でしょう。

ライザ　（笑いながら）ちがうわよ。私はクリスチャン・サイエンス派じゃありません。

レスター　でも、あなたは本当に、人生は簡単で幸福なものと考えているんでしょう？

ライザ　簡単とも幸福とも言っていないわよ。単純だと言ったの。

レスター　（立ち上がってソファの上手へ）あなたはとてもいい方です。――（ためらって）つまりあなたがヘンドリック夫人の身のまわりの世話をなさっているところを見ていればね。

ライザ　私は、したいからしてるのよ。いいことだからしているんじゃないわ。

レスター　でも、やろうと思えば、もっとお金になる仕事につけるのに。

ライザ　それはそうよね。仕事なら簡単に見つかるでしょう。私は経験豊富な物理学者ですからね。

レスター　（感にたえないように）私にはわからないんです。それなら、そういう仕事を持つべきじゃありませんか？

ライザ　持つべきって——どういう意味？

レスター　そう、あなたがそうしないのは、浪費じゃありませんか、つまり、あなたの才能の？

ライザ　私の経験の浪費というなら、そうね。でも能力から言えば——私はいま自分のやっていることに満足しているし、そうするのが好きなのよ。

レスター　でも、まあ……

(玄関のドアが開閉する音が聞こえる。カール・ヘンドリックが下手から中央の奥に入ってくる。男らしい好感の持てる顔の四十五歳の男。書類鞄と小さな早咲きの花束を持っている。壁の電灯のスイッチをつけ、ドアの上手側のスイッチで下手のスタンドと中央下手のスタンドの灯をつける。中央に出ると、立ち上がったライザにほほえみかけ、レスターを見て嬉しそうに顔を輝かせる)

カール　やあ、ライザ。

ライザ　おかえりなさい、カール。

カール　ほらごらん――春だ。（花を渡す）

ライザ　まあ、きれい。（ソファの前を回って中央下手のテーブルの上に花を置き、テーブルを回ってカールの帽子とコートをとる）

（ライザは帽子とコートを持って舞台の奥から上手へ退場）

カール　もっと本が必要になったんだね？　結構だ、きみの選んだ本を見せてごらん。

（二人は一緒に本を見る）

そう、ロッシェンはいい――とてもしっかりしている。それからヴァースマー学派。サルツェンか――注意しておくが――彼はとても信用できない。

レスター　ということは、読まないほうがいいと……

カール　いや、いや、持っていきたまえ。読むんだ。私は自分の経験からだけで言っているんだが、きみは自分ではっきりした判断を下さなければいけない。

レスター　ありがとうございます、先生。おっしゃったことは忘れません。（カールの後ろを通って中央下手のテーブルへ行き、一冊の本を取りあげる）ロフタスの本をお返ししました。おっしゃったとおり――彼の考えは本当に参考になりました。

（本をテーブルに戻す）

（カールは肘掛け椅子の奥を通って自分の机へ行き、書類鞄から何冊かの本を取り出し机の上に置く）

カール　うちで一緒に夕食をとっていかないのかね？　（机の上のスタンドのスイッチをつける）

レスター　（本を自分の鞄に入れながら）ありがとうございます、先生。でも、約束がありますので。

カール　そうかい、じゃあこれで、月曜にね。本を大切にしてくれたまえ。

（ライザ上手から中央の奥に入ってきて、中央下手のテーブルの下手側へ）

レスター　（罪の意識で赤面して）はい、そうします、先生。また本を失くしてしまって――本当に申し訳なくて――言葉にならないほどです。

カール　（机の前に座って）もうそのことは忘れたまえ。私だって自分の本を失くすこともある。誰にでもよくあることさ。

レスター　（中央奥のドアのほうへ行きながら）先生はいつもそう言って許してくださいます。やさしくしてくださって。ほかの人ならもう二度と本を貸したりしないのに。

カール　おやおや！　そんなことはばかげたことだ。気にしないで行きたまえ。

（レスターは玄関ホールに出るが、心残りの様子でぐずぐずしている）

（ライザに）アニヤの具合はどうかね？

ライザ　今日の午後は気分が悪くて、いらいらしてましたけど、今はちょっと眠ると言ってベッドに入っています。今は眠っていると思いますわ。

カール　眠っているのなら起こしたくない。かわいそうに、あれは眠れるときには眠らなければならないんだよ。

ライザ　お花に水をもってきますわ。

（ライザは下手の棚から花瓶をとり、自分の部屋に入っていく。レスターはすばやくあたりを見まわし、カールが一人きりなのを確かめると肘掛け椅子の下手へ来る）

レスター　（大急ぎで）どうしても、申し上げなければいけないことがあります、先生。私は――あの本を失くしたのではありません。

（ライザが中央の奥から入ってきて、花瓶にさした花を持って上手へ、静かな足どりでテーブルの上手へ置く）

私は――あの本を売ったんです。

カール　（ふりむかず、さほど驚いたふうもなく、やさしく首をふって）わかったよ。きみは本を売った。

レスター　黙っているつもりでした。どうしてそんな気になったのか。でも今、私はお話ししなければと思ったんです。先生が私をどう思われるかわかりません。

カール　（ふりむき、思いやりを見せて）きみは本を売った。いくらだったんだね？
レスター　（少しほっとして）二ポンド貰いました。二ポンドです。
カール　金がほしかったんだね？
レスター　そうです。どうしても必要だったんです。
カール　（立ち上がって）なんのために金が入り用だったのかね？
レスター　（カールを盗み見しながら）ええ、ご存じのようにここのところ母が病気で……（急に言葉を切ると、カールから離れ、舞台中央の前へ）いいえ、もうこれ以上嘘をつきたくありません。私は金がほしかった――女性です、おわかりでしょう。私は彼女をデートに連れだしたかった、それで……
（カールは突然レスターにほほえみかけ、肘掛け椅子の前を通って彼の上手へ）
カール　そうか！　きみはその娘のために金が入用だった。わかったよ。いい。とてもいい――本当に、すばらしいことだ。
レスター　いいって？　でも……

カール　当然のことだよ。ああ、そうだ、私の本を盗んで、売り、嘘をつくのはとても悪いことだ。しかし、もしきみが悪いことをせざるをえないとしたら、せめて動機は善であってほしい。そして、きみの年齢では、これは最高の動機だ――若い娘と外出して、楽しむというのはね。（彼はレスターの肩を叩く）かわいい娘だろうね、きみの彼女は？

レスター　（おずおずと）ええ、まあ当然、私はそう思っています。（次第に自信を持って）じつのところ、彼女はすごくかわいいんです。

カール　（くすくす笑いながら）それで、きみたちは二ポンドで楽しんだのかね？

レスター　ある程度は、です。その、つまり、はじめはとても楽しかったんです。でも――でもどこか気持ちがひっかかって。

カール　（肘掛け椅子の下手のアームに座って）気持ちがひっかかる――そうか、それは興味があるね。

レスター　私を信じてください、先生。申し訳なくて、とても恥ずかしいと思っています。二度といたしません。それにこのことも申し上げておきます。貯金して本を買い戻して持ってまいります。

カール　（憂鬱そうに）では、できるだけやってみるんだね。さあ、元気を出して――

すんだことだ。忘れてしまったよ。

(レスターは感謝のまなざしでカールを見て、玄関から下手へと出ていく。ライザがカールへゆっくりと近づく)

ライザ　(首をふって)自分で来て、話してくれてよかった。そうするとは思っていたが、もちろん、まったく確信はなかったよ。

カール　(中央の下手へ)では、彼が本を盗んだのを知っていたんですか?

ライザ　もちろん、知っていたよ。

カール　(わからなくなって)でも、あなたは自分が知っていると彼に教えなかった。

ライザ　そうさ。

カール　なぜ?

ライザ　それは、今言ったように、自分で私に話してくれるのを望んだからさ。

カール　(短い間《ま》があって)値打ちのある本だったんでしょう?

ライザ　(立ち上がって、机のほうへ行く)現実的にはまず取りかえせないだろうね。

カール　(ふりむいて)まあ、カール。

カール　しようのない奴だ——あの本で二ポンドを手に入れて喜んでいる。本を買った古本屋はもう四十ポンドか五十ポンドで売り払っているだろう。
ライザ　じゃあ、彼に買い戻せないでしょう？
カール　（机に腰を下ろして）だめだね。
ライザ　（肘掛け椅子の下手へ行き）あなたが理解できないわ、カール。（自分を抑えられなくなって）ときどき、あなたは自分がいいように利用されても許してしまう変なところがあるようね——物を盗まれても、欺されてもかまわないというような……
カール　（静かに、しかし面白がって）でもライザ、私は欺されなかったよ。
ライザ　そう、それはいっそうよくないわ。盗みは盗みよ。あなたがやっている方法は、盗みをやる人を力づけることになっているのよ。
カール　（考えこんで）そうかね？　わからない。そうだろうか。
（ライザは怒りの色を隠さず、ソファの前から、中央の奥へ行く）
ライザ　あなたには腹が立つわ。

カール　そうだね。いつも私はきみを怒らせてしまう。
ライザ　（下手の奥へ行き）あの気の毒な学生は……
カール　（立ち上がって上手中央の奥に立って）あの気の毒な青年はすばらしい学者——本当にいい学者になる素質を持っている。いいかい、これは珍しいことだよ、ライザ。非常に珍しいんだ。熱心で勉強が好きな少年や少女はたくさんいるが、それだけでは本物じゃないんだ。

（ライザはソファの上手のアームに座る）

（ライザの上手へ行き）だがレスター・コールは学者になる真の素質を持っている。

（ライザは今はもう落ち着いていて、自分の手をカールの腕にやさしく置く）

（彼は悲しそうに微笑む。短い間《ま》）きみにはレスター・コールが、疲れきった教授の人生にどんなに大切かわからないんだね。

ライザ　それは理解できます。凡庸な人が多すぎますもの。

カール　凡庸かそれ以下だ。（ライザに煙草を渡し、火をつけてソファの中央に座る）私は才能に乏しくても、良心的にこつこつ努力する人のためなら惜しまず時間をさくつもりだ。だが、知的な見栄をはるために知識を得ようとしたり、宝石をちょっと身にまとうのと同じように学問をやろうとしたり、生半可な知識の切れ端だけをほしがったり、平易でわかりやすい俗説だけを求める人たちには我慢できない。今日も、そんな連中から逃げだしてきたんだ。

ライザ　それは誰のこと？

カール　まったく困った若い娘さ。当り前のことだが、彼女が授業に出て、自分の時間を無駄にするのは勝手だ。しかし、彼女は個人教授――特別授業をしてもらいたがっている。

ライザ　向こうはその授業にお金を払う用意があるんでしょう？

カール　彼女の思いつきなんだ。私が思うに、父親が巨万の富を持っていて、娘のほしがるものは、いつでも、なんでも与えてきたのだ。だが、私から個人授業を買うことはできないだろうよ。

ライザ　お金があればできるわ。

カール　わかっている。わかっているが、これは金の問題ではないんだ――時間だよ、いいかい、ライザ、本当に時間がないんだ。二人の学生がいる――あの子と、シドニー・アブラハムスン――彼はきみも知っているね。炭坑夫の息子だ。二人とも鋭い、すごくよくできる、二人とも内に才能を秘めていると思う。だが、二人は質の悪い表面的な教育のために損をしている。私は、彼らにチャンスがあるならば、自分の時間を使わなければならない。

（ライザは立ち上がって肘掛け椅子の奥へ行き、机の上の灰皿に煙草の灰を落とす）

彼らにはその価値があるんだ、ライザ。その価値がある。わかるかい？

ライザ　誰もあなたを変えられないのはわかっているわ、カール。あなたは学生が高価な本を盗んでも、見逃して笑っている。お金のない学生のために、金持ちの学生を拒絶する。（舞台の中央へ）たしかにそれは崇高だわ。でも崇高なだけではパン屋や肉屋や八百屋にはお金を払えないのよ。

カール　だがね、ライザ、我々はそんなには困っていないよ。

ライザ　そうね、本当のところそんなに困ってはいないわ。でも、もう少しお金があればもっとうまくやっていけるのよ。ちょっとこの部屋をなんとかすることも考えてください。

（杖を突く音が下手奥から聞こえる）

あら！　アニヤが起きたわ。

カール　（立ち上がって）私が行こう。

（カールは下手の前から退場。ライザは微笑し、溜め息をつき、首をふる。そして、肘掛け椅子の上の本を集め、中央下手のテーブルの上に置く。遠くで町の大道芸人の手風琴《バレル・オルガン》の音が聞こえている。ライザは中央下手のテーブルから「ウォルター・サベジ・ランドー」を取りあげソファの上手のアームに腰を下ろして読む。ローパー夫人が下手から玄関に入ってくる。大きな洗濯ものの包みを持っている。玄関の上手へ退場して包みを置き、再び買物袋を持って部屋に入ってくる）

ローパー夫人　洗濯ものをとって来ました。（机のほうへ行く）先生の煙草も少し買ってきましたよ――これで、先生は、よし、と。（買物袋から煙草を一箱取り出して机の上に置く）ねえ！　煙草を切らしたら大騒ぎになるわね？　私が前にっとめていたフリーマントルさんのこと、お話ししたでしょう。（肘掛け椅子の下手の床に買物袋を置く）もし煙草がなかったら、殺人事件だって起こしかねませんでした。いつも奥さんに厭《いや》がらせをしていたんです、彼は。夫婦仲がよくなくてね――おわかりでしょ、彼には秘書がいるんです。泥棒猫よ！　離婚でもすることになったら、私が見たことを一言、二言言ってやらなきゃね。そりゃ、たとえ私の主人にだって、そうなれば、言いますとも。私はそうするのが正義のためと思うんだけど、主人は、「アイヴィ、やめな。天に向かってツバするのは」なんて言うんですよ。

（玄関のドアのベルが鳴る）

誰か見てきましょうか？

ライザ　（立ち上がって）お願いするわ、ローパーさん。

（ローパー夫人は玄関から上手へ退場）

医師　（声）こんばんは、ローパーさん。

（ローパー夫人入ってくる。ストナ医師が続いて登場。彼は六十歳ぐらいの古風な典型的なホーム・ドクターである。彼はまるでわが家にいるようにふるまう）

ローパー夫人　（入ってきながら）先生がおみえです。
医師　こんばんは、ライザ。（下手の奥に立って、本が散らばった室内を見まわす）
ライザ　（中央下手のテーブルの上手側へ行き）いらっしゃい、ストナ先生。
ローパー夫人　（買物袋をとって）さてと、私は帰らなきゃ。ああ、コレッキーさん、明朝お茶をもって来ますよ、それで、よし、と。じゃあね！

（ローパー夫人はドアを閉めて、中央の奥に退場、医師はソファの前を横ぎ

って、その下手へ）

医師　さて、ライザ、どんな具合かね？

（ライザは花束の包み紙を手に中央下手のテーブルの傍に行き、本のあいだに場所をあける）

カールはまた本を買いこんでいるんだね。また増えたような気がするが錯覚かな？

（彼は忙しく、ソファの上の本を片づけると中央下手のテーブルにのせる）

（ライザは包み紙のあまりを手にとると机の奥の紙屑箱にそれを捨てる）

ライザ　（ソファの上手へと回りながら）もうこれ以上買うのを禁止しましたわ、先生。実際、もう座るところもないんですもの。

医師　彼には騒擾取締令（不穏な集会を解散させるために一七一五年に発令された条令）を適用するのが一番だがね、ライザ、それでも効き目はなさそうだ。カールは夕食でローストビーフを食べるより本をとるだろうからね。アニヤはどうかね？

ライザ　今日は気分がすぐれなくて、元気がありません。昨日は少しよくて、機嫌がよかったようですわ。

医師　（ソファの下手の端に座って）そうか、なるほど。まあ、そんなものだろう。（溜め息をつく）カールは、今、彼女の傍にいるのかね？

ライザ　ええ。

医師　彼はあきらめようとしないんだ。

（大道芸人の手風琴の音がやむ）

よくわかっていると思うがね、きみ、カールってまったくすごい男じゃないか？　皆そう感じている、皆、彼に感化されているんだ。

ライザ　彼は効果をあげていますわ、たしかに。

医師　（鋭く）さてと、それはどういう意味だね？

ライザ　（腕にかかえていた本をとって）「この墓の此岸《しがん》に永遠の花の野はなし」

（医師はライザから本を受け取り、標題を見る）

医師　ふむ、ウォルター・サベジ・ランドーか。その引用のこころは何かね？

ライザ　ご承知のとおり、この墓のこちら側には枯れない花の野はないというだけですわ。でも、カールはちがう。彼にとっては、永遠の花の野が今もこの世にあるんです。これは危険なことですわ。

医師　危険って――彼にとって？

ライザ　彼にとってだけじゃありません。他人にとっても、彼を愛している人たち、彼を頼っている人たちにとっても危険です。カールのような人は……（言いよどむ）

医師　（短い間があって）なんだね？

（下手の前の舞台の外で声がする。ライザはそれを聞くと上手の奥の裁縫机をとりにいき肘掛け椅子の下手へ置く。カールが車椅子のアニヤ・ヘンドリックを押して下手の前から登場。アニヤは三十八歳ぐらい、神経質な女性、昔日の美貌の跡はすでに失われている。ときどき、彼女の態度から、かつては魅力的な、可憐な少女であったことがうかがわれる。今は、ぐちっぽく哀

れをさそう病人である)

カール　(入ってきながら)声が聞こえたようです、先生。

医師　(立ち上がって)こんばんは、アニヤ、今夜はよさそうだね。

(カールは中央に車椅子を押していき、裁縫机の下手にとめる)

アニヤ　よさそうに見えても、先生、気分はよくありませんのよ。一日中ここに閉じこめられていて気分がいいはずがありまして?

医師　(快活に)でも、あなたの寝室の窓の外は素敵なバルコニーがある。(ソファに座る)外に出れば空も日光も、あなたの周囲で何が起こっているかも見ることができる。

アニヤ　私のまわりに見る価値のあるのがあればね。どの家も汚ならしいし、住んでいる人たちもだらしがないわ。小さな家や庭、素敵な家具を思うと——ああ、なにもかも失くなってしまった。持っていたものをすべて失くしてしまうのは先生、それはそれは大変なことですわ。

カール　おい、おい、アニヤ、きみにはまだ素晴らしい、きちんとした夫がいるじゃないか。

（ライザは中央下手のテーブルから花を持ってきて裁縫机の上に置く）

アニヤ　彼のようにきちんとした夫はいなかった――（ライザに）今ではどうかしら？

（ライザはアニヤの軽口に笑ってみせ、中央の奥へ出ていく）

あなたの背中はもう丸いわ、カール。髪も灰色になった。

カール　（ソファの上手のアームに腰を下ろして）悲しいことだ、だが今の私で我慢してくれなければ。

アニヤ　（みじめに）毎日悪くなってゆくような気がしますの、先生。背中は痛むし、左腕はひきつっています。この前のお薬が私にあっていないんじゃないかしら。

医師　では別の薬を試してみなければいけませんな。

アニヤ　水薬はよろしいのよ、心臓に効く薬。でもライザは一度に四滴しかくれないの。

それ以上は飲んじゃいけないって先生に言われてるって言うんです。でも、もうあの薬には慣れましたから六滴か八滴飲むともっとよくなるんじゃないかしら。

医師　ライザは私の処方に沿ってやっているんです。それは、あなたが飲みすぎないように、手近かな場所に薬を置かないように私が言ったからなのです。劇薬なんですよ。

アニヤ　それでは薬を置いてないのとまるで同じです。でも、手近かに置いてあれば、いつか、瓶にあるだけ飲んでしまうにちがいありませんもの。

医師　いけないよ、だめ、だめ。そんなことをしようなんて。

アニヤ　私がここに病気で寝ていて、他人に何かいいことがあるでしょうか、誰にとっても迷惑なだけでしょう？　ええ、それはみなさんはとても親切ですわ、でも、重荷にも感じているにちがいないわ。

カール　（立ち上がって、アニヤの肩に愛情をこめて手を置き）きみは私にとって重荷じゃないよ、アニヤ。

アニヤ　あなたはそうおっしゃるけど、でもきっとそう。

カール　いや、きみはちがうよ。

アニヤ　私にはわかっています。以前の私のように、陽気で楽しければ別でしょう。今はただの病人で、言うこともすることも楽しいことは何もない不機嫌で怒りっぽいだけの女です。

カール　ちがう、ちがうよ、きみ。

アニヤ　もし私が死んで邪魔にならなくなれば、カールは――内助の功を発揮できる若い美しい人と再婚できるでしょうに。

カール　中年になってから若い美人と再婚して、どんなに多くの男たちの仕事が駄目になったかを知ったら、きっとびっくりするよ。

アニヤ　私の言いたいことはわかっているでしょう。私はあなたのただのお荷物なの。

（カールはやさしく微笑みながらアニヤに頭をふる）

医師　（下敷きの上で処方箋を書きながら）強壮剤にかえてみましょう。新しい強壮剤です。

（ライザが中央の奥に入ってくる。四人分のコーヒーの盆を運んできて、中央下手のテーブルの上に置く）

ライザ　花を見ました、アニヤ？　カールがあなたのために持ってきたんですよ。（彼女はコーヒーを注ぐ）

（カールは裁縫机の奥へ行き、アニヤに見せるように花瓶を手にとる）

アニヤ　春になったことなど思い出したくもないわ。この不愉快な町の春なんか。あなたはあの森を憶えているわね、森へ行って小さな野生の水仙をつんだのを？　ああ、人生は幸福で、そして順調だったわ。こんなことになるなんて知らなかった。今、世の中は厭《いと》わしく、不愉快で、汚ならしい灰色だらけだわ。友だちはちりぢりになって、ほとんどの人は死んでしまった。そして私たちは異国で暮らさなければならない。

（ライザは医師にコーヒーのカップを渡す）

医師　ありがとう、ライザ。

カール　この世にはもっと悪いこともある。

アニヤ　いつも私が不平ばっかり言っているとあなたは思っている、でも——もし私が元気だったら、勇気もあり、すべてに耐えられるでしょうけど。

（アニヤは手をのばして、カールはその手にキスをする。ライザはアニヤにコーヒーのカップを渡す）

カール　わかるよ、きみ。きみには耐えなければならないことが山ほどある。

アニヤ　でも、あなたにはどう辛いかわからないわ。

（玄関のベルが鳴る。ライザは玄関に行き下手へ退場）

あなたは元気だし強いわ。ライザもそう。こんなことが私に起こるなんて、私が何をしたというの？

カール　（彼女の手をとって）ああ——きみ——きみの気持ちはよくわかるとも。

ライザ　（声）いらっしゃい。

ヘレン　（声）ヘンドリック教授にお目にかかれますか？

ライザ　（声）こちらへどうぞお通りください、どうぞ。

（ライザは下手から中央の奥に入ってくる。ヘレン・ロランダーが続いて入ってくる。ヘレンは二十三歳位の美しい自信に満ちた娘である。カールは肘掛け椅子の前に出る）

（彼女はドアの上手に立つ）あなたを訪ねてみえたロランダーさんよ。カール。

（ヘレンはカールのほうへまっすぐやってくる。彼女の態度は自信に満ちていて魅力的である。ライザは鋭く彼女を観察している。立ち上がった医師も、好奇心と興味をそそられている）

ヘレン　こんなふうに突然お邪魔して気を悪くなさらないで。お住まいはレスター・コールから聞いたんです。

（ライザは中央下手のテーブルへ行き、コーヒーを注ぐ）

カール　（アニヤの上手へ行き）もちろん気を悪くしたりしないよ。うちの家内を紹介しよう——ロランダーさんだ。

（ヘレン、アニヤの下手に立つ。ライザはカールにコーヒーのカップを渡す）

ヘレン　（せいいっぱい、愛想よく）はじめまして、奥さま。

アニヤ　はじめまして。ごらんのように私は病人です。立てませんのよ。

ヘレン　どうぞそのまま。お気の毒ですわ。私のことは気になさらないで。私はご主人の生徒なんです。あることで相談がありまして。

カール　（次々と紹介する）こちらがコレツキーさん、そしてストナ先生。

ヘレン　（ライザに）はじめまして。（医師のそばへ行き握手する）はじめまして。

（中央の奥へ）

医師　はじめまして。

ヘレン　（部屋を見まわして）まあ、ここがお住まいなのね。本、本、そして本。（ソファの前へ行き、座る）
医師　そう、ロランダーさん、あなたが座れたのは非常に運がいいんですよ。五分前に私がそのソファの上の本を片づけたところですから。
ヘレン　あら、私、いつも運がいいのよ。
カール　コーヒーはどうかね？
ヘレン　いいえ、結構です。ヘンドリック先生、もしできればちょっと二人だけでお話ししたいんですけど。
（ライザは自分のコーヒー・カップから視線をあげ鋭くカールを見る）
カール　（やや冷たく）私のうちは手狭でね、ここが居間なんだよ。
ヘレン　あら、そうですの。きっと私の申し上げたいこともおわかりと思うんですけど。今日のお話では、時間がなくてこれ以上個人教授の生徒はとれないとのことでした。そのお気持ちを変えて、私のために特例を設けていただきたくて参りましたの。

（カールはアニヤの前を通ってヘレンの上手へ行く。通りすぎるときにライザを見て、自分のカップと受皿を渡す）

カール　お気の毒だが、ロランダーさん、私の時間は全部ふさがっているんだよ。

（ヘレンは早口で、自信を持ってまくしたてる）

ヘレン　そんな理由で私を追い払ったりできませんわよ。たまたま、私にお断りになったあとでシドニー・アブラハムスンに個人教授なさるのをお決めになったと知りました。時間はあったんです。あなたは私の代わりに彼を選んだのです。なぜですの？

カール　正直に答を求められるのなら……

ヘレン　ぜひ、おっしゃって。遠まわしのお話はいやなの。

カール　シドニーのほうがあなたより教えがいがあると思ったのだ。

ヘレン　つまり彼のほうが私より頭がいいと思ったということですか？

カール　いや、そういうつもりはない。しかし、言わせてもらえば、彼には学問に対する大いなる情熱がある。

ヘレン　ああ、わかりました。私は真剣でないと思ったと？

（カールは答えない）

アニヤ　でも、私は真剣です。本当はあなたのほうが偏見を持っているんだわ。私が金持ちだから、社交界に出入りしてきたから、その手の娘のように愚行をくりひろげると考えていらっしゃる――私は、真剣ではないと。

ヘレン　（ヘレンのおしゃべりに我慢できずさえぎって）カール。

アニヤ　でも、信じてください、私を。

カール　ねえ――私ちょっと――カール！

アニヤ　（アニヤの下手へ行き）どうしたんだい？

頭が――とても気分が悪いの。

（アニヤにさえぎられたヘレンはいらいらと、ハンドバッグから煙草とライターを取り出す）

ごめんなさい――ね――ロランダーさん。失礼して、自分の寝室に戻ります。

ヘレン　（いささか鼻白んで）もちろん、どうぞ。

（カールは下手の前のドアに向かって車椅子を押していく。医師はドアのところへ行き、ドアを開け、車椅子を押す役をひきつぐ。カールはソファの下手に立つ）

アニヤ　心臓が――今晩はとても変なんです。先生、なんとかなります……？

医師　はい、はい、なんとかよくなるような手を見つけましょう。カール、鞄を持ってきてくれないか？

（医師は下手の前からアニヤの車椅子を押して退場。カールは医師の鞄を手にとる）

カール　（ヘレンに）ちょっと失礼。

（カールは下手の前から退場）

ヘレン　奥さまはお気の毒だわ。ヘンドリック先生の奥さま、そんなに長いこと悪いんですか？　（と煙草に火をつける）

ライザ　（コーヒーを飲み、ヘレンを見やって）五年ですわ。

ヘレン　五年！　あの方もお気の毒に。

ライザ　あの方？

ヘレン　あの方はいつも彼女の傍にはべっているダンスの相手役のように思えるわ。奥さまは彼を踊りの相手にしているのね。

ライザ　彼は彼女の夫です。

ヘレン　（立ち上がって、肘掛け椅子の前を通って上手の前に立つ）彼はとても親切な人だわ、そうよね？　でも人間はどこまでも親切であり続けるわけにはいかないものよ。同情は次第に弱まるわ。そう思わなくて？　残念ながら、私にはそういう親切はまるでないの。私は誰にも同情しない、仕方がないわ、私はそうやってきたんです。（肘掛け椅子の上手側のアームに座る）

（ライザは裁縫机の傍に行き、アニヤのカップと受皿を盆にのせる）

あなたもここに住んでいらっしゃるの？

ライザ　ヘンドリック夫人とこのフラットの面倒をみています。

ヘレン　あら、お気の毒に、どんなにか大変でしょう。

ライザ　ちっとも。私はここの仕事が好きなんです。

ヘレン　（あいまいに）家事の手伝いや病人の身のまわりの世話をするメイドを雇ったりしないんですか？　（立ち上がって肘掛け椅子の奥へ行く）あなたも何か資格の取れる勉強をしたり、仕事を持ったほうがずっと面白いんじゃないかしら。

ライザ　私には勉強は必要ないんです。もう物理学者の資格があるんです。

ヘレン　まあ、でもそれなら仕事は簡単に見つかりますわね。（机の上の灰皿で煙草をもみ消す）

ライザ　もう仕事はやっています――ここで。

（カールが下手の前から入ってきて、ドアの傍の棚から薬瓶とグラスをとり、

下手の奥の本棚のほうへ行く。ライザはコーヒーと盆を持って中央の奥から出ていく）

ヘレン　（肘掛け椅子の前を通って中央へ）ねえ、ヘンドリック先生、来てもいいでしょう？

カール　残念ながら答はノーだ。（本棚に置いた水差しから薬のグラスに水を注ぎ、下手の前のドアへ）

ヘレン　（カールを追って）おわかりになってないのね。私は来たいの。教えてほしいの。ねえ、お願い、私を閉め出さないで。（彼に近づいて腕をとる）

カール　（ちょっと身をひいて）しかし、お断りだよ。（やさしく、親切に彼女に微笑する）

ヘレン　でも、なぜ、なぜなんです？　もし私に教えてくださるなら父は充分なお礼をさしあげるでしょう。普通の二倍です。きっと父はそうしますわ。

カール　たしかに、お父さんはあなたが言えばなんでもやってくれるでしょう、しかし、これは金の問題じゃない。

（ヘレンは舞台中央を向く。ライザは中央の奥から入ってきて中央下手のテーブルの奥に立つ）

（ライザに向かって）ライザ、ロランダーさんにシェリーをあげてくれないか。私はアニヤのところへ戻らなければならない。（ふりむいて出ていこうとする）

ヘレン　ヘンドリック先生！

カール　妻の具合がここのところ悪くてね。失礼してそばに行ってやることにするよ。

（カールはヘレンに魅力的な微笑を投げると下手の前から退場。ヘレンは彼を見送る。ライザは下手の本棚にある食器棚からシェリーの瓶をとる。ヘレンはしばらく呆然としていたが、決心したようにソファからハンドバッグと手袋をとる）

ヘレン　いいえ、結構です、シェリーはいりません。もう帰ります。（二枚開きのドアのほうへ行き、立ち止まってふりかえる）

（医師が下手の前から入ってきてドアの傍に立つ）

私は、私のやり方でやるわ。私はいつもそうしているの。

（ヘレンは中央の奥へさっさと出ていく）

ライザ　（食器戸棚からグラスをとって）先生はシェリー、いかが？

医師　ありがとう、（中央上手へ行き、鞄を置く）まあ、ずい分とはっきりものを言う娘だな。

ライザ　（シェリーを二つのグラスに注いで）そう。あの娘はカールに恋してしまったのね、もちろん。

医師　こんなことはよく起こるんだろうね？

ライザ　まあ、そうですわ。私も数学の先生に夢中になってしまった憶えがありますもの。その先生はまるで私なんか眼中にありませんでしたけど。（彼女は医師の傍へ行き、シェリーのグラスを渡し、ソファの上手側のアームに腰を下ろす）

医師　でもそのとき、たぶん、きみはあの娘よりずっと若かった。

ライザ　そうです、もっと若いころでした。
医師　(肘掛け椅子に座って)カールがよもや応じるとは思わないだろうね？
ライザ　人のことはわかりません。でも私はそうなるとは思いません。
医師　彼は慣れているという意味かね？
ライザ　ああいったタイプの娘には慣れていませんわ。ほとんどの学生はどちらかと言えば魅力がないけど、あの娘は美しいし、グラマーだし、お金もあります——それに何よりも彼女はあらゆる手段で彼を手に入れようとしています。
医師　それできみも心配になった。
ライザ　いいえ、心配はしていません。ことにカールのほうはね。私はカールの人柄を知っています。アニヤが彼にとってどんなに大切な人だったか、これからもそうだろうということもわかっています。私が心配するとしたら……(彼女はためらう)
医師　なんだね？
ライザ　あら、これはどうしたのかしら？　(彼女はシェリーのグラスにかこつけてはぐらかす)
(カール下手の前に入ってくる)

カール　（中央の下手に来て）あのしつこい若いレディはおひきとりになったようだね。
　（ライザは立ち上がってカールのためにシェリーをグラスに注ぐ）
医師　とても美しい娘だ。きみの生徒にはあんなのがたくさんいるのかね、カール？
カール　幸いにして、いないね。そうでなければ今までよりもっといろいろな面倒をかかえこむことになる。（ソファの上手の端に座る）
医師　（立ち上がって）気をつけたまえよ、きみ。（自分のグラスを置くと、鞄をとって中央の奥へ）
カール　（楽しそうに）ああ、私は用心深いからね。これからもそうするよ。
　（ライザは中央の下手の奥へ）
医師　もしきみが彼女に個人教授をする破目になったら、ライザをその場合の付添人《シャペロン》にしなさい。おやすみ、ライザ。

ライザ　おやすみなさい、先生。
　（医師はドアを閉めて、中央の奥へ退場。ライザはカールの上手へ行き、シェリーのグラスを渡す。短い間）
　（上手の前のドアのほうへ行き）アニヤのところへ行ったほうがよさそうね。
カール　いや、しばらく放っておいてほしいと言っていたよ。（間をおいて）あれで彼女はびっくりしたんだよ、あの娘が来たので。
ライザ　ええ、そうでしょうね。
カール　これが妻の人生と――他の人たちの人生の落差なのだよ。嫉妬するとも言っていた。アニヤは私が生徒の誰かと恋に落ちると、ずっと思いこんでいるんだ。
ライザ　（ソファのカールの横に座って）たぶんそうなるわ。
カール　（鋭く、確かめるように）きみは、はっきりそう言えるかね？
ライザ　（背を向けて肩を震わせる）そうなってもおかしくないわ。
カール　絶対にそうはならないよ。きみも知っているとおりだ。

（どこか不自然な間。お互いに自分のグラスをじっと見ている）

なぜ、きみは私たちと一緒にいるのかね。

（ライザは答えない）

（間をおいて）なぜきみは私たちと一緒にいるのかね？

ライザ　あなたは私がここにいる理由をよくご存じです。

カール　きみにとってよくないと思うんだ。帰ったほうがいいと思うよ。

ライザ　帰る？　どこへ帰るんです？

カール　過去も、現在も、きみがここにいなくては困るということはないよ。帰国してきみの以前の地位を得ることだってできたんだ。きみが帰ると言えばよろこんで迎えてくれるよ。

ライザ　たぶんそうでしょう、でも私は帰りたくないんです。

カール　しかし、きみは帰るほうがいい。

ライザ　帰るほうがいい？　帰るほうがいいですって？　どういう意味なんですか？

カール　ここにはきみの人生を賭けるものはないよ。
ライザ　これは私が選んだ人生です。
カール　それはきみにとってよくない。帰りなさい、行きなさい。自分の人生を拓《ひら》きなさい。
ライザ　これが私自身の人生です。
カール　私の言ってることがわかるだろう。結婚するんだ。子供を生むのだ。
ライザ　結婚しようなんて思わないわ。
カール　こんなところにくすぶらずに、せめて外に出ていけば……
ライザ　あなたは私に出ていってほしいの？　（言葉を切って）答えて。私に出ていってほしいの？
カール　（苦しそうに）いや、きみに行ってほしくはない。
ライザ　ではその話はやめましょう。（立ち上がって、カールのグラスをとって自分のグラスと一緒に本棚へ戻す）
カール　きみはクルサールでコンサートへ行った日のことを憶えているかい？　八月のとても暑い日だった。ものすごく肥ったソプラノの歌手が恋の歌を歌った。あまり上手じゃなかったがね。きみもぼくもいいとは思わなかった。きみはグリーンのコートとスカートを着て、おかしな小さなベルベットの帽子をかぶっていた。奇妙なことじゃないか、人間にはそんなことが忘れられず、これからも永遠に忘れられないということは？　その前の日に起こったことも、その翌日に起こったことも憶えていない、しかしあの午後だけは、はっきりと憶えている。金色の椅子や舞台、額の汗を拭っているオーケストラの楽員や、おじぎをしたり、手にキスしたりしている肥ったソプラノの歌手。それからラフマニノフのピアノ協奏曲が演奏された。憶えているかい、ライザ？

ライザ　（静かに）もちろんよ。

（カールはラフマニノフのピアノ協奏曲の一節を口ずさむ）

カール　今でもよみがえってくる。（と口ずさむ）

（玄関のドアのベルが鳴る）

さて、誰だろう？

（ライザは突然ふりかえると中央の奥から下手へと出ていく）

ロランダー　（声）こんばんは、ヘンドリック教授はご在宅かな？

（カールは一冊の本を手にとってパラパラと見る）

ライザ　（声）ええ、お入りください、どうぞ。

（ウィリアム・ロランダー卿が下手から中央の奥に入ってくる。強い個性を感じさせる背の高い灰色の髪の男である。ライザは彼のあとから入ってきてドアを閉め、肘掛け椅子の後ろに立つ）

ロランダー　（中央の前に来て）ヘンドリック教授ですな？　私はロランダーと申します。（と握手を求める）

（カールは立ち上がって、中央下手のテーブルの上に本を置き、ロランダーと握手する）

カール　はじめまして、こちらはコレッキーさんです。

ロランダー　はじめまして。

ライザ　はじめまして。

ロランダー　私にはあなたの許で勉強している娘がおります、ヘンドリック教授。

カール　はい、そのとおりです。

ロランダー　娘は学校のクラスの授業に出るだけでは充分でないと感じています。あなたに特別の個人授業をやってもらいたいと。

カール　残念ですが、それは不可能です。（彼はソファの下手の端の前へ行く）

ロランダー　この件で、娘がすでにお願いして断られたのは承知しております。しかし、なんとかもう一度この問題についてお話しさせていただきたいのです。

（ライザは机の前の椅子に座る）

カール　（静かに）結構ですとも、ウィリアム卿。でも私の決心を変えられるとは思いませんがね。

ロランダー　まず最初に、あなたがお断りになった理由をうかがいたい。どうも私にはよくわからないのです。

カール　それはきわめて単純です。どうか、お掛けください。（とソファを示す）あなたのお嬢さんは魅力的で、知的でもある。しかし私の見たところ、真の学者の持つべき素質を欠いておられる。

ロランダー　（ソファの上手の側に座って）それはいささか勝手なご判断ではありませんかな？

カール　（微笑して）あなたも、一般に信じられているように、学問もガチョウに詰め物をするように人間にも詰めこむことができるとお考えのようだ。（彼はソファの下手側のアームに腰を下ろす）音楽を例にとればもっとわかりやすいでしょう。愛らしく、歌に向いたいい声の娘を歌の先生のところへつれていって、オペラ歌手に訓練してくれと頼んだとします。良心的で正直な教師なら、それだけではオペラには不適当だと率直に言うでしょう。世の中には訓練ではどうしようもないものがあるのです。

ロランダー　なるほど。あなたは専門家だ。その判断に対しては敬意を表さなければならんでしょうな。

カール　あなたご自身、お嬢さんが学問の道に進みたがっていると信じていらっしゃるのですか？

ロランダー　いいえ、率直に申し上げて、私はそうは思わない、だが彼女はそう思っているのです、ヘンドリック教授。簡単明瞭に言ってしまいましょう、私は娘がほしがっているものなら与えてやりたいのです。

カール　親なら誰もが持つ弱味ですな。

ロランダー　おっしゃるとおり、つまらぬ親の弱味です。しかし、私の地位は普通の親のものとはかなりちがいます。ご存じかどうか知らないが、私は裕福です――ありていに言えば。

カール　私も、それくらいは知っていますよ、ウィリアム卿。私も新聞は読みます。ほんの二、三日前でしたか、お嬢さんのために、あなたが特別仕様の超高級車を注文した記事を拝見しました。

ロランダー　ああ、それですか！　たぶん、あなたは愚かで見栄っぱりな奴と思われたでしょう。その裏に隠された理由を言わせてもらうと、仕事の上の理由がありましてね、ヘレンはべつに車になんか興味を持っていなかったんです。今、彼女の関心は真面目な目的に向けられています。それは、まあ、感謝すべきいささかの変化があったということでしょうかね。ここ二年ほど、彼女は私の望まぬ連中と交際していました。快楽を求めることだけしか頭にない連中です。今、彼女は真面目な学問の道に入りたがっているようです、これなら完全に私がうしろだてになれます。

カール　あなたのお考えはよくわかりますが……

ロランダー　もう少し話をさせてください、ヘンドリック教授。ヘレンは私のすべてなのです。彼女の母親は七歳のときに死にました。私は妻を愛していたので再婚はしませんでした。妻の思い出はすべてヘレンに託されているのです。私はどんな些細なことでも彼女がほしがるものは与えてきました。

カール　それはたしかに、自然なことです。でも、それは賢明な方法でしたか？

ロランダー　たぶん、ちがうでしょう。しかし、もう今となっては生活習慣になっているのです。ヘレンは素晴らしい娘です、ヘンドリック教授。なるほど、娘は過ちをおかした、愚かでもあった。しかし人が人生について学ぶ唯一の方法は経験によってだけです。スペインの格言に「『欲するものを得よ、その後にその代価を支払え』とは神の教えだ」というのがあります。それは当然のことですよ、ヘンドリック教授、ごく当り前のことです。

カール　（立ち上がって裁縫机の下手へ行く）その代価は高くつきますよ。

ロランダー　ヘレンはあなたの個人教授を受けたがっています。私はそれを叶えてやりたい。応分の謝礼は用意してあります。

カール　（冷たく）値段の問題ではありません、ウィリアム卿。値段をつりあげようとしているのではない。私には職業に対する責任がある。時間にもエネルギーにも限界があります。私には二人の優秀な学生がいましてね、貧しい青年たちですが、彼らのことをあなたのお嬢さんより先に考えてやらねばなりません。あけすけな話で申し訳ありませんが。

ロランダー　聞かせていただいてありがとう。でも私もあなたが考えているほど鈍感ではない。金の問題ではないのはよくわかりました。しかし、ヘンドリック教授、私は信じているのです――商人ですからね――すべての人間にはそれぞれ値段がついていると。

（カールは肩をすくめると、肘掛け椅子に座る）

カール　あなたのお考えはご自由です。
ロランダー　奥さまはたしか散在性硬化症でいらっしゃる。
カール　（驚いて）そのとおりです。でも、どうして――あなたが……
ロランダー　（さえぎって）物事に着手するときは、事前になにもかも調べるのが私の流儀でね。その病気は、ヘンドリック教授、非常に珍しいもので、進行を緩和する薬はあるが、治療薬はまだない、その患者は永い年月、生き続けられるかもしれないが完全な治癒法はまだ知られていない。医学的な用語では話せないが、つまりはそういうことでいいのですな？
カール　そうです、そのとおりです。
ロランダー　しかし、お聞き及びになったかもしれないが、大いに希望の持てる素晴らしい新療法がアメリカで始まった。医学的な知識や正確さをひけらかすつもりはないが、膨大な研究費をつぎこんで新しい抗生物質が完成した。この病気の進行に、はっきり効果がある。現在はまだイギリスでは手に入れにくいが、少量のこの薬――と言っていいのか――はすでにこの国に送られてきていて、特別の選ばれた患者にだけ使われることになるはずです。私はその使用にあたって影響力を持っているのです、ヘンドリック教授。この研究をすすめているフランクリン研究所は、私が口をきけば、奥さまを患者として受け入れます。

（ライザは立ち上がって、カールの上手へ行く）

カール　（静かに）贈賄《ぞうわい》と汚職か。

ロランダー　（気を悪くしたふうもなく）ええ、あなたの言葉どおり——そうです。贈賄と汚職。個人的な贈賄ではない、それはあなたの場合には通用しない。どんな金銭的な申し出をしてもあなたは拒絶なさるでしょう。しかし、奥さまの健康を回復する機会まで、よもやお捨てになりますまい？

（間がある。カールは立ち上がると、中央の奥の二枚開きのドアのほうへ行く。しばらくそこに立っているが、やがてふりかえって中央の前に来る）

カール　おっしゃるとおりです、ウィリアム卿。あなたのお嬢さんを生徒としてお受けしましょう。私の最高の生徒として、注意と愛情を注いで個人教授いたします。これで、ご満足ですかな？

ロランダー　娘が満足することでしょう。あの子はノーと言われたことのない娘でしてな。（彼は立ち上がって中央にいるカールと向かいあう）さてと、フランクリン研究所で準備が整い次第、奥さまを患者として受け入れることをお約束します。（カールと握手する）多分三ヵ月以内になるでしょう。

（ライザは中央のドアへ行き、開けてその側に立つ）

その治療法が、アメリカの患者同様に奥さまの治療にも成功して、一年もたてば、健康と体力を回復され、私がそのお祝いを申し上げられるようになる、あとそれだけが私に残された望みです。おやすみなさい、ヘンドリック教授。（行きかけて、立ち止まり、ふりむいて）ところで、娘が下の車で私の交渉結果を聞こうと待っています。ちょっとここへ来させてもよろしいですかな？　きっとお礼を申したがると思います。

カール　かまいませんとも、ウィリアム卿。

（ロランダーは中央の奥から下手へ退場。ライザもそのあとに従う。カール

　　は机の椅子の傍に行き、その背に寄りかかる）

ロランダー　（声）おやすみ。

ライザ　（声）おやすみなさい、ウィリアム卿。

　　（ライザ、ドアを開けたままにして戻ってくる。中央の上手の奥に立つ）

　これであの娘が勝ったのね。

カール　断れたと思うかね？

ライザ　いいえ。

カール　アニヤには、もう十分辛い目にあわせてきた。私は自分の主義にこだわって、故国の大学を追われた。アニヤにはその理由がまったく理解できなかった。私の視点からものを見ようとしなかった。彼女にとっては、私のふるまいは愚かしく、ドンキホーテみたいだったようだ。傷ついたのは私より、彼女のほうだったんだ。（間）だから今、彼女が治るチャンスがあるなら、それを受けるべきなのだよ。

（椅子に腰を下ろす）

ライザ　あの二人の学生はどうするんですか、どちらか一人が困ったことになるの？
カール　もちろん、そんなことはない。なんとか時間を作るさ、自分の仕事は、夜遅くまでやればできるよ。
ライザ　あなたも昔のように若くないわ、カール。今でも働きすぎなのよ。
カール　あの二人の若者を困らせるわけにはいかないよ。
ライザ　もしあなたが倒れるようなことになれば、皆が困るわ。
カール　それなら倒れないようにするさ。面倒な主義主張がないだけ幸いというものだよ。
ライザ　とても運がよかったわね——（下手の前のドアを見て）アニヤにとっては。
カール　それはどういう意味だね、ライザ？
ライザ　べつに、なんでもないわ。
カール　私にはわからないね、きわめて単純な男なんだ。
ライザ　そうね。その点があなたの一番気がかりなところですわ。

（アニヤの杖の音が下手の外で聞こえる）

カール　(立ち上がって) アニヤが起きた。(下手の前のドアへと行く)

ライザ　(中央の前へ) いいわ、私が行きます。新しい生徒が会いにくるんでしょう。

(彼女は下手の前のドアに向かって行く)

カール　(彼女が彼の前を行きすぎるとき) 私は正しかったと信じてくれるかね?

(彼は、肘掛け椅子の前に行って立つ)

(ヘレンが下手から中央の奥に入ってくる)

ライザ　(ドアのところで立ち止まって、カールのほうを向く) 何が正しいかって? それは結果を見るまでは誰にもわからないんじゃないかしら?

(ライザは下手の前から退場)

ヘレン　(入ったところで) ドアが開いていたので、そのまま入ってきました。よろしかったかしら?

カール　(ほとんど放心したようにライザをじっと見送って) もちろん。

ヘレン　（肘掛け椅子の下手へ来て）ほんとに怒っていらっしゃらなければいいんですけど。たぶん、あなたは私が学問に向いていないと感じていらっしゃる。でも、私は今まできちんと教育を受けたことがないのよ。ほんとに形式的なつまらないお勉強だけ。でもこれからはしっかり勉強します、ほんと、きっとですわ。

カール　（現実に戻って）それはいい。（机の傍に行き、紙にいくつかのメモを書いて）学問の厳しい道に出発するとしよう。何冊か本を貸してあげる。持って帰って読んでもらう、それから決めた時間に来て、質問に対して本を読んで得た知識で答えてもらう。（ヘレンのほうを向いて）わかるかね？

ヘレン　（中央の奥へ）はい。その本は、今ここで貸していただけますか？　父が車で待っているんです。

カール　いいとも、それはいい。これらの本は買う必要がある。（と書いたリストを渡す）さて、と、どうかな（彼は二枚開きのドアの下手の本棚へ行き、いつものようにブツブツ言いながら大きな厚い本を二冊とりだす）

（ヘレンはカールを見ている）

カール　（本を手に、ほとんど独り言のように）ルコントは読まねば、そうだ、できればヴェルトフォールも。（ヘレンに）ドイツ語は読めるかね？　（中央下手のテーブルの上手へ行く）
ヘレン　（カールの上手へ行き）ほんの少し、旅行用のドイツ語だけです。
カール　（厳しく）ドイツ語は勉強しなければ。フランス語とドイツ語はすらすら読めなければ何もできないよ。一週に三回はドイツ語の文法と作文を勉強するんだ。

（ヘレンはすこし顔をしかめる）

（ヘレンを鋭く見て、二冊の本を渡す）この本はちょっと重いが、いいかな。
ヘレン　（本を手にして、落としそうになり）あら——ずいぶん、重いんですね。（ソファの上手側のアームに腰を下ろし、本をパラパラと見る）難しそう。（本を見るときにカールの肩に軽く寄りかかって）これ、全部読めとおっしゃるの？
カール　とくに四章と八章に注意しながら全部読んでもらいたい。
ヘレン　（ますます寄りかかって）わかりました。
カール　（机のほうへ行き）次の水曜日の午後四時はどうだろう？

ヘレン　（立ち上がって）ここで？（ソファの上に本を置く）
カール　いや、大学の私の研究室で。
ヘレン　（むしろ嬉しそうに）まあ、ありがとうございます、ヘンドリック先生。（肘掛け椅子の奥を通って、カールの下手へ）ほんとうにありがとうございました。きっと、私、しっかり勉強しますわ。私にあまり辛くなさったりしないで。
カール　辛くあたったりはしないよ。
ヘレン　いいえ、あなたはそう。私や父に無理強いされたと感じてらっしゃる。でも約束しますわ。本当に、私やるわ。
カール　（微笑して）それならいいのだよ。もうこれ以上何も言うことはない。
ヘレン　素晴らしいわ、なんていい方なんでしょう。感謝します。（彼女はカールの頰に突然すばやくキスをすると、ふりかえって本をとり、中央の奥へ行き、ドアのところで立ち止まってカールにほほえみかける。はにかんで）水曜日、四時ですわね？

（ヘレンはドアを開けたまま、中央の奥から下手へと出ていく。カールは少し驚いて彼女を見送る。頰に手をやって口紅がついているのに気がつく。ハンカチを出して拭い、笑みを浮かべ、わからないというふうに首をふる。レコード・プレイヤーのところへ行き、ラフマニノフのピアノ協奏曲のレコードをかけ、スイッチを入れると机のところへ行き座る。少し仕事をはじめるが、手を止めて音楽に聞き入る。ライザ下手の前から入ってくる。立ち止まり、音楽を聞き、カールを見てしばらく立っているが、彼は、彼女に気づかない。彼女は気持ちを落ち着かせようとゆっくり顔に手をあげるが、突然、抑えきれなくなり、声をあげると、ソファへ走り寄ってその上手側にくずおれる)

ライザ　止めて。止めて。止めてください。

（カール、驚いてふりむく）

カール　（わからなくて）これはラフマニノフだよ、ライザ。きみもぼくもいつも気にいっていた曲だよ。

ライザ　そうよ。だからこそ、今は我慢できないの。止めてください。

（カールは立ち上がってレコードを止める）

カール　（ソファの上手へ来て）いいかい、ライザ、きみにはわかっているはずだ。

ライザ　言わないで。私たちは今まで、何も口に出さなかった。

カール　でも、わかっていた、そうじゃないか？

ライザ　（口調を変えて、事務的な声で）アニヤがあなたを呼んでいます。

カール　（夢から覚めたように）そうだ、そうだよ、もちろん、彼女のところに行くよ。

（カールは舞台を横切って、下手の前から退場。ライザは絶望したように彼を見送っている）

ライザ　カール。（手でソファを叩く）カール。ああ、カール。

（ライザはソファの下手側のアームの上で手で頭をかかえて、悲哀に沈む。照明溶暗。暮が下りる）

第二場

場面　前と同じ。二週間後。午後。

（幕が上がって、照明が入る。二枚開きのドアの下手側が開いている。車椅子に座ったアニヤが中央に、その上手に裁縫机がある。彼女は編物をしている。カールは机に向かっていろいろな本を参照しながらノートを取っている。ローパー夫人が下手の本棚を掃除している。電気掃除機がソファの手前にある。ライザが自分の寝室から入ってきて、肘掛け椅子から自分のハンドバッグをとる。彼女はよそゆきの服を着ている）

アニヤ　（イライラと泣きだしそうな声をあげて）また目をこぼしてしまったわ。二目もよ。ねえ、あなた！

（ライザは肘掛け椅子に自分のハンドバッグを置くと、裁縫机に身をのりだして、編物を手にとる）

ライザ　私が目を拾ってあげましょう。

アニヤ　編物はもう駄目なのね。私の手を見て。いつも震えている。望みがないわ。

（ローパー夫人は中央下手のテーブルの下手へ行き、机の上の本のほこりを払う）

ローパー夫人　言うじゃありませんか、人の一生は不幸の谷間、って。今朝の新聞にも記事が出ていましたよ。ちいさな娘が二人、運河で溺れたの。かわいい娘でしたのよ、その子たち。（中央下手のテーブルの上にダスターを置くと、ソファの前へ行き、電気掃除機をとり、下手の前のドアのほうへ行く）ところで、コレッキーさん、またお茶が切れましたよ。

（ローパー夫人は下手の前のドアから出ていく。ライザは編物の目を直すとアニヤに返す）

ライザ　さあ、これで直ったわ。

アニヤ　私、よくなるかしら？

（ローパー夫人は下手の前に入ってきて、中央下手のテーブルの上のダスターを片づける）

（もの思いにふけりながら甘えるように）私、ほんとによくなりたいの。

ローパー夫人　もちろん、よくなりますわよ、奥さま。治りますとも。しっかりしてくださいね。（テーブルの上手の椅子のほこりを払う）うちのジョイスの上の子は、なんだかとっても恐ろしい発作の癖があるんですよ。お医者は見込みがないって言ってますけど、私はまだわからないと思ってるんです。（彼女はダスターであちこちといい加減に拭きながら、中央下手のテーブルの奥を通って下手の前のドアへ行く）今、寝室のお掃除をしましょうか？　先生がみえたとき具合がいいでしょう。

ライザ　お願いしますわ、ローパーさん。

（ローパー夫人はドアを開けたまま、下手の前から退場）

アニヤ　もう出かけたほうがいいんじゃないの、ライザ、遅れるわよ。

ライザ　（ためらって）もし、いたほうがよければ……

アニヤ　いいえ、いてもらわなきゃ困るってことはありませんよ。あなたのお友だちはここには一日だけの滞在なんでしょう。会ってあげるのが当り前よ。人の楽しみまで犠牲にして、望みのない病人と一緒にいるなんて最悪だわ。

（舞台の外のローパー夫人の電気掃除機の音と、しわがれた声で歌っている古い流行歌が静けさを破る）

カール　ああ、かなわないねえ！

ライザ　（下手の前のドアのほうへ行き、大声で）ローパーさん、ローパーさん。

（掃除機の音と歌、やむ）

ローパー夫人　（声）ごめんなさーい。

いいこと？　先生はお仕事をしていらっしゃるのよ。

（ライザはアニヤの奥を通って、肘掛け椅子のところへ行き、ハンドバッグを手にとる。彼女はこの出来事を少し面白がっていて、カールもアニヤもその気持ちになっている。カールは書類や本を書類鞄に入れる）

アニヤ　うちで雇っていたかわいいミッチ、憶えている？

ライザ　ああ、いたわね、ミッチ。

アニヤ　よく気のつくいいメイドだったわね。いつも笑っていて、仕ぐさがかわいいの。おいしいお菓子も焼いたわね。

ライザ　そうだったわね。

カール　（立ち上がって、書類鞄を手にとって）さてと、講義の用意は全部できた。

ライザ　（中央の奥のドアのほうへ行く）できるだけ早く帰ってくるわ、アニヤ。行ってきます、アニヤ。

アニヤ　楽しんでいらっしゃい。

ライザ　行ってきます、カール。

カール　行ってらっしゃい、ライザ。

（ライザ、中央の奥から下手へ退場）

（肘掛け椅子の前へ行き）きみ、いつかはよくなって元気になるよ。（彼は肘掛け椅子に座り書類鞄の留金をかける）

アニヤ　いいえ、そうはならないわ。あなたは私が子供か知恵おくれみたいに話すのね。私は病気。ひどい病気でだんだん悪くなっているわ。あなたはいつもこのことになると楽観的なふりをしている。でも、それがどんなに私をイライラさせるかわかってないのよ。

カール　（やさしく）ごめんよ。そうだね、ときにはそれが気に障るのはわかるよ。
アニヤ　そして私がイライラして、あなたを疲れさせる。
カール　いやいや、そんなことはないよ。
アニヤ　いいえ、そうだわ。あなたは辛抱強いし、いい人だわ。でも、本当は私が死ねば自由になれると思っているわ。
カール　アニヤ、アニヤ、アニヤ、そんなふうに言うもんじゃないよ。そんなことはありっこないじゃないか。
アニヤ　誰も私のことなんか考えてくれないわ。私のことを察してくれる人もなかった。あなたが大学で地位を失なったときも同じだったわ。なぜ、あなたはシュルツ派の人たちを大学に入れなければならなかったの？
カール　彼らは、私たちの友だちだったんだよ、アニヤ。
アニヤ　あなたは、本当はシュルツを好きじゃなかったし、彼の見解に同調したわけでもなかった。彼が警察とトラブルを起こしたとき、あの一派を排除してしまえたはずよ。それが唯一の安全な道だったのよ。
カール　彼の妻や子供たちにはなんの罪もなかった。残された彼らは、生活に困っていた。誰かが助けてやらなければならなかったんだ。

アニヤ　それが私たちである必要はなかったわ。
カール　でも、彼らは私たちの友だちだったんだ、アニヤ。困っているときに友だちを見捨てられないだろう。
アニヤ　あなたにはできない、それはわかるわ。でも、私のことは考えてくれなかったわ。その結果、退職を勧告され、故国も友だちも捨てて、この冷たい、灰色のおぞましい国に来なければならなくなったのよ。
カール　（立ち上がって、舞台を横切り、ソファの上手側のアームに書類鞄を置く）ねえ、アニヤ、それも悪くはないよ。
アニヤ　あなたにとってはね。ロンドンの大学にしかるべき席が与えられたんですもの、本や書斎がある限り、あなたにとってはまったく同じだわ。でも私は病人なのよ。
カール　（アニヤの下手に回って）わかっているよ、きみ。
アニヤ　それに、ここには友だちが一人もいない。毎日、毎日話す人もなく、面白い話も聞けず、噂話もなしで、一人きりで寝ているのよ。編物をしては目をこぼす。
カール　それはね……
アニヤ　あなたはわかってないわ。何もわかってないわ。ほんとは私のことを思ってくれてないのよ、そうでなければ、わかったなんて。

カール　アニヤ、アニヤ。（彼女の横でひざまずく）

アニヤ　あなたはわがままなの、本当に、わがままで強情なんだわ。あなたがかわいいのは自分だけなのよ。

カール　かわいそうなアニヤ。

アニヤ　〝かわいそうなアニヤ〟、まったくそのとおりだわ。誰も本当に私のことを心配しても、考えてもくれないんだわ。

カール　（やさしく）私はきみのことを考えているよ。きみをはじめて見たときを憶えている。華やかなぬいとりのあるウールのかわいいジャケットを着ていた。一緒に山の上へピクニックに行ったね。水仙は終わっていた。きみは靴を脱いで長く伸びた草の中を歩いた。憶えているかい？　かわいい小さな靴、かわいい小さな足。

アニヤ　（突然、嬉しそうな微笑を浮かべ）私、足は小さかったわね。

カール　世界でいちばんかわいい足。いちばんかわいい少女。（彼はやさしく彼女の髪をなでる）

アニヤ　でも今は、衰え、老け、病気になってしまった。誰の役にも立たないわ。

カール　私にとっては、きみは変わらないよ、アニヤ。いつも同じだ。

（玄関のベルが鳴る）

（立ち上がる）ストナ先生だよ、きっと。（彼は車椅子の後ろに回ってクッションを直す）

（ローパー夫人が下手の前に入ってくる）

ローパー夫人　誰か見てきましょうか？

（ローパー夫人は中央の奥から下手へ退場。カールは机の傍へ行き、鉛筆を二本、ポケットに入れる。玄関のドアが開閉する音と、声が聞こえる。ローパー夫人が下手から中央の奥に入ってくる。続いてヘレンが来る。借りていた二冊の本を持っている）

先生にお目にかかりたいという若いお嬢さんです。（ゆっくり下手の前へ）

（カールは中央上手の奥へ行く）

ヘレン　（カールの下手へ行き）本を返しに来ましたの。おいりようかと思って。（アニヤを見て足をとめ、顔を伏せる）

（ローパー夫人は下手の前から退場）

カール　（ヘレンから本をとり、アニヤの上手へ行く）ねえ、きみ、ロランダーさんを憶えているかい？

ヘレン　（アニヤの下手の奥へ行き）いかがですか、奥さま？　おかげんがよろしいといいのですが。

アニヤ　全然よくなっていませんわ。

ヘレン　（感情を抑えて）お気の毒に。（中央下手のテーブルの奥へ行く）

（玄関のドアのベルが鳴る。カールは机のところへ行き、本を置くと中央の奥へ行く）

カール　こんどはストナ先生だろう。

（カールは中央の奥から下手へ退場。ローパー夫人が下手の前から紙屑箱を持って登場する。彼女は下手の本棚の下の棚から灰皿をとって灰を紙屑箱に捨てる。ヘレンは中央下手のテーブルの上の本をなんとなく見ている）

ローパー夫人　あとで寝室は片づけます。店が閉まってしまう前にちょっとお茶を買いに行ったほうがよさそうね。

カール　（声）やあ、先生、入ってください。

医師　（声）ああ、カール、いい日和だね。

（カール下手から中央の奥に入ってきて、入口の上手に立つ。医師は彼のあとから入ってくる）

カール　先生、内密でちょっとお話ししたいんですがね。

（ローパー夫人はドアを開けたまま、中央の奥から上手へと退場）

医師　いいですとも。（アニヤの上手へ行く）やあ、アニヤ、今日は春たけなわのお日和だよ。

アニヤ　そうですか？

カール　（中央の前に）ちょっと私たちは失礼するよ。（彼はソファの前を通って、下手の前のドアへ）

ヘレン　（中央下手のテーブルの下手側へ行き）どうぞ、おかまいなく。

医師　こんにちは、ロランダーさん。

ヘレン　こんにちは、先生。

（医師はカールの前を通って、下手の前から退場。カールも続いてうしろ手にドアを閉めて出ていく。ローパー夫人が上手から玄関ホールに入ってくる。彼女はコートと買物袋を持っている。玄関に買物袋を置くと、部屋に入ってきて、コートを着る）

ローパー夫人　今時分にしては暖かだわね――

（ヘレンはソファの下手を回ってその下手側の端に腰を下ろし、ハンドバッグからシガレットケースを取り出して煙草に火をつける）

――こんな陽気だといつも身体のふしぶしが痛くてね。今朝も凝っていて、なかなかベッドから起き上がれなかったわ。すぐお茶を買って戻ってきますからね、奥さま。ああ、お茶のことですけどね、半ポンドでよろしいかしら？

アニヤ　好きなようにして。

ローパー夫人　ささ、それじゃ、と。

（ローパー夫人は玄関へ行き、買物袋を持って下手へと退場）

アニヤ　お茶を飲むのはあの人なのよ。いつもお茶がもっといるって言うんだけど、私たちはほとんど使わないの。私たちはコーヒーを飲むんです。

ヘレン　ああいう人たちはものをくすねるものだっていうんですけど、そうなのかしら？

アニヤ　そのうえ、私たちが外国人で何も知らないだろうと思っているのよ。

（間があり、アニヤは編物をする）

私と話しているんじゃ退屈でしょう、ロランダーさん。病人は愉快な仲間ではありませんわ。

（ヘレンは立ち上がって下手の奥へ行き本棚の本を見る）

ヘレン　私、ほんとにあの本を返しに来ただけなんです。

アニヤ　カールは本を持ちすぎです。この部屋を見て。どこもかしこも本。学生が来る、本を借りる、読む、返しに来る、そしてまた持っていく、失くす。気が変になるわ。——ほんとに気がくるいそう。

ヘレン　面白いはずはありませんわね。

アニヤ　死ねるものなら死にたいわ。

ヘレン　（ふりかえって鋭くアニヤを見て）あら、そんなことを言ってはいけないわ。

アニヤ　でもそれは本当。私は病人で、誰にとっても厄介者なの。いとこのライザにとっても主人にとっても。みんなの重荷になっているのを知っていて、いい気持ちでいられると思って？

ヘレン　そうでしょうか？（ふりかえって本棚のほうを向く）

アニヤ　死んだほうがいいわ、死ぬほうがずっとまし。ときどき、私、なにもかも終わりにしようと思うわ。とても簡単なのよ。心臓の薬をちょっと多めに飲めば、誰もが幸せに、自由になれ、私は静かに眠れるでしょう。なぜ私が苦しみ続けなければならないの？

（ヘレンは肘掛け椅子の奥を通って机のほうへ行き、窓の外を見る）

ヘレン　（退屈して、あまり同情した様子もなく、溜め息をついて）あなたにはさぞ大変なんでしょうね。

アニヤ　あなたにはわからない、絶対に理解できないわ。あなたは若くて、きれいで、お金があって、ほしいものはなんでも持っている。私ときたら、みじめで、助けてくれる人もなく、いつも苦しんでいて、誰も気にもかけてくれない。本当に誰も気にかけてくれないのよ。

(医師が下手の前から入ってきて、アニヤの下手へ行く。カールも続いて入ってきてソファの前に立つ。ヘレンはふりかえる)

医師　さて、アニヤ、カールがきみを二週間ほど入院させたいと言うのだよ。

アニヤ　入院しても、なんの効果もありませんわ。私にははっきりとわかってるのよ。

医師　まあまあ、そう言ってはおしまいだよ。先日、ランセット新聞でこの治療法について、非常に興味のある記事を読んだよ。ほんの概略だけだが、とても面白かった。もちろんわが国ではこの新療法を進めるには慎重だ。責任をとらなければならないからね。アメリカの医師たちはどんどんやる。そして、どうやら大いに成功する見込みがありそうなんだ。

アニヤ　そんなお話、本当に信じられませんわ。よくなったりしないわよ。

医師　いいかい、アニヤ、そんなに悲観的になるんじゃないよ。(彼は車椅子を下手の

前のドアのほうへ押す）

（カールは下手の前のドアへ行き、通れるように開ける）それでは、毎週の定期検診をはじめようかね。そうすれば、患者として、私の言うことを信頼してくれていたかどうかがわかるからね。

アニヤ　もう編物はできないわ。こんなに手が震えて、目をこぼすんです。

（カールは医師から車椅子をひきつぎ、アニヤを押して下手の前に退場させる）

カール　何か変わったことがあるんじゃないでしょうね、先生。

医師　いや、いや、何もないよ。

（カールはアニヤと一緒に下手の前から退場する。医師もそれに続く。カールは戻ってきてドアを閉める。彼は、机の上の灰皿で煙草の火を消しているヘレンをほとんど無視して上手の中央へ行く）

カール　（書類鞄を手にとりながら）すまないが出かけるんだ、四時半から講義があるんでね。
ヘレン　私が来たのを怒っていらっしゃるの？
カール　（堅苦しく）もちろん、そんなことはない。本を返してくれてありがとう。
ヘレン　（カールの上手へ行き）あなたは私のことを怒っているわ。ここのところずっと、木で鼻をくくったみたい――つっけんどんなんですもの。私の何がお気に召さないの？　昨日はとてもご機嫌斜めだったわ。
カール　（ヘレンの奥を通って机のほうへ）もちろん、私は不機嫌だった。（彼は机から本をとり、ヘレンの前を通ってソファの上手へ行く）きみは勉強をしたい、学問をしたい、そして学位をとりたいと言っていながら少しも勉強しない。
ヘレン　ええ、ずっと忙しかったものですから――することがたくさんあって……
カール　きみは頭は悪くない、いろんな知識もあるし、賢いが、少しでも面倒なことはやろうとしない。ドイツ語の授業はどの辺まで進んだのかね？
ヘレン　（こともなげに）まだ予定を立てていませんわ。
カール　でもやらなければ。きみには必要なんだ。ドイツ語が読めることは基本だよ。

（彼は中央下手のテーブルの奥を通って下手の本棚へ行き、本を一冊とる）きみに本を読めと渡す、ちゃんと読んでこない。質問をすれば、うわっつらの答しかできない。（本を書類鞄へ入れる）

（ヘレンはソファの前へ行く）

ヘレン　（ややしょげた恰好でソファに膝をつき）でもとても退屈なの、勉強って。
カール　だが、きみはあんなに、学問をやって学位をとりたがっていたじゃないか。
ヘレン　学位なんて地獄へ落ちてしまえばいいんだわ。
カール　（驚いて、ソファの上手側のアームに書類鞄を置く）それはどういうことかね。きみは無理矢理、私に教えるのを強制したんだよ、お父上に私のところまで来させて。
ヘレン　私はあなたに会いたかったの、あなたの近くにいたかったの。あなたはまったく、盲目なの、カール？　私はあなたを愛しているんです。
カール　（ふりむいて、中央に一歩出る。驚いて）なんだって？　きみは、しかし……
ヘレン　私のこと、ほんのちょっぴりでも好きじゃありません？

カール　（歩をすすめて、下手の前に立ち）きみはとても感じのいいお嬢さんだが、こんなばかげたことは忘れてしまわなければ。

ヘレン　（立ち上がって、カールの後ろに立ち）ばかげてなんかいないわ。私はあなたを愛しているって言っているんです。なぜ、私たちはこのことについて、単純に、自然になれないのかしら？　私はあなたがほしい、あなたは私がほしい。あなたもわかっているでしょう――あなたは私が結婚したい男性なの。さあ、どうして駄目なの、あなたの奥さまはあなたのお荷物だわ。

カール　きみは何もわかっていないんだね。子供みたいなことを言って。私は妻を愛している。（舞台の中央へ）

ヘレン　（ソファに座って）あら、わかってますわ。あなたはおそろしく親切な方です。彼女の世話をして飲物を口まで運んでやる。それだけです、間違いなく。でもそれは、愛ではありません。

カール　（ソファの前を通って下手へ。やや返答に窮して）そうだろうかね？　私は愛だと思うが。（彼はソファの下手側のアームに座る）

ヘレン　もちろん、あなたはちゃんと彼女の世話をしなければいけないわ。でもそのために男としてのあなたの人生を犠牲にする必要はないわ。もし私たちが人目をしのぶ仲になっても、奥さまがそれを知る必要もないのよ。知られなければいいんです。
カール　（はっきりと）いいかね、我々は人目をしのぶようなことはしないよ。
ヘレン　どうしてそんなに堅苦しくするのかわからないわ。（考えがひらめいて）私、処女じゃありませんわよ、もし、それを気にしていらっしゃるのなら。私にはたくさん男性経験がありますわ。
カール　ヘレン、思いちがいをしてはいけない。私はきみを愛してはいないのだ。
ヘレン　お墓に入るまでそうおっしゃっているがいいわ。でも私は信じません。
カール　それはきみが信じようとしていないだけだよ。私の言っているのが真実だ。（彼は立ち上がって、下手の前へ行く）私は妻を愛している。彼女は、世界中の誰よりも私にとっては愛しい人だ。
ヘレン　（迷子になった子供のように）なぜ？　なぜ？　ねえ、あの人があなたに何をしてあげられるって言うの？　私はなんでもしてあげられます。研究の費用でも、ほしいものはなんでも。
カール　しかし、それでも、きみはアニヤになるわけにはいかない。（彼はソファの下手側のアームに腰を下ろして）いいかい……
ヘレン　たしかに、あの方は以前はかわいく、魅力的だったでしょう、でも今はちがいますわ。

カール　今もそうだよ。ちっとも変わっていない。アニャは昔のままだよ。我々の人生にはさまざまな試練がある。健康をそこねたり、失望したり、故国を離れたり、そんないろいろなことが真実の自己の上に堅い殻になってくっついている。しかし真実の人間はそこにある。

ヘレン　(立ち上がり、落ち着かず、上手の中央に行き、ふりかえってカールの顔を見て)ばかげた話にしか聞こえないわ、もしそれが真実の結婚だったら——でも今の状態はちがう。状況によって変わるわ。

カール　これが真実の結婚なんだよ。

ヘレン　まあ、そんなことはありえないわ。(上手の前へ行く)

カール　(立ち上がって)いいかい、きみはまだ子供なんだ。理解できないんだ。

(ヘレンは肘掛け椅子の奥を通ってカールの上手へ行く。彼女は理性を失いそうになっている)

ヘレン　あなたこそ、感傷と偽善にどっぷり浸っている子供だわ。自分まで欺いているんだわ。もしあなたに勇気があれば——よくって、私は勇気もあるし、現実主義者なの。私は物事を現実ありのままに見るのを恐れていないんです。

カール　きみはまだ子供で、大人になりきっていないんだ。

ヘレン　(いらだって怒りをこめて)まあ！　(肘掛け椅子の奥を通って机のほうへ行き、怒りの目で窓の外をじっと見る)

(医師がアニャの車椅子を押して下手の前へ)

医師　(入ってきながら上機嫌で)なにもかも異常なしだよ。

(カールは医師からひきついで、アニャを中央のいつものアニャの位置に押していく。医師は中央の奥に)

アニャ　(舞台を横切りながら)いつもそうおっしゃるのね。お医者さんはみんな、嘘つきね。

（カールは書類鞄を手にとる）

医師　さて、私はお暇《いとま》しなければ。四時半に診察がある。さよなら、アニヤ。ではまた、ロランダーさん。私はガウア街まで行くんだが、カール、よかったら一緒に乗って行くかね。

カール　ありがとう、先生。

医師　下の車のなかで待っているよ。

（医師はドアを閉めて中央の奥へ出ていく。カールは書類鞄を閉めて、アニヤの下手へ行く）

アニヤ　カール、許してね、カール。

カール　許すって、なんだね、きみ？　何を許せというのかね？

アニヤ　何もかもよ。私の気まま、私の不機嫌。でも、それは本当の私じゃないわ。単に病気のせいなのよ。きっとあなたにはわかってるわね？

カール（彼女の肩にやさしく腕を回して）わかっているとも。

（ヘレンは半ばふりかえって二人を見、眉をひそめて、窓のほうを見る）

きみが何を言っても、私は傷ついたりしないよ。きみの心はわかっているんだから。

（カールはアニヤの手を軽く叩き、二人はお互いに目を合わせ、彼女は彼の手にキスをする）

アニヤ　カール、授業に遅れるわよ。行かなければ。

カール　きみを残して行きたくないよ。

アニヤ　ローパーさんが間もなく戻ってくるわ、ライザが戻ってくるまで一緒にいてくれるわ。

ヘレン　私、とくにどこへという予定がないんです。コレッキーさんが帰ってくるまで、奥さまと一緒にいます。

カール　頼めるかね、ヘレン？

ヘレン　もちろん。

カール　それはありがたい。（アニヤに）行ってくるよ、きみ。
アニヤ　行ってらっしゃい。
カール　ありがとう、ヘレン。

（カールはドアを閉めて中央の奥から出ていく。昼の光線が薄れはじめる）

ヘレン　（車椅子の奥を通り、ソファへ）コレッキーさんはご親戚ですの？（ソファに座る）
アニヤ　ええ、あの人は私のいとこです。彼女は私たちとイギリスへやってきて、それからずっと一緒に暮らしているんです。今日は、旅の途中ロンドンに寄った友だちに会いに行っているの。近くのラッセル・ホテルに泊っているんです。故国の友だちに会う機会はとても少ないのよ。
ヘレン　帰りたくありません？
アニヤ　帰れないの。夫の友だちの教授が政治的な見解を理由に不遇な目にあっていましてね――逮捕されたんです。
ヘレン　それがヘンドリック教授にどんな関係があるんですか？

アニヤ　その方の奥さまや子供たちが暮らしに困ってね。うちの主人は、私たちの家に彼らを引きとるべきだと主張したんです。でもそれが官憲の耳に入って地位を退かなければならない理由になったの。

ヘレン　本当ですか、そこまでする必要があったんでしょうか、ねえ？

アニヤ　それは私も同感。私はマリア・シュルツは全然好きじゃなかったわ。いつも、なんにでも、あげ足をとって文句を言い、不平たらたらのいやな女。子供たちも躾《しつけ》が悪くて、とても乱暴でね。あの人たちのために、私たちの素敵な家庭を捨て、亡命者としてこの国にやってくるなんてひどすぎるわ。ここはとても故国にはならない。

ヘレン　ずいぶん辛い運命でしたのね、あなたにとって。

アニヤ　男はそんなことは考えないわ。何が正義か、正当か、人としての義務か、そんなふうにしか考えないのよ。

ヘレン　そうだわ。なんてばかげているんでしょう。男は私たちのように現実主義者にはなれないんだわ。

（間があって、ヘレンはハンドバッグからシガレットケースを取り出して、

煙草をつける。外の時計が四時をうつ)

アニヤ　(腕時計を見て)ライザは出かける前に薬をくれなかったわ。あの人ときどき、忘れものをするので困るのよ。

ヘレン　(立ち上がって)何かお手伝いしましょうか?

アニヤ　(下手の前の壁の棚を指さして)そこの小さな棚にのっています。

(ヘレンは下手の前の棚のほうへ行く)

小さな茶色の瓶です。水に四滴まぜてください。

(ヘレンは下手の食器棚の上にある灰皿で煙草の火を消し、棚から薬瓶と、グラスをとる)

心臓の薬なんですよ、そこにグラスと点滴器があります。

（ヘレンは下手の本棚のほうへ行く）

気をつけてね、とても強い薬なの。それで手が届かないところへしまってあるのよ。ときどき、私、気分がひどく悪いとき、自殺しそうになってしまうの。多分、みんな、薬が手近かにあったら誘惑に勝てずに、薬を用法以上に飲みはしないかと心配してるのね。

ヘレン　（薬瓶と点滴器をとって）たびたびそうなるんですか？

アニヤ　（一人満足したように）あら、そうよ、人間は死んでしまったほうがいいと、始終考えるものよ。

ヘレン　そうね、私もそれは理解できます。

アニヤ　でも、人が勇気を持って生き続けなければならないのも、もちろんだけど。

（ヘレンはアニヤに背を向ける。ふりかえって肩ごしにすばやくアニヤに視線を向ける。アニヤはヘレンを気にしないで編物に熱中している。ヘレンは薬瓶を傾け、中の薬をすべてグラスにあけ、水を少し加えると、そのグラスをアニヤのところへ持っていく）

ヘレン　（アニヤの下手で）さあ、できました。
アニヤ　ありがとう、どうも。（彼女は左手でグラスをとり、口をつける）
（ヘレンはアニヤの下手奥に立っている）
ヘレン　いつもより味が濃いみたい。
アニヤ　四滴とおっしゃいましたわね？
ヘレン　そうです。それでいいんです。（彼女は残りをぐっと飲んでしまうと、背をのばして、裁縫机の上にグラスを置く）
アニヤ　（ヘレン緊張して、アニヤを見て突っ立っている）
教授は、働きすぎですわ、ねえ、あなた。彼は普通以上に生徒をとっているんです。私は——彼がもっと楽な人生を歩んでくれたらと願っているんですよ。
ヘレン　たぶん、いつかはそうなりますわ。
アニヤ　そうなるかしら。（小さくやさしく微笑して）あの人は誰にでも善意を持っているんです。どこまでも親切で。私にもあんなによくしてくれて。我慢づよくて。

（息を切らせて）ああ！

ヘレン　どうしました？

アニヤ　ちょっと――息が止まるような気がしたの。あなた、薬の量が多すぎたりはしなかったでしょうね？

ヘレン　用法どおり作りましたわ。

アニヤ　そうね――そんなはずはないわね。でもまさか――まさかとは思うけど……（ちょうど眠りにひきこまれていくかのように背を沈め、言葉は次第に緩慢になっていく。手は、きわめてゆっくりと心臓のところにあてがわれる）おかしいわ、――すごく――変な感じよ。――（頭は枕の上で横に倒れる）

（ヘレンはアニヤの下手へ行き、じっと見る。彼女は今は恐怖に襲われている。手を顔にあて、下ろす）

ヘレン　（低い声で）ヘンドリックさん。

（答がない）

（少し大きく）ヘンドリックさん。

（ヘレンはアニヤの下手へ行き、腕をとって脈をとる。脈が止まっているのがわかると息をのみ、恐ろしさのあまりその手を下に放して下手の前方へ少し後退する。アニヤから視線をそらさないで肘掛け椅子の前から後ろへ回り、裁縫机の奥に立つ。そのままアニヤを凝視してしばらく立っているが、やがて身体を震わせて我に返ると、裁縫机の上のグラスを見、手にとると自分のハンカチで拭い、身をのりだしてアニヤの左手に注意深く押しつける。それからソファのほうへ行き、上手側のアームに精根つきはてたようにぐったりと寄りかかる。再び気をとり直すと下手の本棚へと行き、薬瓶と点滴器をとる。瓶から指紋を拭きとるとアニヤの下手へ行く。そっとアニヤの右手をとって瓶のまわりに押しつけ、裁縫机の奥へ行き瓶を置き、点滴器をとると瓶の横に置く。中央の奥のほうへ少し行き、まわりを見まわすと急いでソファのほうへ行き、自分のバッグと手袋をとり、中央奥のドアへといそぐ。突然ハッと立ち止まるとあわてて棚の上の水差しをとり、裁縫机のほうへ行きかながらハンカチで拭い、机の上に水差しを置く。また中央の奥のドアのほうへ。大道芸人の手風琴の音が外で聞こえる。ヘレンは下手側のドアを開けて玄関へ出ると下手へ退場。玄関のドアがバタンと閉まる音が聞こえる。わずかの間があって、玄関のドアの開閉の音。ローパー夫人が中央の奥のドアのあいだからひょいと頭を出す)

ローパー夫人　お茶、買ってきましたよ。

(ローパー夫人は頭をひっこめると、上手に消える。帽子とコートを脱ぎながら、またドアのところに現れる。二枚開きのドアの下手にある衣裳掛けにそれらをかけて)

それにベーコンとマッチを一ダース買いました。このごろの物価ときたらどうでしょう? 私、娘の夕食にと、腎臓を手に入れようとしたんですよ。一つが十ペンスでした、それもしなびた小さな切れ端みたいなのがね。(彼女は中央下手のテーブルの奥を横切って、下手の前のドアへ向かう) あの子も他人が食べているもので満足しなきゃね。私はいつも彼女に、お金は木になるものじゃないって言いきかせているんですよ。

（ローパー夫人は下手の前から退場。しばらく間。それから玄関のドアが開き、閉まる。ライザが玄関の鍵をバッグにしまいながら中央の奥に下手から入ってくる）

ライザ（入ってきながら）遅くなったかしら？（机のほうへ来てアニヤを見やり、眠りこんでいると思い、微笑すると、窓のほうを向いて帽子をとる。帽子を机の上に置くとアニヤのほうに向きなおる。アニヤの様子がただ眠っているだけではないのに気づく）アニヤ？（いそいでアニヤの下手に行き頭を上げてみる。彼女が手を放すとアニヤの頭は力なく垂れる。彼女は裁縫机の上の瓶を見、車椅子の奥へ行き、グラスと薬瓶を次々に手にとる）

（ライザが薬瓶を持っているとき、ローパー夫人が下手の前に入ってくる）

ローパー夫人　(驚いて) あら、いらしたのが聞こえませんでしたわ。(下手の奥へ)

ライザ　(音をたてて薬瓶を置く。ローパー夫人が突然現れたのに驚いて) あなたがここにいたのは知らなかったわ、ローパーさん。

ローパー夫人　何かございましたの?

ライザ　ヘンドリック夫人が――ヘンドリック夫人が亡くなったようなの。(彼女は電話のところへ行き、受話器をとるとダイヤルを回す)

(ローパー夫人はゆっくりとアニヤの上手の奥へ行き、薬瓶を見つけ、ゆっくりとふりかえって、誰か電話に出ないかとじりじりしているライザをじっと見つめる。ライザはローパー夫人に背を向けていて、その情景を見ていない。照明溶暗――幕が下りる)

第二幕

舞台配置図

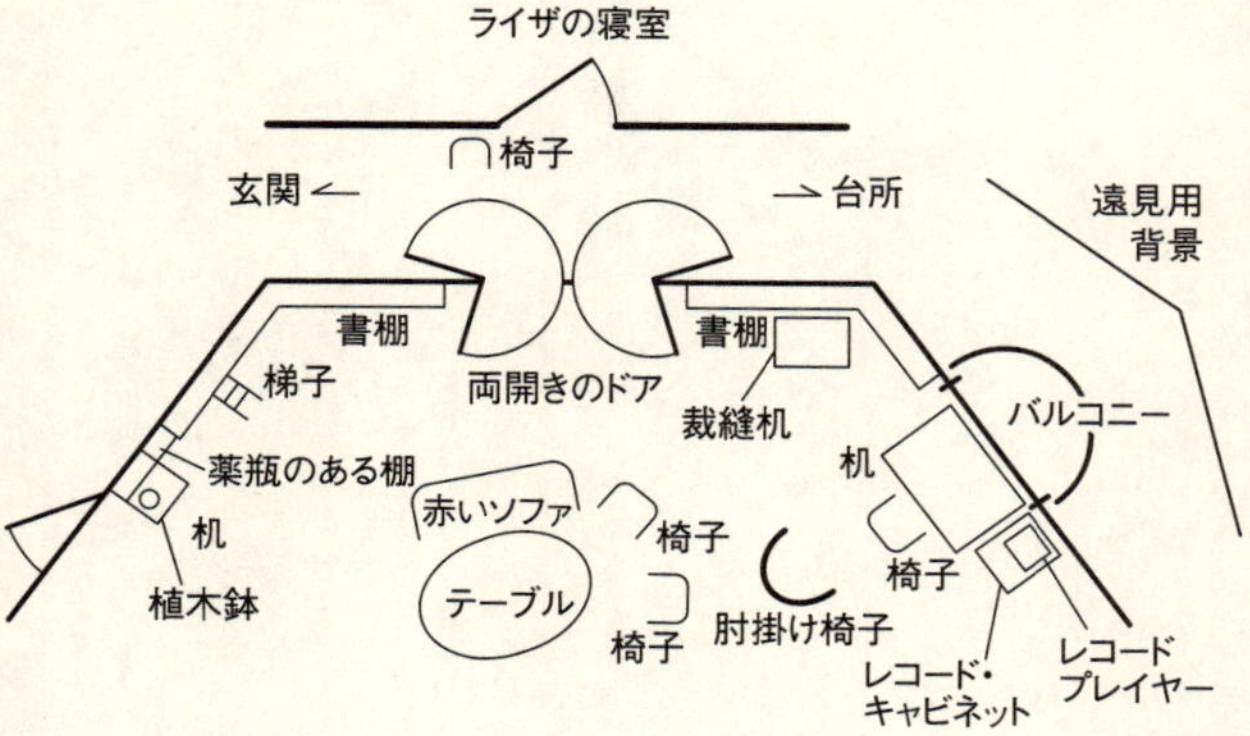
ライザの寝室
椅子
玄関
台所
遠見用
背景
書棚
書棚
梯子
両開きのドア
裁縫机
バルコニー
薬瓶のある棚
机
赤いソファ
椅子
机
椅子
植木鉢
テーブル
肘掛け椅子
椅子
レコード・
キャビネット
レコード
プレイヤー

第一場

場面　前幕と同じ。四日後、正午頃。

（幕が上がり、照明が入る。部屋には誰もいない。アニャの車椅子がなくなっている以外は以前と同じである。ドアはすべて閉じられている。しばらくの間《ま》があって、カールが中央の奥から入ってきて、中央の前まで進み、しばらく立ち止まって、車椅子のあった場所を見、それから肘掛け椅子に座る。ライザが中央の奥から入ってきて、机のほうへ行く。彼女は外出用の服を着ている。医師が中央の奥に入ってきて他の二人を見てソファの前へ行く。レスターは入ってきて中央の奥で、落ち着かない様子で立っている。全員動作

は緩慢で気落ちしている）

医師　（やや不愉快そうに）さてと、これで全部終わった。

ライザ　（手袋と帽子を脱ぎながら）今まで、この国で審問を受けたことがありませんでした。いつもあんなふうなんですか？

医師　（まだ少しぎごちなく）そうさね、みんなちがうんだよ、わかるだろ。さまざまさ。（ソファの下手側に座る）

ライザ　（間をおいて）非常に事務的で、感情抜きみたいでしたわ。

医師　ああ、もちろん、あまり感情的に立ち入ったりはしない。まったく型どおりの事務的な審問さ、それだけだよ。

レスター　（ソファの上手へ行き、医師に）評決はちょっと変じゃありませんでしたか？　死因はストロファンチンの飲みすぎだというのに、どうして飲みすぎたのか言及されませんでした。私はきっと精神のバランスが崩れて、薬を飲んで自殺を計ったと言われるにちがいないと思っていたんです。

（ライザ、机に座る）

カール　（自分をはげますように）アニヤが自殺を計ったとは信じられない。

ライザ　（考えて）私もそうとは思えないと言うべきでした。

レスター　（中央の上手へ動いて）いずれにせよ、証拠ははっきりしていました。薬瓶にもグラスにも彼女の指紋がありました。

カール　何かの間違いが起きたにちがいない。彼女の手は知ってのとおり、ものすごく震えるんだよ。それで彼女は自分が思っていたよりたくさんの量を注いでしまったんだ。変なのは、私が薬瓶やグラスを彼女の傍に置いた憶えがないことだ。でもきっと私がやったんだ。

（ライザは立ち上がって、カールの上手へ行く。レスターはソファの下手側のアームに腰を下ろす）

ライザ　私が悪かったんです。出かける前に彼女に薬をあげておくべきでした。

医師　誰のせいでもないよ。やるべきことをやらないでいたり、あるいはその反対のことをしたことで、いちいち自分の責任を云々《うんぬん》してもなんの役にも立たないよ。そんなことはよくあることだし、悲しい思いをするものだ。さあ、それくらいにしておこう——（口のなかで独り言のように）できるなら。

カール　先生、あなたはアニヤの薬の飲みすぎが不注意からだとは思っていませんね？

医師　（ゆっくりと）そう言った憶えはないよ。

レスター　（立ち上がって中央上手へ行き）たしかに彼女はその話もしてはいましたよ。まあ、気分が落ちこんでいたときのことですけど。

（ライザ、机のほうへ行く）

医師　そう、そう。ほとんどすべての慢性の患者は自殺についてしゃべるものだ。実行する者はほとんどいない。

レスター　（間があって、困ったように）つまり、その、私はここへ来て、あまり立ち入ったことはしたくないんです。（中央へ）先生は一人になりたいんじゃないでしょうか、お邪魔をしては……

カール　いや、いや、きみ、ご親切はありがとう。

レスター　お手伝いできることが何かあればと思っただけです。（困って、舞台の奥を

向き、テーブルの下手の椅子につまずき、カールの下手へ行く）なんでもやります
——（カールを献身的な目で見る）もしお力になれるものなら。
カール　その気持ちだけで嬉しいよ。アニヤはきみが大好きだったね、レスター。
（ローパー夫人が中央の奥に入ってくる。古びた黒の服と帽子をつけている。四人のためにコーヒーとサンドイッチをのせた盆を持ってくる。レスターは机のほうへ行く）
ローパー夫人　（適当にくぐもった声で）コーヒーとサンドイッチを少し作りました。（中央下手のテーブルの上に盆を置く。カールに）先生、あなたには力をつけてくれるものが必要だと思って。
（ライザは盆のところへ行きコーヒーを注ぐ）
カール　ありがとう、ローパーさん。
ローパー夫人　（恩きせがましく）できるだけ早く審問から戻ってきましたのよ、先生

——（中央へ行く）お帰りになったときすぐに召し上がれるように。

カール　（ローパー夫人がいつもとちがい帽子をかぶり、黒の古い服を着ているのに気づいて）ではあなたも審問に行ったのかね？

ローパー夫人　もちろん行きましたとも。私にも関係があるような気がしましたのでね。お気の毒な奥さま。（彼女は医師のほうへソファの上で身体をのり出す）奥さまは精神的に参っていましたわね？　私はお悔やみのしるしとして、とにかく行くべきだと思ったのです。それだけです。警察もここへ来て、事情聴取していきましたけど、何かいやな感じでしたわねえ。

（この場面のローパー夫人に対し、他の登場人物は皆、おしゃべりをやめて出ていってほしいと思いながら、彼女と直接視線が合わないようにしている。しかし彼女はしつこく、ひとりひとりに会話をはじめようと試みる）

医師　（立ち上がって）型どおりでも審問はやらなければならないのだよ、ローパーさん。（彼はコーヒー・カップをとってカールに渡し、ローパー夫人の奥を通って盆のところへ行く）

ローパー夫人　もちろんです、先生。
医師　死亡証明書が出なかったときは、検死官の審問が行なわれなければならない。
ローパー夫人　ああ、そうです、先生、きっとそれで法律的には適正なんでしょうけど、気分はよくありませんわ。それが言いたかったんです。

（医師は自分のコーヒー・カップをとってソファに座る）

ローパー夫人　慣れないことですもの。私の夫なんか、もし私がこの手の事件に巻きこまれたって、何もやってくれないでしょう。
ライザ　あなたは、どのみち、この事件には何も関係ないのよ、ローパーさん。
ローパー夫人　（熱心にライザのほうに近よって）でもね、みなさん私に質問するんですよ、彼女は精神的に参っていなかったか、この種のことについて何か話していなかったかって。（カールの下手へ行き、やや意味ありげに）ああ、それはもうたくさんの質問を私にしましたのよ。
カール　ああ、それでもう全部すんだんだよ、ローパーさん。もうこれ以上何もあなたが心配する必要はないと思う。

ローパー夫人　（やや面目を失って）はい、先生、ありがとうございます、先生。

（ローパー夫人は中央の奥からドアを閉めて出ていく）

医師　まるで死体に群がる悪霊だね、あの種の女は。病気や死や葬式が何よりも好きなんだからね。審問ときたら、おまけつきのお楽しみというところだろう。

ライザ　レスター——コーヒーは？

レスター　どうもありがとう。（彼は中央下手のテーブルの下手の椅子へ行き、座り、自分でコーヒーを注ぎ、本を一冊とって熱心に読みはじめる）

（ライザは机のほうへ行く）

カール　あれは何かの事故だったにちがいない、きっと。

医師　私にはわからないね。（彼はコーヒーを啜《すす》る）ライザ、きみのいれたコーヒーとはまるでちがうね。

ライザ　（アームチェアとソファの前を通って下手の前に立つ）三十分も煮たてたみた

い。

カール　なるほど、それでか。

ライザ　（下手の前のドアに向かっていきながら、肩ごしに）多分ね。

（ライザは下手の前からドアを開けたまま出ていく。医師は立ち上がって、盆からサンドイッチの皿をとって、カールのほうへ行く）

医師　サンドイッチはどうだい？

カール　いや、結構だ。

医師　（中央下手のテーブルへ行きレスターの前にサンドイッチを置いて）平らげてくれたまえ、きみ。きみの年頃なら入るだろう。

（レスターは本に没頭していて、顔もあげず、自動的にサンドイッチに手をのばす）

レスター　どうもありがとうございます。よろしければ頂戴します。

ライザ　（声、呼んで）カール。
カール　（立ち上がり、裁縫机の上にカップを置いて）ちょっと失礼。（彼は返事をして下手の前のドアのほうへ行く）なんだい、今、行くよ。

（カールは下手の前のドアを後ろ手に閉めて出ていく）

レスター　あの人はひどく参っていますね、先生？
医師　（パイプを取り出しながら）そうだね。
レスター　どこか、これは変ですねえ。変というのもおかしな言い方なんですがね、たぶん――私が思うのに、このことを普通の人の感覚で理解するのは難しいからです。
医師　（中央の前に行き、パイプに火をつけながら）いったい何が言いたいんだね、きみは？
レスター　そのう、私が言いたいのは、気の毒なことにヘンドリック夫人はずっと病人でいて、あなたがどう思うかはわかりませんが、先生はずっとそれを我慢していて、まあ、束縛されていたんですよね。

(医師は中央下手のテーブルの上の灰皿にあるマッチをとって、ソファの上手側に座る)

そして、普通ならあなただって、本当は先生だって、内心では自由になって喜んでいると思うところでしょう。それが全然ちがうんです。先生は彼女を愛していました。心から愛していたんですね。

医師　愛はただ表面だけのものでも、欲望でも、性的魅力でもない——きみたち若い人はそう信じているかもしれないがね。愛があらゆることの自然の出発点なんだよ。表面に現れたものは、いわば目に華やかな花だ。だが愛は根だ。地底にあって、目には見えない、滅多にふりかえられることもない、しかしそこに生命の根源があるんだよ。

レスター　たぶん、そうなんでしょう。でも情熱は長続きしません、そうでしょう、先生?

医師　(絶望的に)神は私に強さを与え給うた。きみたち若者はそのようなことについては何も知らない。きみたちは新聞で、あらゆることを性の観点から見た離婚記事や情事のもつれの記事を読む。ときには、代わりに死亡欄を読んでみたまえ。ここにエミリー・某ありき、享年七十四歳、ジョン・某、最愛の妻なにがし。最愛の夫、なにがし。さまざまの記録の山だ。いま私が話したように、それは葉も花も落として根だけで支えられている共に過ごした生活の確かな記録だ、それは目には華やかな花ではない、だが、なお花は花なのだよ。

レスター　たぶん、あなたは正しいのでしょう。私はそう考えたことはありませんでした。（彼は立ち上がって、ソファに座っている医師の下手に座る）私は今まで、結婚はちょっとしたチャンスによるものだと思っていました、もちろん、女性との出会いがあって……

医師　そう、そう、それがおきまりのパターンだ。きみが彼女に出会う――まあ、もう会ってしまっているのかもしれないが――それはほかとちがった人でね。

レスター　（真剣に）しかし、本当に、彼女はほかの人とはちがいますよ、先生。

医師　（善意にあふれて、おかしそうに）わかっているよ、うまくやってくれたまえ、お若いの。

（カールが下手の前に入ってくる。彼は小さなペンダントを手にしている。医師は立ち上がる。カールはペンダントを見ながら舞台中央へ）

カール　これをあなたのお嬢さんに差し上げたいのですがね、先生？　アニヤのものです。彼女がマーガレットにこれをつけてもらいたがっていたのを知っているのでね。
（彼はふりむいてペンダントを医師に渡す）
医師　（感動して）ありがとう、カール。マーガレットはさぞ喜ぶと思うよ。（彼はペンダントを財布にしまい、中央の奥のドアへと行く）さて、私はお暇しなければ。来診の患者を待たせておけないのでね。
レスター　（立ち上がって、中央の下手の奥へ行き、カールへ）私も失礼します。ほんとに何もお手伝いすることはないのですか、先生。
カール　じつを言うと、一つだけあるんだ。

（レスターは喜びの表情を浮かべる）

ライザが服や何かの小包を今、作っている――彼女はこれを東ロンドン教会へ送ろうとしているのだ。彼女と郵便局まで持っていってくれると助かるんだが……
レスター　喜んで、お手伝いします。

(レスター、下手の前から退場)

医師　それじゃ、カール。

(医師は中央の奥から出ていく。レスターは下手の前から入ってくる。茶色の紙で包んだ大きな箱を運んできて、机のほうへ行きセロハン・テープでしっかり荷造りをする。ライザが下手の前に入ってくる。彼女は茶色の紙の包みと、書類、手紙などの入ったひきだし、小さな小間物の箱を持っている)

ライザ　(ソファの前に行き) これを調べてみてくださいね、カール。(彼女はひきだしをソファの上に置く) 座って、静かに、一人で見てください。やらなければならないことだし、早ければ早いほどいいわ。

カール　よく気がついたね、ライザ。よく、そういうものは放っておくものだ——心が痛むものだしね。きみの言うとおり、早くやってしまうほうがいい。

ライザ　そんなに時間がかからないでしょう。来て、レスター。

（ライザとレスターは中央の奥から、ドアを閉めて出ていく。カールは机から紙屑箱をとって、ソファに座り、膝の上にひきだしを乗せて、手紙を調べはじめる）

カール　（手紙を読みながら）ずいぶん、昔のことだ、はるかな昔。

（玄関のベルが鳴る）

ああ、誰だろうと、帰ってくれ。

ローパー夫人　（声）どうぞ、中へお入りください、どうぞ。

（ローパー夫人が下手から中央の奥へ入ってきて、ドアの側に立つ）

ロランダーさんがおみえです、先生。

(ヘレンが下手から中央の奥に入ってきて、舞台中央の前に進む。カールは立ち上がって、ひきだしを中央下手のテーブルの上に置く。ローパー夫人は中央の奥からドアを開けたまま上手へ退場)

ヘレン　お邪魔でなければいいんですけど。私、審問に行ってきました。そして、その後で、どうしてもお訪ねしてお話ししなければと思ったんです。でも、もしお邪魔でしたら……

カール　いや、いや、それはありがとう。

(ローパー夫人はコートを着ながら上手から中央の奥に入ってくる)

ローパー夫人　ちょっと出かけて、店が閉まる前にお茶を四分の一ポンド買ってきますよ、これで、よし、と。

カール　(ひきだしの中の手紙を指で探りながら、心は遠くへ)いいとも、ローパーさん。

ローパー夫人　あら、何をやっていらっしゃるかわかりますわ、先生。悲しい仕事ですわね。私の妹は、未亡人なんですがね、夫の手紙をみんなとってて、彼女もやりましたよ。彼が中東から彼女にあてて書いた手紙なんかを。先生とちがって彼女は手紙を取り出しては涙の種にしているんです。

（ヘレンはローパー夫人のおしゃべりに少し我慢できなくなって、肘掛け椅子の奥へ行く）

カール　心は忘れませんよ、先生、それが私の言ったことです。心は忘れません。

ローパー夫人　（ソファの前を通って、その下手へ）あなたの言うとおりだね、ローパーさん。きっと大ショックだったでしょう、先生？　こんなこと予想していました？

カール　いや、考えてもいなかったよ。

ローパー夫人　彼女があんなことをやるなんて想像もできませんわ。（彼女はアニヤの車椅子のあった場所をじっと見つめて、心を奪われたように）これはよくない。先生、まったくよくありません。

カール　（悲しみにいら立って）お茶を買いにいくと言ったんじゃなかったかね、ローパーさん？

ローパー夫人　（まだ車椅子のあった場所を見ながら）そうです、先生、急がなくては、先生――（ゆっくり中央の奥に引きさがる）だって、あそこの八百屋ときたら十二時半に閉めるんですもの。

（ローパー夫人はドアを閉めて中央の奥へ出ていく）

ヘレン　（中央へ来て）お悔み申し上げますわ……

カール　（下手の前へ）ありがとう。

ヘレン　もちろん、奥さまはずっと病気でいらしたんでしょう？　きっとひどく気持が参っていたにちがいありませんわ。

カール　あの日、きみが帰る前に何か言わなかったかね？

ヘレン　（肘掛け椅子の前を通ってその上手へ回り、神経質に）いいえ、私――私は、言いたいことがあるとは思いませんでした。とくに変わったことは。

カール　（ソファの前へ行き）でも、彼女は落ちこんでいた――生きている張りがないような？

ヘレン　（藁をつかむように）　そうです。（肘掛け椅子の前へ）　そうでした。
カール　（わずかにとがめるように）　きみは彼女を――一人で――残したまま立ち去った、ライザが帰る前に。
ヘレン　（肘掛け椅子に座り、早口で）　それは申し訳ないと思っています。あんなことが起こるなんて思ってもいなかったんです。

（カールは中央の奥へ行く）

つまり、奥さまは大丈夫っておっしゃるし、早く帰れっておせかしになるし――まあ、ほんとのことを言えば、私――私、彼女が帰れって言うのが本音だと思ったので――それでそうしたんです。もちろん、今は……
カール　（下手の前へ行き）　いや、いや、それはいいんだ。アニヤがこうすると心に決めていたのなら、早く帰ってほしかったろうからね。
ヘレン　ある意味では、本当のところは一番望ましいことが起こったのではありませんか？
カール　（彼女のほうに向かって進み、怒りをこめて）　どういうことだね――望ましい

ことが起こったとは？（中央の奥に）

ヘレン（立ち上がって）つまり、あなたにとって。そして彼女にとっても、です。彼女はこの状態から逃れたいと望んでいました。そして、今、そうなったんです。なにもかもうまくいっているじゃありませんか、そうでしょう？（彼女は肘掛け椅子と机のあいだの中央上手へ行く）

カール（中央下手の奥へ行き）彼女がこの状態から逃げだしたいと望んでいたなんて、私には信じられないよ。

ヘレン 彼女がそう言ったんです——結局、彼女は幸福になれなかった、そうでしょう？

カール（考えて）非常に幸福なときもあったよ。

ヘレン（肘掛け椅子を回りながら）そんなはずはないわ、自分があなたの重荷になっているのを知っていて。

カール（ソファの前に行き、怒りのために理性を失いそうになって）一度だって、彼女は私の重荷になったことなんかない。

ヘレン まあ、なぜあなたはこのことになるとそんなに偽善者になるのかしら？ あなたが彼女に対して親切で、よくしてあげていたのはわかっています。でも事実をありのままに見ると、ぐちっぽい病人に縛りつけられているのはどんな男にとってもうんざりだわ。今、あなたは自由です。遠慮なく前へ進めます。なんだってできます——なんだって。未来に野心はないんですか？

カール　私はそういうふうには考えないよ。

ヘレン　でも、あなたは、もちろん、あなたです。皆があなたの噂をしているのを聞きましたわ。あなたの著述は今世紀で最も輝かしい業績だって言ってますわ。

カール　（ソファの上手の端に座って）言葉だけのお世辞だよ、それは。

ヘレン　でもそう言っているのはその道の権威者ですわ。あなたはアメリカや他の国へも行きたい希望を持っていらっしゃる。そうでしょう？　それを、奥さまが動けないし旅行できないという理由で断念していた。（ソファの上手の端に膝をついて）あなたはずっと長いあいだ束縛されていた、自由がどんなものかわからなくなっているんです。目を覚して、カール、目を覚してください。自分自身に戻ってください。あなたはアニヤにできる限りのことをしてあげました。でも、今、それは終わったんです。自分自身で楽しみ、本当にあるべき姿の人生を生きる道に出発できるんです。

カール　それが私に対するお説教かね、ヘレン？

ヘレン　考えるべきは現在と未来だけです。

カール　現在も未来も過去があってこそ成りたつんだよ。

ヘレン　（立ち上がり、上手の中央に）あなたは自由です。なぜ私たちはお互いに愛しあっていないふりを続けなければならないんですか？

カール　（立ち上がって、肘掛け椅子のほうへ行き、はっきりとほとんど叱りつけるように）私はきみを愛していないよ、ヘレン。きみが頭の中でそう思っているだけだ。私はきみを愛していない。きみは自分で作りだした幻想の世界に生きているんだ。

ヘレン　ちがいます。

カール　そうだ。私は乱暴な言い方は嫌いだ。しかし、はっきり言っておく、私はきみが考えているような感情はまったくきみに対して持ちあわせていないよ。（肘掛け椅子に座る）

ヘレン　あなたは持たなければならないの。（中央下手の前へ行く）あなたのために、私はもう、やってしまったんですもの。他の人は勇気がなかったかもしれません、でも、私にはありました。あなたを愛していればこそ、役立たずのぐちっぽい女に束縛されているあなたを見るのが我慢できなかったんです。あなたは私の言っていることがおわかりになっていない、そうよね？　私が彼女を殺したんです。さあ、わかったでしょう？　私が殺したんです。

カール　（驚きのあまり呆然自失して）きみが殺した……何を言っているのかわからない。

ヘレン　（カールの下手の前に行き）私があなたの奥さまを殺したのです。私はそれを恥ずかしいとは全然思っていませんわよ。病み、疲れ、役に立たなくなった人間は、その代わりになれる人のために場所をあけてやるべきです。

カール　（立ち上がって、上手の前へ後退しながら）きみがアニヤを殺した？

ヘレン　彼女が薬をほしがったんです。私が与えました。一瓶全部。

カール　（上手の奥に彼女を避けるようにさがり、度を失って）きみが――きみは……

ヘレン　（中央へ）心配することはありませんわ。誰にもわからないでしょう。なにもかも考えたの。（彼女は確信を持って、はしゃいでいる子供のようにしゃべる）指紋は全部拭きとりました――（カールの横に行く）そして、彼女の指紋をつけたんです、まず、グラスのまわり、ついで薬瓶のまわり。だからそれで大丈夫。（彼の下手へ行く）私はあなたに話すつもりはありませんでした、でも、今、突然、私たちのあいだに秘密があるのは耐えられないと感じたんです。（彼女はカールに手をかける）

カール　（その手を払いのけ）きみがアニヤを殺した。
ヘレン　もし、あなたもそんなことを考えていたのなら……
カール　きみが――アニヤを――殺した。（同じ言葉を繰り返すごとに彼女が犯した行為が次第にはっきりわかってきて、彼の口調は怒りに震えてくる。彼は突然、彼女の肩をつかんで、彼女をまるで鼠のようにふりまわしてソファの上手の端の前に押しつける）なんという哀れな恐ろしい子供なんだ――なんということをやったんだ？　自分の勇気とか財産とかをペラペラとしゃべり散らして。私の妻を――私のアニヤを殺した。きみは自分のやったことが本当にわかっているのか？　良心もなく、憐れみの心もなく、わかってもいないことをしゃべって。できるものなら首をつかんで今ここで絞め殺してやりたい。（彼女の喉にあてた手に力をいれる）

（ヘレンはソファの背に押しつけられる。結局、カールが放り出すように手を放し、彼女は顔を下にしてソファの上手側のアームに倒れかかって、息をはずませる）

ここから出ていけ。きみがアニヤにしたことを、私がきみにする前に、出ていけ。

（ヘレンはなおもあえぎ、すすり泣いている。カールは机の前の椅子によろめくように座り、背を椅子にもたせて、呆然となっている）

ヘレン　（打ちひしがれ、絶望的に）カール。

カール　出ていけ。（声を荒げて）出ていけと言っているんだ。

（ヘレンはまだすすり泣いているが、立ち上がり、肘掛け椅子のほうへよろよろと行き、ハンドバッグと手袋をとって、催眠状態になったように中央の奥から下手へと出ていく。カールは机の椅子に沈みこむように座り、手で頭をかかえる。間がある、やがて玄関のドアが閉まる音が聞こえる。ライザが下手から玄関に入ってくる）

ライザ　（大きな声で）ただいま、カール。

（ライザは自分の寝室へ行く。カールは立ち上がるとゆっくりソファのほう

へ行き、まるで崩れるように座りこむ）

カール　かわいそうなアニヤ。

（間。ライザが自分の寝室から出て、部屋に入ってくる。エプロンをつけながら入ってきて窓のそばに行き外を見る）

ライザ　（なにげなく）階段でヘレンに会いました。様子が変だったわ。まるで私なんか目に入らないみたいに行ってしまった。（エプロンをつけ、ふりかえってカールを見る）カール、何かあったの？（彼のほうへ行く）

カール　（さらりと）彼女がアニヤを殺したんだ。

ライザ　（驚いて）なんですって！

カール　彼女がアニヤを殺した。アニヤは薬をほしがり、あの心貧しい子は故意に定量以上の薬を与えたのだ。

ライザ　でもアニヤの指紋がグラスについていたわ。

カール　アニヤが死んだあとで、ヘレンがつけたんだ。

ライザ　（この状況に沈着で現実的に対応して）わかったわ――彼女がなにもかも考えたのね。
カール　私にはわかっていた。アニヤは決して自殺なんかしないとね。
ライザ　彼女はもちろん、あなたに恋していたんですわね。
カール　そうだ、そうなんだ。でも私は、彼女が愛されていると誤解されるようなことは何一つしていない。何もしなかった、ライザ、誓って言うが、何もしなかった。
ライザ　あなたはきっと何もしていないでしょう。彼女は自分がほしいことはなんでも思いどおりになると思いこんでいるタイプの娘です。（肘掛け椅子へ行き、座る）
カール　かわいそうな、けなげなアニヤ。

（長い間《ま》）

ライザ　それで、あなたはこれからどうするつもりなんですか？
カール　（驚いて）どうするって？
ライザ　警察にこのことを言わないんですか？
カール　（仰天して）警察に言うって？

ライザ　（つとめて冷静に）これは殺人です。そうでしょう。
カール　そうだ、これは殺人だ。
ライザ　それなら、彼女の言ったことを警察に通報しなければならないわ。
カール　私はそんなことはできないよ。
ライザ　なぜできないんです？　殺人を許すのですか？

（カールは立ち上がって、中央の奥に歩をすすめ、ゆっくりと上手をふりかえる、それから肘掛け椅子の奥を通ってその上手へ行く）

カール　しかし私はあの娘を……
ライザ　（自分を抑えて、静かに）私たちは自分たちの意志で亡命者としてこの国へ来て、この国の法律の保護の下に今生活しています。この事件について私たち自身の感情がどうあれ、この国の法律を守るべきです。
カール　きみは真剣に私が警察へ行くべきだと考えているんだね？
ライザ　そうです。
カール　なぜ？

ライザ　それが常識というものですわ。
カール　（机に座って）常識！　常識！　人間の人生が常識だけで計れるだろうか？
ライザ　あなたにはできません、それはわかっています。あなたには今まで常識なんかなかった。あなたはやさしい心の持ち主です、カール。私はちがいます。
カール　憐れみを感じるのはいけないのだろうか？　慈悲の心はよくないのだろうか？
ライザ　ともすれば、それは多くの不幸をひきおこします。
カール　人は自分の信念によって傷つく覚悟ができていなければならない。
ライザ　たぶんね。それがあなたのやり方なのね。（彼女は立ち上がって中央下手のテーブルの上手へ行く）しかし他の人々もそのために同じように傷つくわ、アニヤはそのために悲しい目にあったのよ。
カール　わかっている、私にはわかっているよ。でもきみには理解できないんだ。
ライザ　（ふりかえってカールを正面から見て）私にはよくわかっています。
カール　きみは私にどうしろというのかね？
ライザ　もう言いましたわ。警察へ行くのです。アニヤは殺されました。あの娘は彼女を殺したのを認めました。警察には知らせなければいけません。
カール　（立ち上がって肘掛け椅子の奥を通り中央に）きみは考えたことはないのかね、

ライザ。あの娘はまだ若い。たった二十三歳だ。

ライザ　アニヤは三十八歳だったわ。

カール　彼女が逮捕され、裁判にかけられたとして——何かいいことがあるかね？　それでアニヤが戻ってくるかね？　復讐ではアニヤの生命が戻ってこないのがきみにはわからないのかね、ライザ。

ライザ　いいえ、アニヤは死んだのです。

カール　（ソファのほうへ行き、座って）私のやり方をわかってほしいんだよ。

ライザ　（ソファの上手へ行く）あなたのやり方は納得できないわ。私はアニヤを愛していました、いとこだったし、友だちでした。年頃の娘たちのようにどこへでも一緒に行きました。病気になってからはずっと面倒をみてきました。彼女がどんなにけなげに戦っていたか、どんなに不平をもらすまいとしていたか知っています。どんなに彼女にとって辛い人生だったかも知っています。

カール　警察に行ってもアニヤは戻ってこないよ。

（ライザは答えず、背を向けて中央下手の奥へ行く）

それに、ライザ、私自身にも責任があると思うのが当然だろう。私はなんらかの方法であの娘を勇気づけてやるべきだった。
ライザ　だけど勇気づけたりはしなかった。（彼女はソファの上手へ行き膝をついてカールに向かい）はっきり言うわ。彼女は全力をあげてあなたを誘惑しようとし、失敗したのよ。
カール　きみがどう言おうと、私は責任を感じている。私への愛が動機だったのだ。
ライザ　彼女の動機はほしいものを手に入れたいということよ。今までいつもほしいものを手に入れてきたようにね。
カール　それは彼女の悲劇というものだよ。彼女にはチャンスがなかった。
ライザ　そして彼女は若くて美しいわ。
カール　（鋭く）どういう意味かね？
ライザ　もし彼女が平凡な女子学生の一人だったら、あなたがあんなにやさしかったかどうかわからないわ。
カール　（立ち上がって）そんなふうに言うのは……
ライザ　（立ち上がって）そう言ってはいけない？
カール　私が何かあの娘に対して……

ライザ　（ゆっくり上手の前へ行き）なぜいけないの？　彼女にひかれたことはなくて？　正直に自分をふりかえってみて。あの娘を本当にちっとも愛していないと誓える？

カール　（ライザの下手へ行き）きみがそんなことを言えるのかい？　きみが？　きみはずっとわかっていた――わかっていたんじゃないのかね……？　私が愛しているのはきみだ。きみなんだ！　私はきみを想い、きみを恋して夜も眠れないでいたのだよ。ライザ、ライザ……

（カールはライザを腕に抱く。二人は情熱的に抱きあう。中央の奥の通路に影がうつる。間があって、やがてドアが音をたてて閉まる。その音でカールとライザは離れ、ドアを見る。影が誰だったか二人にはわからず、観客も立ち聞きした人物が誰かがわからないままに、照明、次第に暗くなって――幕が下りる）

第二場

場面　前場と同じ。六時間後、夕方。

（幕が上がったとき、照明はわずかに入っているだけで、部屋の大部分は暗い。ライザがソファの下手の側に座って煙草を吸っている。その姿はほとんど見えない。玄関のドアが開閉し、玄関の声が聞こえてくる。カールが中央の奥に入ってくる。彼はオーバーのポケットに新聞を入れている。医師が続いて入ってくる）

カール　誰も家にはいない。おや、だれか……

（医師が二枚開きのドアの上手のスイッチで灯りをつけ、二人はライザを見つける）

医師　ライザ！　そんな暗いところでどうした？

（カールは机の傍へ行きコートを椅子の背にかける）

ライザ　ちょっと考えごとをしていたの。

（カールは肘掛け椅子に座る）

医師　通りの角でカールに会ったので、一緒に来たんだよ。（彼は中央下手のテーブルの奥の椅子にコートを置く）カール、きみのために処方する薬があるんだがなんだかわかるかね？　アルコールを少し。強いブランデーだ、どうかね、ライザは？

（ライザわずかに動く）

いらないか――では私がやるとするか。（彼は下手の本棚の下の食器棚へ行き、ブランデーの瓶とグラスをとり、酒を注ぐ）彼はショックを受けたんだ、ひどいショックを。

カール　私はヘレンのことを彼に話したのだ。

医師　そう、話してくれた。

ライザ　あなたにも、今までにない――ショックだったでしょう？

医師　私はずっと気にしていたんだ、きみも知ってるだろう。アニヤは自殺するタイプではないと思っていたし、事故の可能性もまったくなかった。（彼はカールの上手へ行き、ブランデーを渡す）ところが審問があって、私は疑問を持ちはじめた。明らかに警察は評決を支持していた。（彼はソファのライザの上手に座る）そう、あれは愚劣に見えた。警察はかなり詳しく私に質問したので、連中がどの結論に向かっているのかはわかったよ。もちろん、連中は実際に具体的なことは何もしゃべらなかったがね。

ライザ　それで、あなたは驚かなかったんですか？

医師　そうだ、正直に言って、そうだね。あの若い娘はどんなことでもうまくやっての
けられると思っていたのだ。殺人さえもね。悪いのはあの娘だ。

カール　（低い声で）私に責任がある。

医師　カール、私の話を聞きなさい、きみにはなんの責任もない。あの若い娘に較べれ
ば、きみは無垢な幼な児のようなものだ。（彼は立ち上がり中央の奥へ行く）いず
れにせよ、もうすべてはきみの手を離れている。

ライザ　あなたは彼が警察へ行くべきだとお考えですね？

医師　そうだ。

カール　私は行かないよ。

医師　きみが言うように、幾分かの責任を感じているからかね？　それは繊細すぎると
いうものだよ。

カール　哀れな罪をおかした子供なのだ。

医師　（アームチェアの奥を通って上手の前で立ち止まり）冷酷な、汚らわしい殺人者
さ！　それが一番事実に近いよ。きみの気くばりなんかまるで必要ないと思ってい
る。十に一つも逮捕されたりはしないだろう。（カールの前を通って下手の中央
に）大方、彼女はなにもかも否認するだろう――証拠がいるしね。警察は、誰がや

ったか確信を持つかもしれないが立件はできないよ。あの娘の父親は非常に重要な人物だ。イギリスで最も金がある人物の一人だ。それも勘定に入れなければね。

カール　それはきみのほうが間違っていると思う。

医師　いや、私はべつに警察に反感を持って言ってるんじゃない。（中央の奥へ）もし立件できると思えば、警察も公平に取り組むだろう。つまり証拠の吟味にも特別の配慮がいる事件だということさ。実際に捜査をやってみれば、そんなにたくさんの証拠があるはずもないからね。さもなくば、彼女が参って、なにもかも告白してしまうか。私はそうなれば彼女はしっかりがんばると思うよ。

カール　彼女は私には告白したんだ。

医師　それとこれとじゃ話はちがうよ。じつのところ、私には、なぜ彼女がそんなことをしたのか、理解できない。（彼は動いて、ソファの上手側のアームに座る）ばげた行動だものね。

ライザ　それは彼女が自分の行為を誇りに思っていたからよ。

医師　（彼女を不思議そうに見て）そうかね？

カール　それが真実だよ――だからこそ恐るべきことなのだ。

（玄関のドアのベルが鳴る）

医師　誰だろう？
　きみの生徒が来たんじゃないかね。（立ち上がる）断ってこよう。

（医師は中央の奥から下手へ出ていく。カールは立ち上がってグラスを机の上に置く）

オグデン　（声）ヘンドリック教授におめにかかりたいのですが？

医師　（声）こちらへどうぞ。

（医師は下手から中央の奥へ入ってきて、片側に立つ）

オグデン警部だ。

（オグデン警部とピアス部長刑事が下手から中央の奥に入ってくる。陽気な

雰囲気のオグデンは快活な態度でポーカー・フェイス。部長刑事はドアを閉め、中央下手のテーブルの奥に立つ）

オグデン　（明るい調子で）お邪魔でなければいいのですが、ヘンドリック教授。

カール　（上手の前へ行き）いいえ、ちっとも。

オグデン　今晩は、コレッキーさん。また私に会うとは思ってなかったでしょう――しかしもう少しお尋ねしたいことがありましてね。ご承知のとおりあれは公開の評決でした。亡くなったご婦人がどうして致死量の薬を飲んだかについては証拠が不充分でしてね。

カール　そうですね。

オグデン　我々が評決の前にこのことをお話ししていたら、この事件についてあなたのお考えは変わっていたんじゃありませんか、先生？

（カールはすばやくライザを見る。オグデンと部長刑事はその様子を見て、目くばせをかわす。間がある）

カール　（考えながら）変わっていません。私はまだ、あれはある種の――事故にちがいないと思っています。

（ライザは背を向ける。医師は大きく息をつき、横を向く）

オグデン　しかし、絶対に自殺ではない。
カール　絶対に自殺ではありません。
オグデン　なるほど、その点に関しては先生は正しい判断をなさっている。（強調して）あれは自殺ではなかった。

（カールとライザはオグデンをふりむく）

ライザ　（静かに）どうしてあなた方はそれをご存じなのですか？
オグデン　審問では明らかにされなかった証拠によって、です。致死量の薬の入った瓶――それにグラスにもついていた指紋に関する証拠です。
カール　つまり……だが、その指紋は妻の指紋だった、そうでしょう？

オグデン　え、そうです、先生。奥さんの指紋でした。（低い声で）しかし、それをつけたのは奥さまではありませんでした。（彼は中央下手のテーブルの上手の椅子のところへ行き、ソファの上手側に椅子を置く）

（医師とカールは顔を見合わす）

カール　どういう意味ですか？
オグデン　素人の犯罪者が安直な考えでよくやることです。ある人物の手をとって、銃とか瓶とか、なんでもいいのですがそのまわりに指紋をつけるのです。（彼は自分で中央に置いたその椅子に座る）しかし現実は、それほど簡単にはいきません。

（カールは肘掛け椅子に座る）

そうしてつけた指紋の位置は、生きている女性が瓶を持っているようにはつかないものなのです。つまり誰か他の人間が奥さまの手をとって、いかにも自殺したように見せかけようと、瓶やグラスのまわりに指紋をつけた、ということです。どちらかと言えば児戯に類する推理と行為ですが、それで犯人の力量もわかろうというものです。瓶には当然他の人の指紋もたくさんあるべきですが、何もなかった——奥さんが手にとる前に、瓶はきれいに拭かれていた。どういう意味かおわかりですね？

カール　その意味はわかります。

オグデン　もしこれが偶発事故だったら、そんなことをする理由はありません。そうなると可能性は一つだけです。

カール　なるほど。

オグデン　ほんとにわかっていらっしゃるのか、どうか、先生。そうなると——言葉は悪いですが——殺人です。

カール　殺人。

オグデン　それはとても信じられないと思いますか、先生？

カール　（オグデンにというより自分に）私にはそれがどんなに信じられないか、あなたにはわかるまい。妻はとてもやさしい、おとなしい女だった。誰かが彼女を——殺したかもしれないなどということは、私には恐ろしすぎてとても信じられない。

オグデン　あなた自身は……

カール　（鋭く）私を疑っているのかね？

オグデン　（立ち上がり）もちろん、ちがいます、先生。もしあなたに疑いがあれば、もっと適切な注意をしていたでしょう。ちがいます、ヘンドリック教授、我々はあなたの陳述を調べ、あなたの行動を時間に従って完全に調べあげました。（彼は、また座る）あなたはストナ先生と一緒に出かけましたが、彼の陳述では、その時点で、奥さんのテーブルの上には薬瓶もグラスもなかったということです。あなたが出かけてから、コレッツキーさんが戻ってきて、奥さんが亡くなっているのを発見したと申し立てているときまで、その間のあなたの行動を詳細に調べました。あなたは大学で学生に講義をしていた。あなたがグラスに指紋をつけた人物であると疑う余地はまったくありません。

（医師は上手の前に行く）

先生、私があなたにお尋ねしたいのは、誰がそれをやったかお心あたりはないか、ということなんですが？

（長い間。カールはじっと前方を見つめている）

カール　（我に返って）私には——（息をつぐ）何も心あたりはありません。

（オグデンは立ち上がって、テーブルの横に椅子をもどし、下手の前のドアのほうにいる部長刑事と目くばせをする）

オグデン　（中央へ行き）もちろん、これで事態が変わったことはご承知いただけると思います。そこで、ちょっとこのフラットを調べさせていただきたいのです。とくに奥さまの寝室のあたりを。もし、捜査令状が必要なら持ってきますが、しかし……

カール　もちろん、どこでもお好きなようにご覧ください。（立ち上がる）

（ライザ立ち上がる）

妻の寝室は——（下手の前のドアを指し示す）その先です。

オグデン　ありがとうございます。

カール　コレツキーさんがもう妻の身のまわりのものは処分してしまっています。

（ライザは下手の前のドアへ行き、開ける。オグデンと部長刑事は下手の前から出ていく。ライザはふりむいて、カールを見、ドアを閉めて続いて行く）

医師　（肘掛け椅子の上手の奥へ行き）カール、きみとは長いつきあいだからはっきり言うのだが、きみはまったく愚かなことをしているよ。

カール　（肘掛け椅子の下手の奥へ行き）私には、彼らに彼女の手がかりを与えることはできないよ。私の力を借りなくても、彼らにはすぐ彼女だとわかるだろう。

医師　私はそうは思わないね。これはどうも愚かな大芝居だよ。（肘掛け椅子に座る）

カール　彼女には自分のやったことが理解できなかったんだ。

医師　完全に、理解していたさ。

カール　自分の行動がわかっていなかった。なぜなら、彼女の人生経験には、理解と同情を教えるものがまるでなかったからだ。（彼は肘掛け椅子の奥へ行く）

（ライザ、下手の前からドアを閉めて入ってくる）

ライザ　（中央の下手へ行き、医師に）あの人は納得しましたか？

医師　いや、まだだ。

（ライザ、身を震わせる）

寒いのかね。

ライザ　いいえ——寒くはありません。怖いのです。（中央の奥のドアに向かう）コーヒーをいれますわ。

（ライザは中央の奥から出ていく。医師は立ち上がって、ソファの前へ）

カール　（肘掛け椅子の上手の前へ行き）復讐してもアニヤの生命は二度と戻ってこない事を、きみやライザにわかってほしいのだ。

医師　（上手の中央の奥へ行き）かわいい美しい女は邪魔になったら他人の妻の座を奪ってもいいというのかね？
カール　そうは思っていないよ。

（部長刑事とオグデンが下手の前に入ってくる。部長刑事は中央下手のテーブルの奥に、オグデンは下手の前に立つ）

オグデン　奥さまの衣裳や身のまわりのものはもう処分されたようですな。
カール　ええ、東ロンドン教会へ送ってしまったと思います。

（部長刑事はメモをとる）

オグデン　（ソファの下手へ行き）書類や手紙はどうしました？
カール　（中央下手のテーブルに近づき）今朝、目を通しました。（彼はそこにある小さなひきだしを示す）何か見つかると期待されるかもしれないが……
オグデン　（話をはぐらかすように、漠然と）どうでしょうかね。何か記録とか、メモとか……

カール　さあね、もちろん、必要なら見てください。見つかるとは思いませんが……（リボンで結んだ手紙の束を手にとる）これはいりますか？　何年も前に私が妻に書いた手紙です。

オグデン　（おだやかに）心苦しいですが、拝見させていただきます。（カールから手紙を受け取る）

（しばらく間。カールは我慢できず、中央の奥のドアのほうへ行く）

カール　もしご用があれば、私は台所にいますから、オグデン警部。

（医師は中央の奥のドアの下手側をあける。カール中央の奥へ出ていく。医師も彼に続いてドアを閉めて出ていく。オグデンは中央下手のテーブルの下手へ）

部長刑事　彼はこの事件に関係があると思いますか？

オグデン　いや、ないと思うよ。（彼はひきだしの中の書類を調べはじめる）前もってはね。私の意見では、彼は何も知らなかった。（きびしく）しかし、今は知っている——そして、その内容が彼にはショックだった。

部長刑事　（ひきだしの中の書類などを一緒に調べながら）彼は何も言おうとしませんね。

オグデン　そうだ。それは期待できないね。ここにはたいしたものはなさそうだ。この様子ではありそうもない。

部長刑事　もし何かあれば、お掃除のおばさんが知ってますよ。私の見たところあの人はどうやら詮索好きのようです。あの種の人間は後ろ暗いところをよく知っている。それにそれをしゃべるのが大好きときている！

オグデン　（吐きすてるように）不愉快な女だ。

部長刑事　証言台でもうまくやるでしょう。

オグデン　やりすぎなければね。さて、ここには得るものはないな。次の仕事にかかったほうがよさそうだ。（中央の奥のドアへ行き、片側を開けて呼ぶ）どうぞ、こちらへおいでください。（彼は肘掛け椅子の前へ来る）

（ライザ、中央の奥から入ってきて、舞台中央の前へ。医師はソファの下手の前へ、カールはソファの上手の奥に立つ。部長刑事は中央の奥のドアを閉めるとその前に立つ）

コレッキーさん、よろしければかさねて少しお尋ねしたいことがあります。もしおいやなら無理にお答えいただかなくても結構なんですがね。

ライザ　どんな質問にも答えたくありませんわ。

オグデン　たぶん、それはあなたにとって賢明です。ライザ・コレッキー、三月五日にアニヤ・ヘンドリックを毒殺した嫌疑で逮捕します――

（カールはライザの下手へ行く）

――義務として警告しておきますが、これからのあなたの発言は公式に記録され、証拠として採用されることになります。

カール　（恐怖におののいて）これはなんですか？　何をするのですか？　何を言っているのです？

オグデン　どうか、ヘンドリック教授、さわぎたてるのはやめましょう。
カール　（ライザの後ろへ行き、彼女を腕に抱いて）しかし、あなたにライザを逮捕させたりはしない。いけない、いけない。彼女は何もやっていない。
ライザ　（やさしくカールを押しのけて、大きな、はっきりした静かな声で）私は自分のいとこを殺したりはしません。
オグデン　言いたいことがあれば、後でいくらでもその機会があります。
（カールは自制心を失って、オグデンのほうに進むが、医師が彼の腕をつかむ）
カール　（医師を押しのけ、ほとんど叫ぶように）こんなことは許せない。許せないよ。
オグデン　（ライザに）コートや帽子が必要なら……
ライザ　何もいりません。
（ライザはふりむいてカールを一瞬見て、向きを変え、中央の奥へ行く。部長刑事がドアを開ける。ライザは中央の奥から出ていく。オグデンと部長刑

事は彼女に続いて去る。カールは突然、意を決して彼らの後を追う)

カール　オグデン警部！　戻ってください。お話しすることがあります。

(彼は中央の下手へ行く)

オグデン　(声) 玄関で待っていてくれ、部長刑事。

部長刑事　(声) はい。

(オグデンは中央の奥に入ってくる。医師は舞台を横切って中央上手へ)

オグデン　はい、ヘンドリック教授。

カール　(ソファの上手へ行き) お話しすることがある。私は誰が妻を殺したか知っています。それはコレッツキーさんではありません。

オグデン　(礼儀正しく) では、誰なのですか？

カール　それは、ヘレン・ロランダーという名の娘です。私の生徒の一人です。(彼は舞台を横切り、肘掛け椅子に座る）彼女は——彼女は私に不適切な愛情を感じていたのです。

（医師は肘掛け椅子の上手へ行く）

彼女は問題のその日に、妻と二人だけでここにいて、心臓の薬を大量に妻に与えたのです。

オグデン　（舞台中央の前に）どうしてそのことを知りましたか、ヘンドリック教授？

カール　彼女の口から聞いたのです、今朝。

オグデン　本当ですか？　何か証拠がありますか？

カール　証拠はありません。だが私は真実を話しているのです。

オグデン　（考えながら）ヘレン——ロランダー。ウィリアム・ロランダー卿の娘のことですか？

カール　そうです。父親はウィリアム・ロランダーです。彼は重要な人物です。それが何か障害になりますか？

オグデン　（ソファの上手の端の前へ行き）いいえ、べつに障害にはならないでしょう

カール　――あなたの話が真実ならばね。
オグデン　（立ち上がりながら）真実であることを誓いますよ。
オグデン　あなたはコレツキーさんに非常に世話になっている、そうですね？
カール　彼女を守るために私が話をでっちあげたと思っているんですか？
オグデン　（中央に行き）ありうることだと考えているのです――あなたはコレツキーさんに親しい感情を持っている、ちがいますか？
カール　（唖然として）どういう意味ですか？
オグデン　それでは言いましょう、ヘンドリック教授、お宅に毎日来る家政婦のローパー夫人が今日の午後、警察へ来て証言しました。
カール　それではローパー夫人の証言で……
オグデン　コレツキーさんが逮捕されたのはある部分はその証言によるものです。
カール　（助けを求めるように医師のほうを向く）きみならライザと私のことを……
オグデン　奥さまは病人でした。コレツキーさんは魅力のある若い婦人です。あなた方は、同じ気持ちになった。
カール　あなたは私たちが共謀してアニヤを殺したと考えているんですね。
オグデン　いいえ、共謀したとは考えていません。もちろん、それは間違いです。

（カールは肘掛け椅子を回って中央へ）

私は計画はすべてコレッキーさんが立てたと見ています。新しい治療法のおかげで奥さんの健康が回復する見通しが立ちはじめた。コレッキーさんはそんなことが起こらないようにチャンスを潰そうとしたのだと思います。

カール　でも、やったのはヘレン・ロランダーだと言ったでしょう。

オグデン　たしかに聞きました。私には、それはまったくありそうもない話に思えます。

（彼は中央の奥へ行く）

（カールは下手の前へ）

世界をいつも自分の足下にひざまずかせ、しかもほとんどあなたを知らないロランダー嬢のような娘がそんなことをするという話を納得できますか？　そのような言いがかりはあなたの信用にもかかわりますよ、ヘンドリック教授——反駁できないのを見こして、一時のはずみでそんな切札を使うのはね。

カール（オグデンの下手へ行き）いいですか。ロランダーさんのところへ行ってください。そして他の女性が殺人の罪で逮捕されたと話してください。彼女に、私からだと言って、そして私には――彼女には欠点がたくさんあるが、恥を知る正直な女性だとわかっていると。誓って言うが、彼女は私の言ったことを認めますよ。

オグデン　それはずいぶん都合よく考えたじゃありませんか、ねえ？

カール　どういう意味です？

オグデン　言ったとおりです。しかし、あなたの話を確かめられる人物は誰もいないのですよ。

カール　ヘレン自身だけです。

オグデン　たしかに。

カール　それにストナ先生も知っている。私が話しました。

オグデン　あなたが話したから、彼は知っているのです。

医師　私はそれが真実にちがいないと信じていますよ、オグデン警部。あの日、我々がヘンドリック夫人をあとに残して家を出たとき、ロランダー嬢が彼女と一緒に残っていたことは陳述しましたよ。

オグデン　それは彼女のほうからの親切な申し出です。（彼は医師の下手へ行く）そのときロランダーさんにも質問しましたし、その答には疑わしいところは何もありませんでした。彼女はわずかの時間ここにいましたが、ヘンドリック夫人が疲れたから帰ってくれるようにと頼んだということです。（彼は肘掛け椅子の奥へ行く）

カール　すぐヘレンのところへ行ってください。何が起きたか話してください。私があなたに話すように頼んだと言ってください。

オグデン　（医師に）ヘンドリック教授があなたに、ロランダーさんが彼の妻を殺したと話したのはいったいいつなんですか？　ほんの一時間前じゃないんですか。

医師　そうです。

カール　そこの通りで出会ったんです。（ソファの前へ行く）

オグデン　もしそれが真実だったら、彼女がやったとわかった時点ですぐ我々のところへ来るのが正常ではありませんか？

医師　彼はそんな男ではありません。

オグデン　（無情に）あなたには、彼がどんな人間か本当のところはわかっていないようですな。（彼は机の横の椅子の上のカールのコートのほうへ行く）彼は目はしのきく頭のいい策略家で、良心などはこれっぽっちもないのですよ。

（カールは警部のほうへ突進しようとするが医師がすばやくカールの上手へ行き、止める）

これはあなたのコートと夕刊ですね、なるほど。（彼はポケットから夕刊をひっぱり出す）

（カールはソファの下手の前へ行く。医師はソファの上手の奥へ行く）

カール　そうだ。帰ってくる前に、その角で買ったのだ。まだ読んでいない。

オグデン　（中央へ行き）たしかに？

カール　そうだ――（中央の下手に）間違いない。

オグデン　私はあなたが読んだと思っていました。（彼は新聞を読む）『ウィリアム・ロランダー卿の一人娘、ヘレン・ロランダーは今朝悲しむべき事故の犠牲となった。道路横断中、トラックにはねられたのである。運転手はブレーキをかける間もなかったと供述している。ロランダー嬢は左右を見ず、そのまま道路をまっすぐ歩いてきて即死した』

（カールはソファの上にくずおれる）

この記事を見たあなたは、自分の言ったことに反論できない娘に罪を負わせて、愛人を救おうとした、ヘンドリック教授、私はそう思いました――なぜなら、彼女はすでに死んでいるのですからね。

（照明、暗くなり、幕が下りる）

第三場

場面　前場と同じ。二カ月後、午後おそく。

（幕が上がり、照明が上がる。カールはソファに座っている。医師は中央下手のテーブルに寄りかかって「ウォルター・サベジ・ランドー」を読んでいる。レスターは中央の上手を前後に歩きまわっている。電話が鳴る。全員がとろうとする。電話の一番近くにいたレスターが受話器をとる）

レスター　（電話に向かって）もしもし……お断りします。（受話器を置く）レポーターの連中はやめませんね。（上手の前へ行く）

(医師は肘掛け椅子のところへ行き、座る。カールは立ち上がってソファを回って中央へ)

カール　法廷にいたかったのだがね。なぜ、法廷にいさせてくれないのだい？

医師　法廷であなたに評決を聞かれたくないというのはライザの特別の頼みなんだ。我々はその意志を尊重しなければならなかったのだ。

カール　せめてきみだけでも残ってくれればよかったのに。

医師　きみと一緒にいてくれと言われたんだよ。弁護士がすぐに知らせてくれるだろうし……

カール　彼女を有罪にはできないよ。できっこない。(彼は下手の奥へ行く)

レスター　(中央の前に出て) 私でよければ行ってみますが……

医師　ここにいたまえ、レスター。

レスター　何かお役に立てば。私にできることで……

医師　うるさくかかってくる電話に答えてくれているじゃないか。

カール　(ソファの前に行き) そうさ、きみはここにいてくれよ。きみがいるだけで助かる。

レスター　そうですか？　ほんとにそうですか？

カール　彼女は無罪を言い渡されるだろう、そうに決まっている。潔白が認められないなんて信じられない。（ソファに座る）

（レスターは中央の奥へ行く）

医師　信じられないかね？　私はそういうこともあると思うよ。そんなことも今までによくあった。それは、カール、きみも何度も何度も体験したことだよ。でも大丈夫、彼女は陪審員にいい印象を与えたと思うよ。

レスター　しかし、あの証拠にはちょっと困りましたね。あの恐るべきローパーばあさんにはね。彼女が陳述した証言ときたら。（彼は中央下手のテーブルの上手に腰を下ろす）

医師　彼女はもちろん、自分の言ったことを信じこんでいる。あれこれ考えあわせるとその証拠こそが不動のものと彼女は堅く信じこんでいるんだ。きみとライザがあの審問の日に抱きあっているのを彼女に見られたのは不運だったね。きっと彼女は、はっきり見たのだよ。

カール　そうだね、見たにちがいない。それは本当にあったことだ。はじめて私はライザにキスしたんだ。

医師　選りに選って一番悪いときにね。あのおしゃべり女がきみとヘレンのあいだに起こったことは、見も聞きもしなかったのは本当に残念だね。「とても素敵な若いお嬢さん」――それだけがあの女の言えたことなんだ。

カール　真実を言っても信じられないというのはとても変なものだね。

医師　きみたちのやったことが、死んだ娘について下品な話をでっちあげるネタになり、きみの評判をますます落としていくんだ。

カール　（立ち上がり、中央の奥へ行く）彼女が私に話してくれたとき、その場で警察に行ってさえすれば……

医師　行っていれば、ね。彼女の死んだ記事ののっている新聞を買ったあとで、ようやく事件の真相を告白したのも運が悪かった。それに、きみが警察に行かなかった理由も、納得しにくいものだったしね。

（カールは上手の前へ行く）

もちろん、私にはわかるけどね、それはきみが常軌を逸した愚かものと知っているからだよ。周囲の状況はどれをとっても不利だった。ローパーが戻ってきたとき、ライザは死体の傍に立って、手袋をした手で薬瓶を持っていた。あらゆることが、それぞれ最も信じられない形で一つの状況を作りだしたんだ。

（カールは、舞台を横切って、下手の前に立つ。電話が鳴る）

カール　あれかな……？　結果が……？

（一瞬、息づまるような間があって、医師がレスターに、立って電話をとるようにうながす）

レスター　（電話に）はい？……もしもし？……いいかげんにしてください！　（受話器をガチャンと置くと机の下手に立つ）

医師　鬼め。しようのない奴らだ。

カール　（上手の奥へ）もし有罪になったら、もし……

医師　いいかい、上訴もできるんだから。

カール　（中央の前に行き、それからソファの前へ）なぜ、彼女がこんな目にあわなければならないんだ？　なぜ彼女だけが傷つかなければならないんだ？　代われるものなら代わりたいよ。

医師　そうだね、自分ならもっと楽だと思うものだよ。

カール　結局、この事件には私にも一部の責任はある……

医師　（さえぎって）それはばかげた考えだと言っただろう。

カール　だが、ライザは何もやっていないんだよ、なんにも。（彼は中央の前へ行き、さらに上手の奥へ行く）

医師　（長い間のあとで、レスターに）きみ、コーヒーを頼めないかね。いれかたは知っているだろう。

レスター　（憤慨して）もちろん知ってますよ。（中央の奥へ行く）

（電話が鳴る。レスターが出ようとする）

カール　（レスターを止めて）出なくていい。

（電話は鳴り続ける。レスターはためらうが中央の奥から上手へ退場。電話はしつこく鳴り続ける。結局カールが急ぎ足で電話のところへ行き受話器をとる）

（電話に）放っておいてください。いいかね、放っておいてくれたまえ。（受話器を叩きつけるように切ると、机の椅子に座る）耐えられない、我慢できないよ。

医師　（立ち上がって、カールのそばに行く）耐えるんだ、カール。勇気を出すんだ。

カール　そんなことを言って、どうにかなるというのかい？

医師　ないよ。しかし、ほかに言いようがあるかい、この場合？　勇気を持って立ち向かうしかないよ。

カール　私はライザのことをずっと考えていたんだ。どんなに傷ついているだろうかと。

医師　わかる、わかるよ。

カール　彼女は勇敢だった。素晴らしく勇敢だった。

医師　（中央に行き）ライザはとても立派な人物だよ。私もずっとそう思っていた。

カール　私は彼女を愛している。私が彼女を愛していたのを知っていたかい？

医師　もちろん知っていたさ。きみは長いあいだ、ずっと彼女を愛してきた。

カール　そう。二人ともそれをはっきりわかっていなかった。しかし今はわかっている。それは私がアニヤを愛していなかったということではない。私は心からアニヤを愛していた。これからもずっと愛し続けるだろう。死んでほしくはなかった。

医師　わかる。わかるよ。私もその気持ちを疑ったことはなかった。

カール　しかし、一人の男が同時に二人の女性を愛するなんて、たぶん、変だろうね。

医師　全然、変じゃないよ。よくあることさ。（カールの後ろへ行く）きみはアニヤがいつも私にどう言っていたか知っているかい？　「私が死んだらカールはライザと結婚するにちがいないわ」それが彼女の口癖だった。「そうさせてやって、先生」とも言っていた。「ライザは面倒見がいいし彼にとってもいいことよ。もし、彼がそう考えていなかったら、あなたが言ってやって」それが彼女がいつも私に言っていたことだ。私はそうすると約束したよ。

カール　（立ち上がって）本当のことを言ってくれ、先生。彼女は無罪になると思うかい？　どうだい？

医師　（やさしく）私は――当然、あなたが覚悟を決めていると……

カール　(肘掛け椅子の前へ) 彼女の弁護士でさえ、私を信じていなかった、そうだろ? もちろん、彼は信じているふりはしていたが、実際は私を信じていなかった。

(肘掛け椅子に座る)

医師　そうだ、私も弁護士は信じていなかったと思うよ、しかし陪審員には、一人か二人話のわかるのがいる――と思うよ。(上手の前へ) へんな形の帽子をかぶった肥った女性は、きみがヘレンについて言ったことを一言も聞きもらすまいと聞いていたし、私は彼女が充分納得して肯いていたのをはっきり見たよ。あの女性には多分、若い娘と一線を越えた夫がいるんだ。信じ難いことだが、人間は奇妙なことで影響されるものなんだよ。

(電話が鳴る)

カール　(立ち上がり) 今度は間違いない。

(医師が電話のところへ行き、受話器を取りあげる)

医師　（電話に）もしもし？……
（レスターは盆の上にコーヒー・カップを三つのせて上手から中央の奥へ入ってくる。コーヒーが傾いて受皿にこぼれる）

カール　大丈夫かい？
レスター　あの電話は……？　（彼は中央下手のテーブルの上に盆を置くと、受け皿にこぼれたコーヒーをカップに注ぐ）
医師　（電話に）駄目だ……いや、彼にはできないと思うよ。（受話器を乱暴に置く）また別の鬼だ。（彼はソファのほうへ行き、座る）
カール　いったいあの連中はこの事件から何を求めているんだろうね？
医師　発行部数の増大、だよ、きっと。
レスター　（カールにコーヒー・カップを一つ渡して）うまくいっているんですよ。すべてが明らかになるには少し時間がかかるけど。
カール　ありがとう。（自分の机の前に行きその椅子に座る）

（レスターは医師にコーヒー・カップを渡し、最後に自分のを手にとって中央下手に立つ。それぞれ、コーヒーを啜る。しばらく間）

医師　きみは河の土手を低く飛んでいる鷺《さぎ》を見たことがあるかね？

レスター　いいえ、見た憶えがありません。なぜですか？

医師　べつに理由はない。

レスター　何が頭に浮かんだのですか？

医師　どうということはないんだ。ただ、これが現実に起きたことではなくて、自分がどこか別の場所にいられればな、という気がしただけだ。

レスター　はい、私にもそれはわかります。（中央の奥へ）この事件は恐ろしくて、とてもほかのことは手につきませんでした。

医師　待つというほど辛いものはないね。

レスター　（間があって）私は、鷺を一度も見たことがないと思いますよ。

医師　とても優雅な鳥だ。

カール　先生、ちょっとお願いしたいことがある。

医師　（立ち上がって）いいとも？　何をするのだい？

カール　法廷に戻ってほしい。

医師　（舞台を横切り、通りがかりに自分のカップを裁縫机の上に置き、カールの傍へ行く）それはいけないよ、カール。

カール　いいんだ、きみが約束したのは知っている。しかし私は戻ってほしいのだ。

医師　カール――ライザは……

カール　最悪の事態になったら、あそこできみにライザと会ってもらいたいのだ。そして、最悪でなかったら――そう、そうだったら、誰かが彼女の面倒をみてここまで連れてくる人がいる。

（医師は一瞬、カールをじっと見る）

医師　そうするのがいいと思うんだ。

（決断を下すように）大変結構だ。

レスター　（医師に）私はここにいて……

（カールは医師を見て、かすかに首をふる。医師はすぐその意をくんで）

医師　いや、きみも来るんだ、レスター。（中央の奥へ行く）男には一人にならなければならぬときがある。それでいいね、カール？

カール　私のことは心配しないでくれ。私はアニヤと一緒に静かにここにいたいのだよ。

医師　（ドアのほうへ行きながら鋭くあたりを見まわして）なんと言ったんだね？　アニヤとだって？

カール　そう言ったかい？　そんな気がしたんだよ。放っておいてくれ。電話が鳴っても出ないつもりだ。きみたちが帰ってくるまで待つよ。

（レスターは中央の奥に出ていく。医師も続いてドアを閉めて出ていく。カールは椅子に寄りかかっている。時計が六時を打つ）

〝明るさが続くあいだ、私は憶えていよう。そして暗闇となっても、私は忘れまい〟

（間があって、電話が鳴る。カールは立ち上がり電話を無視して自分のコーヒー・カップを盆にとり、同時に、裁縫机に置かれた医師のカップも通りがかり盆にとり、それから、中央の奥から上手へと出ていく。彼がいないあいだに電話は鳴りやむ。カールがドアを開けたまま入ってきて、上手の前へ行く。裁縫机をじっと見て、しばらく立ち止まっているが、やがてレコード・キャビネットへ行ってそこからラフマニノフのレコードを取り出す。自分の机へ行き目の前の机の上にレコードを置いて椅子に座る。突然、ライザが下手から中央の奥に入ってきて、後ろ手にドアを閉めてそのドアに寄りかかる。

カールは立ち上がってふりむく)

カール　ライザ！　ライザ！　(自分の目を疑うように彼女のほうに向かっていく) 本当なのか？　これは？

ライザ　無罪だとわかってくれました。

カール　(彼女を腕の中に抱こうとして) ああ、きみ、ありがたいことだ。誰も、もうきみを傷つけることはできないよ、ライザ。

ライザ　(彼を押しのけて) いけないわ。

カール　(彼女の冷やかさとよそよそしさに気づいて) どういう意味だい？

ライザ　私、自分の荷物をとりに来たんです。

カール　(肘掛け椅子の奥に身体をひいて) どういう意味だ――自分の荷物って？

ライザ　いるものはほんの少しです。それで私は出ていきます。

カール　どういう意味だ――出ていくって？

ライザ　ここから出ていくんです。

カール　でもそれは――おかしいじゃないか！　人が何か言うからなのかい？　そんなことはもういいじゃないか？

ライザ　あなたには理解できないわ。私はよかれと思って出ていくのです。

カール　出ていくって――どこへ？

ライザ　(ゆっくりと中央の前へ) それはどうでもいいでしょう？　どこかです。仕事を見つけます。あまり苦労しなくても見つかるでしょう。外国へ行ってもいい。イギリスにいるかもしれない。どこへ行こうと、私は新しい生活をはじめるつもりです。

カール　新しい生活？　つまり――私とはべつに？

ライザ　そう、そうよ、カール。それが私の言いたかった肝心なことなの。あなたのいないところで。

カール　（上手の前のほうに後退して）でも、なぜ？　なぜ？
ライザ　（肘掛け椅子の下手の奥へ）もうたくさんだから。
カール　きみのことがわからない。
ライザ　（ソファのほうへ行き）お互いにわかりあうようにできていないのよ。物事を同じようには見られないわ。それに私はあなたが怖いのです。
カール　どうして私が怖いのだ？
ライザ　あなたがいつも災いをもたらすタイプの人だからです。
カール　ちがう。
ライザ　本当です。
カール　ちがう。
ライザ　私は人間の世界をあるがままに見てきました。悪意もなく、善悪を定めようともせず、また幻想も持たないでね。私は他人に素晴らしくあれとも、人生に素晴らしくあれとも、またとくに自分自身に対しても素晴らしくあれと期待していません。もし、永遠の花の咲き乱れる野があるとすれば——私の解釈ではそれは墓の向こうの彼岸以外にありえないのです。
カール　永遠の花の咲き乱れる野？　なんのことを言っているんだ？

ライザ　あなたのことを言っているんです、カール。あなたは人間を考えるより先に観念を優先させる。忠誠、友情、憐憫の観念です。そしてその観念のために近くにいる人々が傷つく。（彼女は肘掛け椅子の下手へ行く）あなたは、シュルツ派の人たちと親しくしていれば職を失うことを承知していた。そして、そうなればアニヤにはどんな不幸な生活が待っているかも知っていた、いいえ、知っていたにちがいないわ。でもあなたは、アニヤのことは気にかけなかった。あなたは何が正義かという観念しか気にしなかった。でも人はそれぞれよ、カール。観念を考える人もいる。アニヤには自分の考えがあった。私にもある。あなたの観念のために、あなたの妻を殺した娘への憐れみと同情のために、あなたは私を犠牲にした。私はあなたの同情のために代価を払わされた一人です。でも、私はもうこれ以上はごめんです。あなたを愛していますす、でも愛だけでは充分ではありません。あなたは私とよりも、あのヘレンという娘のほうにずっと共通点があるわ。彼女はあなたに似ています――自分勝手なところが。彼女は自分が信じられることはどんどんやります。その結果他の人がどうなろうとおかまいなしです。

カール　（肘掛け椅子に向かって進み）ライザ、それはきみの言いたいことじゃないだろう。ちがうよ。

ライザ　それが私の言いたいことなのよ。ずっと長いあいだ考えぬいてきたんです。（ソファの上手側の前へ）法廷でもずっとそのことを考えていました。本当に、私、無罪になるとは思っていませんでした。どうして無罪になったかわかりません。裁判官は私を信じているとは思えませんでした。しかし、きっと陪審のうちの何人かが私を信じてくれたのです。私を見すかすようにずっと見ていた小柄の男がいました。どこにでもいる普通の小男です――しかし、彼は私を見て、私がやっていないと考えたか――あるいは私が一緒にベッドを共にしたいタイプの女性で、私を苦しめたくないと考えたのでしょう。どう考えたのかは知りませんが――しかし――彼は他に犯人がいるという立場で、私の側に立って、たぶん、他の人たちを説得してくれたのです。そうして私は自由になりました。人生に再び出発する第二のチャンスを与えられました。再び私は出発します――一人で。

（ライザは下手前から出ていく。カールはソファに座る）

カール　（弁解するように）ライザ。それはちがうよ。それは残酷だよ。聞いてくれ。ライザ。きみには謝る。

（ライザはすぐ戻ってくる。彼女は小さな銀の写真の額を持っている。カールと向かいあって、下手の前に立っている）

ライザ　いいえ、カール。あなたを愛した女性に何が起こったでしょう？　アニヤはあなたを愛しそして死んだ。ヘレンはあなたを愛しそして死んだ。私は——死の直前まで行った。もう充分です。私はあなたから自由になりたい——永遠に。

カール　だが、きみはどこへ行くつもりだ？

（ライザがカールの前を通って中央へ行くまで間がある）

ライザ　あなたは、私に帰国して結婚し子供を生めと言ったわ。多分、そうなるでしょう。そうなれば、私は陪審のあの小男のような人、私のように、人間らしくごく普通の人を見つけます。（突然、大声で叫ぶ）もうたくさん。長いあいだあなたを愛してきて、それで私はめちゃめちゃになったわ。遠くへ行って、二度とあなたには会わないわ。決して！

カール　ライザ！
ライザ　（上手の前へ行く）いやよ！
（突然、医師の声が玄関から聞こえる）
医師　（声、呼んで）カール！　カール！
（医師が下手から中央の奥に入ってきて、ライザには気づかずにカールのそばに来る）
うまくいったよ。きみ。彼女は無罪だった。（こう言っているあいだも彼は息を切らしている）わかるかい？　彼女は無罪だ。（突然ライザに気づき、腕をさしのべながら彼女の傍へ行く）ライザ――いとしいライザ。きみが助かったのを神に感謝するよ。これはすばらしい。すばらしいよ！
ライザ　（彼に調子を合わせようとして）そうね、すばらしいわ。
医師　（自分の前に彼女を立たせてみて、上から下まで眺め）どうだい？　少し顔色が悪いか――やせたかな――きみの体験を考えれば当然のことだね。しかしこれからはきみに償いをしなくてはね。(肘掛け椅子の奥を通ってカールの傍へ)きみの面倒はみさせてもらうよ。このカールときたら、彼がこれまでどんなだったかきみにわかるかい。ああ、そうだ、今は何もかも終わったことを神に感謝だ。(カールのほうを向いて)きみたちは話していたんじゃないのかい――出かけて――お祝いをしようと？　シャンペンをとって――ええ？　(期待して晴れやかに言う)

ライザ　(むりに微笑を浮かべて)いいえ、先生――今晩はやめて。

医師　ああ、私はなんて老いぼれのばかなんだ。もちろん、やめよう。きみには休養が必要だ。

ライザ　私はなんともありません。(中央の奥のドアのほうへ)荷物をまとめなければなりませんので。

医師　(ライザのそばへ寄って)荷物を？

ライザ　私はここに――いないつもりです。

医師　しかし……(わかって)ああ、そうか――なるほど、多分、それが賢明だ――噂話の好きなひねくれもののローパー夫人のような連中と一緒ではね。だがどこへ行くのかね？　ホテルかい？　うちではどうだ。マーガレットは喜ぶよ。うちには小さな部屋しかないが、面倒はちゃんとみてあげるよ。

ライザ　ご親切は嬉しいわ。でももう計画を立ててしまいましたの。おっしゃって——マーガレットには近いうちに会いに行くって言って。

（ライザは玄関へ行き自分の部屋へと退場。医師はカールをふりかえり、うまくいっていないことに気づきはじめる）

医師　（中央へ行き）カール——何かまずいことがあるのかい？

カール　まずいことがあるはずがないじゃないか？

医師　（半ば安心して）彼女はひどい試練を経てきたのだ。少しは時間がかかる——平常に戻るにはね。（あたりを見まわして）あそこに座っていたときは——待ちくたびれて——いまいましい電話はじゃんじゃん鳴るし——希望と——恐怖と——そして今は——すべて終わった。

カール　（抑揚なく）そうだ——すべてが終わった。

医師　（力をこめて）もうどんな陪審だって彼女を罪に落とすことはできないよ。（動いて、ソファのカールの上手に座る）きみにもそう言ったね。カール、きみはまだ心ここにあらず、だね。今でも信じられないのかい？（愛情をこめてカールの肩を抱く）カール、しっかりしろよ。我々はライザをとりかえしたんだ。

（カールはさっと顔をそむける）

ああ、わかった——私が無神経だった——喜びに浸るにはもう少し時間がかかるさ。

（ライザが自分の寝室から部屋に入ってくる。彼女は大きな旅行用の鞄を運んできて中央の奥の床に置く。カールと視線が合うのを避けて中央上手の奥に立っている）

ライザ　それでは行きます。

医師　（立ち上がって）タクシーを呼ぼう。

ライザ　（鋭く）いいえ——どうか——一人にさせてください。（上手のほうを向く）

（医師は少し身をひく。彼女は気持ちを和らげて、医師のそばへ行き、肩に

手をかける)

ありがとう——あなたのご親切——あなたがアニヤにしてくださったこと——いつもいいお友だちでいてくださった——決して忘れませんわ。

(ライザは医師にキスをし、荷物を手にとるとカールには一顧も与えず中央の奥から下手へと退場する)

医師　(カールに近づいて) カール——これはどういうことかね？　何かまずいことがあったんだね。

カール　ライザは行ってしまった。

医師　そう、そう——一時的にだね。しかし——彼女は帰ってくるんだろう。

カール　(ふりむいて、医師を正面から見て) いや、彼女は帰ってこない。

医師　(驚いて) どういう意味かね？

カール　(確信を持ち、力をこめて) 彼女は——帰って——こない。

医師　(信じられないで) つまり——きみたちは別れた？

カール　きみは彼女が出ていくのを見た――あれが我々の別れだった。
医師　だが――なぜ？
カール　彼女はもうたくさんなのだ。
医師　ちゃんと話してくれよ、きみ。
カール　非常に簡単なことさ。彼女は傷ついた。もうこれ以上傷つきたくはない。
医師　なぜ彼女が傷つくんだ？
カール　それは――私が――愛する者に苦しみをもたらすような男だからのようだ。
医師　バカバカしい！
カール　そうかな？　アニヤは私を愛しそして死んだ。ヘレンも私を愛しそして死んだ。
医師　ライザがきみにそう言ったのか？
カール　そうだ。私はそんな男だろうか？　私は愛する者に苦しみをもたらすのだろうか？　彼女が永遠の花の野のことを私に話したのはどういう意味なのだろう？
医師　永遠の花の野。（彼は一瞬考えて、思い出し、中央下手のテーブルへ行き、「ウォルター・サベジ・ランドー」を取りあげてカールに渡す）そうだ、私もこの本で読んだ。（彼は引用した個所を示す）
カール　私のことは構わないでくれ。

医師　私がここにいたほうがいいんじゃないかね。

カール　一人でいるのに慣れなければ。

医師　（中央の奥に行き、ためらって、カールのほうをふりむき）きみの考えでは……

カール　…？

カール　彼女は帰ってこないだろう。

（医師は気がすすまない様子で中央の奥から下手へ退場）

（カールは立ち上がって、机のほうへ行き、机のスタンドのスイッチをつけ、カーテンを引き、机に座って読む）「その墓の此岸には、永遠の花の野はなし。おお、ルドルフ、いかにその音は美しくとも、やがては消えぬ声はなし。いかに情熱の愛、深かろうとも、その響き遂にはかそけくならぬ名もなし……」（彼は本をそっと机の上に置き、立ち上がると、レコードをとり、プレイヤーのところへ行ってレコードをかけスイッチを入れ、ゆっくりと肘掛け椅子へ行き、深々と座る）ライザ――ライザ――きみなしでどうやって生きていけよう？　（頭をかかえる）

（中央の奥のドアがゆっくりと開く。ライザが入ってきて、ゆっくりとカールの下手へ行きやさしく肩に手をかける）

（ライザを見上げて）ライザ？　きみは帰ってきたんだね。なぜ？

ライザ　（カールの横にひざまずき）私がおばかさんだからよ。

（ライザはカールの膝の上に頭を休める、彼はその頭の上に自分の頭を重ねる。音楽高まっていくうちに――幕下りる）

訳者あとがき

アガサ・クリスティーの作・原作の舞台脚本は十九作あって、そのうち小説を元にしないで書き下ろしたオリジナル戯曲は五作ある。「ブラック・コーヒー」はその第一作である。この戯曲が書かれるまえ、一九二八年にクリスティーの出世作になった『アクロイド殺し』が、他の劇作家によって脚色され「アリバイ」というタイトルで上演されている。小説と舞台ではメディアが違うから、まだ新進作家であったクリスティーの原作を脚色するにあたって劇作家は、当然、舞台に必要な興行的な配慮をめぐらせた。ポアロを若い女性にもてる役どころにしたり、登場する女優の年齢を下げて若い人気女優が出演できるように、といった脚色である。こういう改変はよくあることだが、原作者の意にそまぬ結果になることも多い。興行的には成功したが、クリスティーは気に入らず、もともと芝居好きであったことから自分で書こうと思い立ったのが、この「ブラック・コーヒー」である。

この作品が書き上げられたのは一九二九年の夏。翌三〇年にスイス・コテッジのエンバシー劇場で初演。翌年の四月からはウエストエンドの今も現存するセント・マーチン劇場へ移り、当時の人気俳優フランシス・サリヴァンがポアロを演じてロングランになった。

この年のうちに映画化もされたようで、ツイッケンハム・スタジオの製作で、「アリバイ」でもポアロを演じたオースティン・トレバーがポアロを演じたそうである。

「ブラック・コーヒー」以後、クリスティーは自作の小説を劇化する場合でも、自ら戯曲に書くことが多くなった。クリスティーの戯曲で最も長く上演されている「ねずみとり」も、最高の傑作とされている「検察側の証人」も、自作短篇の戯曲化である。

面白いことに「ブラック・コーヒー」はこの逆の道を辿った。

一九九六年、クリスティーの遺族は劇作家のチャールズ・オズボーンから「ブラック・コーヒー」を小説化したら、という提案を受けた。オズボーンは一九五六年の上演のときカレリ役の若い俳優として出演していたのだ。没後二十年、新作の小説としてこの作品を読者に届ける、というこの企画は翌年にはオズボーンの手で実現している。

「評決」は一九五八年に書かれた作品で、クリスティー自身は、成功しなかったが満足した作品と言っている。自伝によれば、ランドーの詩の引用をとって「永遠の花の野はなし」としたかったのだが採用されなかったと言う。成功しなかったのは、ミステリでも、スリラーでもなかったからだ。自分の書きたかったのは、理想主義者というのは、時に愛している人でさえ、自分の理想のためには犠牲にする、どこまで犠牲にできるのか、という問題だとクリスティーは言う。この戯曲が書かれた五〇年代にはクリスティーの舞台は五二年からの「ねずみとり」、五三年の「検察側の証人」、五四年の「蜘蛛の巣」とヒットが続いており、そのなかでは、「評決」は観念的で地味だった。ストランド劇場で幕を開けた初演は一カ月で幕を下ろした。

クリスティーは、戯曲は楽しんで書くといい、その理由として、余技という気楽さ、とか、舞台という限られた場所で単純化する面白さ、とか、当たり外れのスリルの大きさ、などを挙げているが、演劇的に見ると、極めてよくできたウエルメイド・プレイである。殆どの舞台が、本書の二作のように場面としては一つ、登場人物も多くの場合、十人を越えない。舞台の制作的な条件がよくわきまえられている。

難をいえば、犯人が配役から分かってしまう、ということや、役の性格を謎ときのあと納得できるようにすると、ある種の平板さに限定されてしまうことなどが挙げられよう。

クリスティーの戯曲のト書きが微に入り細を穿っているのは一つの特徴である。それは犯人探しの必要上、止むを得ないということもあるが、上演しようとすると、演出が変えにくい。良く考えられているのである。小説好きのなかには時に戯曲嫌いの人もいるが、クリスティーの場合は、ト書きを小説のように読めばいい。

しかしそういうことも含めて、演劇の初心者には取り組みやすい戯曲で、クリスティーの作品は英米ではアマチュア演劇でもよく上演される。

クリスティーの日本での上演は近年は、「検察側の証人」、「そして誰もいなくなった」が中規模の商業劇場でプロデュース公演で上演されて成功した。「ブラック・コーヒー」はときたま小規模の公演で上演されるが大きな公演はない。「評決」はまだ上演されていないようだ。

クリスティーの名前の浸透もあって、これからも上演は続くだろう。戯曲の生命というのは短いもので、作者の没後三十年もたって上演される戯曲は寥々たるものである。さらにその中から古典として繰り返し上演される演目が残っていく。

いまなお、上演が続くクリスティーは、戯曲でもミステリの女王の名にふさわしい作品を残したといえるだろう。

二〇〇三年十二月

こんなクリスティーでも（こそ）、やっぱり見たい！

ミステリ評論家
松坂　健

他の人に書いて欲しくなかったポアロだから、クリスティーが手がけた戯曲が一九三〇年に書かれた「ブラック・コーヒー」。仕上がりは、堂々たる名探偵登場もので、それなりの評判をとったが、クリスティー自身は書き上がったとたん、やや興味を失った様子だったと伝えられている。

クリスティーが得意の絶頂にあって（なぜ、そうだったかは後述）、自分がいちばん書きたいテーマに挑戦したのに、観客からは〝決して見たくないクリスティー〟とやんわりと拒否されてしまったものが、一九五八年に書かれた「評決」だ。

作者と作品のかかわり、作品にかける作者の思いと観客の受け止め方のズレ。小説や戯曲がきわめて個人的な芸術である以上、避けて通れないことなのだが、本書に収められた二篇（ちなみに「評決」は単行本初収録）は、作者と観客のミスマッチという観点で読み解くと、〝コージー〟だけがとりえではない、生々しいクリスティー像が見えてきて、とても面白い。

まず、「ブラック・コーヒー」。これはよく知られるように、彼女の『アクロイド殺し』を舞台化した「アリバイ」の出来映えに満足できなかったクリスティーが、それならわたしが書くわ、と手がけたものだった。中身はフーダニットの要素を盛り込んだスパイスリラーというべきで、彼女には余り指摘されないことだけれど、国際陰謀好みがあって（『ビッグ４』や『青列車の秘密』、くだっては『フランクフルトへの乗客』を見よ）、その方面の体質が芝居という彼女にとって新しく自由に振る舞えるフィールドで闊達に現れているのが特徴だ。

世界を壊滅しかねない爆弾を作れる方程式、それを狙ういかにも怪しいイタリア人科学者、秘密めいた行動ばかり目立つ一族、秘書や執事などが行き交うお約束の英国的風景。そしてポアロの登場。名探偵の謎かけのような台詞を楽しんでいくうちに、彼が張った巧妙な罠に犯人がはまりこむカタルシス。

会話を滑らかに進めることに堪能だった彼女にしてみれば、この作品の執筆にはそれほど苦労が伴わなかったように思う。彼女の関心の多くが、きちんとしたポアロ像の提出に費やされていたが、フランシス・L・サリヴァンという俳優で演じられたポアロには必ずしも満足できなかったようだ。ちなみに、「アリバイ」でポアロを演じたチャールス・ロートンについて、彼女は〝名演だけれど、わたしのイメージではない〟旨のことを語ったとか。結局、名探偵像を舞台に乗せてイメージを固定させることの難しさに気付いた彼女は、その後、自作のポアロものの舞台化の際、ポアロを外し別の人物に探偵役を振り向ける措置をとっている（『五匹の子豚』を舞台化した「殺人をもう一度」）。賢明な考えだったと思う。なお、この作品が書かれたあとの一九三〇年代は、彼女自身が夫とともにメソポタミア、エジプトなどの考古学に熱中していた時期で、密かに書かれた歴史劇「アクナーテン」はあるものの、推理劇への関心が薄れ、次の戯曲は一九四三年の「そして誰もいなくなった」まで待たなければならなくなる。

一九五八年四月十三日、ロンドンの名門ホテル、サヴォイであるパーティが開かれた。ロンドン・ウエストエンドの名興行師、ピーター・ソーンダーズが主催したもので、これは彼がプロデュースした「ねずみとり」が前日に英国の舞台劇史上、最長のロングラン記録、二二三九回を記録したことを顕彰するためのものだった。それは華やかなパーティだったと伝えられるが、クリスティー自身が主賓のため招待状を渡されていず、それゆえポーターから会場への入場を断られたというのも有名なエピソードだ。

いわば、戯曲作家クリスティーとしての頂点にたったのが、この瞬間だったわけだが、彼女はその勢いをかりて、彼女自身が野心作と呼んだ新作を舞台にかけることを明らかにした。それが、同年五月二十二日に幕をあけた「評決」だった。プロデュースには盟友、ソーンダーズがあたった。しかし、この芝居は興行的には失敗に終わる。クリスティー自らが〝最高の作品〟としながらも、お客を惹きつけることに成功せず、上演はほぼ一ヵ月、六月二十一日には終演となってしまったのである。

理由は明快だろう。「評決」は誰もが見たいクリスティーではなかったからだ。そこにはトリックもなければ、雷鳴もならず、どんでん返しもない。殺人はあっても観客の眼前で行われ何の秘密もないのだから、いつものスリリングな舞台を期待していた観客は狐に化かされたような気分になったことと思う。クリスティーが自伝の中で〝探偵小説的でなければスリラーでもなかったから、大衆には受けなかったけれど、それでも「検察側の証人」を除けば、わたし自身のベストプレイと思っている〟（正確な引用ではありません。お許しを）というから、自分が書きたいものとみんなが見たいもののギャップはいつでもあるものだな、と思う。

僕自身の結論を述べると、「評決」は好きな作品に属する。理想主義的に生きるあまり、周りの人間を知らず知らず傷つけてしまう主人公の大学教授を軸に、故郷と身体の自由というふたつを失った妻、亡命先で不安な日々を送りながら、実りのない愛を教授に捧げる従姉、無謀な恋をしかける女学生などの個性が交錯していく。そこには派手な趣向のサスペンスはないが、おのおのの性格のぶつかりが、どうしても避けることのできない破局をもたらすサスペンスは、名作『ゼロ時間へ』につながるクリスティーの〝時間観〟を示しているように思う。つまり、殺人は始まりではなく〝終わり〟なのだ、という。

古典的フーダニットの「ブラック・コーヒー」から性格劇としての「評決」まで、ともするとコージーな面だけが強調されるクリスティーだけれど、長い年月の間にそれなりに作家として成熟していくプロセスがあることがわかる。当たり前のことだけれど、クリスティーは単なるパズル製作者ではなく、劇作家であるということなのだ。

戯曲になるととくに色濃く現れる、男を平気で奪っていく若い娘へのある種の憎悪（やはり失踪事件は長く長く尾を引いていると見るべきだろう）とか、彼女のドラマトゥルギーの源泉を分析してみたいのだが、残念、与えられた紙幅が尽きてしまった。性格を描き分けるクリスティーの〝人間通〟ぶりは処女戯曲と不遇の作品「評決」を合わせて読まれた読者の方々には自明の理だろう。誰も見たくないクリスティーにこそ、本当に面白いクリスティーがあると思う。

世界中で上演されるクリスティー作品

〈戯曲集〉

劇作家としても高く評価されているクリスティー。初めて書いたオリジナル戯曲は一九三〇年の『ブラック・コーヒー』で、名探偵ポアロが活躍する作品であった。ロンドンのスイス・コテージ劇場で初演を開け、翌年セント・マーチン劇場へ移された。一九三七年、考古学者の夫の発掘調査に同行していた時期にオリエントに関する作品を次々執筆していたクリスティーは、戯曲でも古代エジプトを舞台にしたロマン物語『アクナーテン』を執筆した。その後、『そして誰もいなくなった』、『死との約束』、『ナイルに死す』、『ホロー荘の殺人』など自作長篇を脚色し、順調に上演されてゆく。一九五二年、オリジナル劇『ねずみとり』がアンバサダー劇場で幕を開け、現在まで演劇史上類例のないロングランを記録する。この作品は、伝承童謡をもとに、一九四七年にクイーン・メアリの八十歳の誕生日を祝うために書かれたBBC放送のラジオ・ドラマを舞台化したものだった。カーテン・コールの際の「観客のみなさま、どうかこのラストのことはお帰りになってもお話しにならないでください」の一節はあまりにも有名。一九五三年には『検察側の証人』がウィンター・ガーデン劇場で初日を開け、その後、ニューヨークでアメリカ劇評家協会の海外演劇部門賞を受賞する。一九五四年の『蜘蛛の巣』はコミカルなタッチのクライム・ストーリーという新しい展開をみせ、こちらもロングランとなった。

クリスティー自身も観劇も好んでいたため、『ねずみとり』は初演から十年がたった時点で四、五十回は観ていたという。長期にわたって劇のプロデューサーをつとめたピーター・ソンダーズとは深い信頼関係を築き、「自分の知らない芝居の知識を教えてもらった」と語っている。

65 ブラック・コーヒー
66 ねずみとり
67 検察側の証人
68 蜘蛛の巣
69 招かれざる客
70 海浜の午後
71 アクナーテン

訳者略歴　1936年生，慶應義塾大学経済学部・文学部卒，テレビ・プロデューサー

Agatha Christie

ブラック・コーヒー

〈クリスティー文庫 65〉

二〇〇四年一月十五日　発行
二〇二二年十二月十五日　三刷

（定価はカバーに表示してあります）

著者　アガサ・クリスティー
訳者　麻《あさ》田《だ》実《みのる》
発行者　早川浩
発行所　株式会社早川書房

郵便番号一〇一-〇〇四六
東京都千代田区神田多町二ノ二
電話　〇三-三二五二-三一一一
振替　〇〇一六〇-三-四七七九九
https://www.hayakawa-online.co.jp

乱丁・落丁本は小社制作部宛お送り下さい。
送料小社負担にてお取りかえいたします。

印刷・信毎書籍印刷株式会社　製本・株式会社フォーネット社
Printed and bound in Japan
ISBN978-4-15-130065-3 C0197

本書は活字が大きく読みやすい〈トールサイズ〉です。